해시태그 문학선

#젠더_소설

해시태그 문학선

#젠더_ 소설

제1판 제1쇄 2021년 12월 15일

엮 은 이 김지은 이광호
펴 낸 이 이광호
주 간 이근혜
편 집 박지현 홍근철
펴 낸 곳 ㈜문학과지성사
등록번호 제1993-000098호
주 소 04034 서울 마포구 잔다리로7길 18(서교동 377-20)
전 화 02) 338-7224
팩 스 02) 323-4180(편집) 02) 338-7221(영업)
전자우편 moonji@moonji.com
홈페이지 www.moonji.com

ISBN 978-89-320-3936-7 03810

#젠더 소설

해시태그 문학선

김지은 · 이광호 엮음

문학과지성사

기획의 말

해시태그 문학선

해시태그(#)는 소셜 네트워크상의 검색을 편리하게 해주는 기호로 시작되었지만 이제 문화적 상징이 되었다. 같은 관심사를 묶어주는 꼬리표로서의 #는 유력한 주제어를 띄워 올려 네티즌들을 광장으로 끌어내는 문화 현상으로 진화했다.

해시태그 문학선은 우리 시대의 가장 강력한 주제어와 연관된 문학작품들을 선별해 독자들과 공유하고자 한다. 문학작품이라는 '기호hash'를 '묶는다tag'라는 어원 그대로, 하나의 주제어와 연관된 작품들을 선별하고 묶어 소개하고자 한다. 이 주제어들은 우리 사회의 첨예한 문제의식들의 결정체이며, 큐레이션은 그 첨예함을 둘러싼 섬세한 문학적 경험을 제공할 것이다. 수록 작품들의 목록은 문학의 언어가 얼마나 내밀하게 동시대의 뜨거운 문제와 마주하고 있는가를 한눈에 보여주는 무대가 된다.

이 집중된 '#문학'의 무대에 독자 여러분을 초대한다. 개별 작품들은 하나의 주제어에 포섭되지 않지만, 주제어와 문학작품과의 연관을 사유하고 상상하는 작업은 한국문학의 스펙트럼을 보다 깊게 이해하게 만든다. '포스트잇'과 '생각의 타래'는 '#문학'을 둘러싼 심층적인 질문들을 독자 여러분과 함께 나누려는 장치이다.

해시태그 문학선_젠더

페미니즘 리부트 이후 '#젠더'는 한국 사회의 격렬하고 문제적인 주제어가 되었다. '한국문학장'은 유례가 없는 단절의 시간을 통과하고 있으며, 젠더라는 의제는 민족과 계급이라는 기존의 의제를 대체하면서 문학을 둘러싼 근본적인 사유의 전환을 요구해왔다.

젠더라는 이슈는 우리 시대 문학의 지형을 근원적으로 바꾸어놓았다. 이 운동은 페미니즘을 둘러싼, 2016년 이후 한국 사회의 소용돌이 속에서 갑자기 시작된 것은 아니었다. 한국 근대문학의 출발에서 문학의 제도화는 남성 중심의 형식과 시스템의 구축을 의미했지만, 1980년대 이후 여성적 글쓰기가 본격적으로 등장하면서 한국문학사는 다른 시대를 준비하기 시작했다. 새로운 정치적 상상력과 젠더 감수성은 한국문학의 문법과 소통 방식을 새로운 차원에 진입하게 했다. '젠더'와 '성 정치' 이슈가 이토록 첨예한 주제어가 된 것은 공적인 세계와 사적인 세계를 가로지르는 욕망과 타자의 문제에 현대 문학과 예술이 관심을 집중하는 특성에 기인하는 것이며, 이것은 '남성-이성애자'를 보편적인 문학의 주체로 오인했던 한국문학사에 대한 통렬한 반성을 동반하는 것이다.

해시태그 문학선_젠더는 여성적인 글쓰기를 수행한 문제적 작품들을 묶어서 그것을 우리 시대의 질문으로 만들기 위해 기획되었다. 이프로젝트는 한국문학사의 기존 정전 목록들에 대한 비판의 의미를 담고 있지만, 기존의 목록들을 대체하는 새로운 정전들을 구축하려는 것은 아니다. 이 작품들은 여성 문학사의 고정된 기념비가 아니라, 문학의 미래를 향해 지금도 움직이는 작품들이다. 이 큐레이션은 우리 시대 문학의 첨예한 문제의식을 이해하고, 도래할 문학에 대한 예감을 만드는 매력적인 독서의 시간을 제공하려 한다. 소설은 한국문학사에서 지금 기억되어야 하고 다시 읽어야 할 백신애, 오정희, 박완서, 최윤, 한강, 배수아, 김애란의 단편소설 7편을 선정했으며, 시의 경우는 여성적인 시 쓰기의 잠재성을 밀고 나간 작품 70편을 '몸' '나' '사랑' '시간' '모성' '시선'이라는 7개의 소주제어로 나누어 묶었다. 이 큐레이션을 통해 '#젠더-문학'을 둘러싼 보이지 않는 문학적 우정의 공동체가 만들어지기를 바란다.

차례

백신애

적빈
赤貧

그의 둘째 아들이 매촌梅村이란 산골로 장가를 간 후로는 그를 부를 때 누구든지 '매촌댁 늙은이'라고 부른다. '늙은이'라는 꼭지에다가 '매촌댁'이라고 특히 '댁,' 즉 바르게 발음한다면 댁宅 자를 붙여 부르는 것은 은진 송씨로서 송우암 선생의 후예라고 그 동네에서 제법 양반 행세처럼 해오던 집안이 늙은이의 친정으로 척당*이 됨으로써의 부득이한 존칭이다.

그러나 지금에 와서는 존칭으로 '댁' 자를 붙여준다고는 아무도 생각지 않는다.

모두들 '매촌댁 늙은이' 하면 으레 더럽고 불쌍하고 얄미운 거러지보다 더 가난한 늙은이다, 하는 멸시의 대명사로 여기는 것이었으므로 요즘 와서 간혹 '매촌네 늙은이'라고 '댁' 자를 '네' 자로 툭 떨어트려 부르는 사람도 있어졌으나 늙은이 역시 으레 자기는 거러지보다도 못한 사람이거니…… 하여 부르는 편이나 불리는 편이 피차 부자연함을 느끼지 않게 되었다.

그래도 몇 해 전까지는 이렇게 순순히 '매촌네 늙은이'라고 '네' 자로 불릴 그가 아니었다. 대수롭지 않은 말에도 행여나 자기의 근본이 멸시를 당하는 것이 아닌가 하여 곧잘 성을 내어 대드는 것이었다.

그 어느 때만 하더라도 동네 면장의 아들놈이 온갖 잡말을 하던 끝이기는 하나 무슨 실없는 생각이 났는지 심심풀이로서인지 갑자기

* 성이 다른 일가.

"늙은이 이름이 뭔가요?"
하는 똥딴지같은 말을 물었다. 그랬더니 늙은이는 잠깐 새침하여 보인 후 진작

"히행, 늙은이가 이름이 있나……"
하고 웃는 얼굴에 위엄을 내듯 눈을 내리감았다.

"왜 없어, 왜 없어. 똥덕이었소, 개똥이었소?"

면장 아들은 그까짓 늙은이의 위엄쯤은 예사라는 듯이 지긋지긋하게도 파고 물었다.

늙은이는 젊은 놈이 늙은이의 이름을 묻는 것이 당돌하고 버릇없을 뿐 아니라 제 할머니는 옛날 술장사를 하지 않았던가 하는 생각이 나며 아주 뾜쭉 분이 치받쳐 올랐다. 그래서 당장에

"나도 다 예전에는 귀히 자란 사람이라나. 우리 할아버지만 해도 술집 같은 데는 일평생 발 들여놓는 법이 없었고, 또 글이 문장이시라 우리 딸네들의 이름 하나 지으실 때도 다 육갑을 짚어서 유식하게 지었더라오. 내 이름도 귀남이었지"
하고 너희 할머니는 술장수였다는 것과 자기 할아버지의 당당하였음을 꾹 찝어 은근히 훌륭한 자기 근본을 암시하는 한편, 사람을 낮잡아 보지 말라는 듯이 잔뜩 성을 내어 그 집을 쑥 나오고 말았다.

이러한 노염은 그리 오래된 일은 아니나 지금 생각하면 다 철없는 듯 우스운 생각이 든다.

"돈 없고 가난하면 지금 세상은 이런 것!"
이라는 것만은 똑똑히 알고 있는 터이었다.

그리고 또 아무리 가난하고 불쌍한 처지라고 하더라도 늙은이가 아들이나 좀 분명한 것이 하나쯤만 있었으면 이처럼 남에게 서러운 대우는 받지 않을 것이건마는 단지 둘밖에 없는 아들이 모두 말이 아닌 처지였다.

그의 맏아들은 오래전에 죽어버린 늙은이의 남편과 마찬가지로 '돼지'라는 별명을 듣는 심술 사나운 멍청이로서 모든 일에는 돼지같이 둔하고 욕심 굳고 철딱서니 없고 소견 없는 멍짜이면서 술 먹고 담배 피우는 데는 그야말로 참 일당백이었다. 그래서 남의 집에서 품팔이라도 하면 돈이 손에 들어오기 바쁘게 술집으로 달려가는 터이므로 몸에 입은 옷이라고는 자칫하면 숨겨야 될 물건까지 벌름 내다보일 지경이었다.

그리고 그 동생이 스물여덟에 남의 집 고용살이로 모은 몇 냥 돈으로 매촌에 장가를 들고 얼마 남은 것으로 돼지에게도 장가를 들게 해주려고 했으나 어디 멀쩡히 두 눈 가진 사람이 그에게 딸을 내줄 리가 없어 그대로 홀아비로 지내왔었다. 그랬더니 정말 천생연분이란 것이 반드시 있는 법인지 이 돼지에게 장가오라는 사람이 꼭 하나 있었다. 색시가 과부라든가 쫓겨 온 퇴물이거나, 인물이 코찡찡이 곰보딱지의 박색이라거나, 팔다리가 뚝 끊어졌든지 절름발이라든지 한 병신도 아닌 아주 이목구비와 사지구공이 분명히 생겼을 뿐 아니라

뚜렷한 숫처녀이다. 이만한 색시라면 돼지에게야 천복이 내린 셈이지마는 당자인 돼지로서는

"히히…… 젠장 아무리 생길 거야 다 갖추어 있는 색시라고는 하지마는 히히…… 젠장"

하고 기쁜 중에도 불만이 단단히 있는 듯하였다. 그 불만인 점이 무엇인가, 돼지 따위가 하고 파고 알아보면 그 색시는 과연 한 가지 흠이 있었다.

"귓구멍은 있어도 듣지 못하는 철벽이요, 목구멍도 뚫려는 있으나 아주 벙어리니까 사지구공이 뚜렷이 있기는 하나 실상은 사지칠공밖에 되지 않으니까"

하는 것이 흠이라는 것이다.

그러나 좌우간 돼지는 장가를 들게 되어 얼마 동안은 싱글싱글 좋아하였다.

늙은이도 아들 둘을 다 장가를 보냈으니 이제는 걱정할 것이 없다고 얼마간은 숨을 내쉬었지마는 차차 살며 보니 실상은 걱정이 더 붙었다. 돼지는 삼백예순 날 빠지지 않고 술만 찾아다니고 벙어리는 또 경치게도 위장이 좋은 모양인지 밤낮 배만 고프다고 끙끙댔다.

그리고 또 둘째 아들만 하더라도 남의 집에 고용살이로 있을 때는 그의 아내와 늙은이는 날만 새면 남의 집으로 돌아다니며 일해주고 밥 얻어먹고 무명베 짜는 집에 가서는 베 매어주고 옷감 얻고 하여 고용살이에서 남긴 돈은 그대로 소롯

이 모아두게 되었었다. 모아둔다 치더라도 그까짓 1년에 10원 내외에 불과한 돈이지마는 늙은이는 천 냥 만 냥같이 귀중히 여기고 든든하였다.

'어서 몇십 원 모이면 논이나 밭을 대지貸地로 얻어서 제 농사를 지어보리라'
하는 희망에 즐거워하며 남의 집에 가서 뼈가 녹게 일해주고 천대받고 업신여김을 받아도 사는 재미가 있었다.

그러던 것이 이럭저럭 60원이나 모이게 되어 아주 큰마음을 먹고 15원을 툭 잘라 다 허물어져가는 흙담집이나마 제집이란 것을 가져보려고 집을 샀다. 나머지 돈으로는 대지를 하려고 동네 앞에 있는 김 생원네 논 세 마지기를 흥정하려고 하는 즈음에 어느 하룻밤에 꿈같이 홀카닥 날려 보내고 말았다.

본래 중심이 굳지 못한 데다가 돈 냄새를 맡고 둘러싼 동네 알부랑 노름꾼에게 속아 넘어 제 형 돼지를 닮아서 턱없이 욕심을 부리다가 단번에 날려 보내버렸으니 아무리 곤두박질을 한들 막무가내라는 것이었다.

생각하면 기가 막혀 죽을 일이다. 15원짜리 집이라도 남의 집 고루거각*같이 여기고 좋아서 까불다가 발목까지 감으러친 늙은이요, 몇 년 동안이나 다디단 아름다운 꿈이었던 제 농사 지어보려던 그 꿈이 이처럼 허무하게 깨어지고 말다니……

옛적부터 기쁜 일이란 오래 계속되지 않는 법이라고는 하

* 높고 크게 지은 집.

지마는 이렇게 맹랑한 일이 또 어디 있으리라고 늙은이와 매촌이 부부는 밤낮 이를 갈고 애꿎은 담뱃대만 두들겨 분질러도 한번 낚기운 그 돈이야 돌아올 리가 만무하여 늙은이는 목을 놓고 울었다.

매촌이는 화를 참지 못하여 그길로 바람이 들어 이제는 동네 알부랑 노름꾼의 한 사람이 되고 말았다.

이리하여 늙은이는 두 아들이 다 말 못 되게 되어 1년 열두 달 남의 집으로 돌아다니며 일을 거들어주고는 밥 얻어먹고 하는 신세가 되었고, '매촌댁 늙은이'가 '매촌네 늙은이'로 떨어지게 된 것이다.

그러므로 1년 열두 달 늙은이는 남의 솥에 익혀낸 밥만 얻어먹고 사는 터이라 비록 일해주고 공으로 얻어먹는 것은 아니라 할지라도 남들은 공으로 먹이는 것같이 천대하는 것이었다.

돼지도 이미 심채릴* 나이가 된 지 오래건마는 한결 한시로 술 한 잔이면 제 목이라도 베어줄 작자라 남의 일도 죽도록 해주고 삯전은 받지 않고 술만 얻어먹고 돌아오고, 벙어리는 또 저대로 밥이나 얻어먹고 말 뿐이므로 그들은 남의 집에 일거들 것이 없는 판에는 곱다시 굶는 수밖에 없었다.

이러한 중에 돼지에게는 또 한 가지 불행이 생겼다. 그것도 결국은 술 까닭이다.

어느 날 술 생각이 간절한 돼지가 제 따위에 한 계책을 생각해내어 술집에 가서 '술 한 잔만 주면 나무 한 짐 갖다주겠

* 정신을 차리다.

다'는 약속으로 먼저 술 한 잔을 얻어 마시고는 가져다줄 나무는 본래 없는 터이라, 나무 베기를 엄금하는 사방공사砂防工事해놓은 산에 가서 남모르게 한 짐 잔뜩 베어 지고 내려오다가 공사 감독에게 들켜 나뭇짐은 나뭇짐대로 다 빼앗기고 죽도록 얻어맞고 난 후, 구류 사는 대신 그 동네에서 쫓겨나게 되었다.

그래서 돼지는 하는 수 없이 동네에서 한껏 떨어진 들 마을에 가서 남의 집 곁방살이로 들어갔다. 방세는 내지 않더라도 그 집의 바쁜 일은 거들어주겠다는 약속이었다.

그러나 당장에 입에 넣을 것이 없었으므로 벙어리를 두들기며 밥 얻어 오라고 하는 것이었으나, 벙어리는 이미 아이를 배어 당삭*이 된 커다란 배를 가리키며 서럽다고

"끙"

하며 우는 것이었다. 그래도 돼지는 어떻게든지 해서 양식을 얻어 올 궁리는 하지 않고 벙어리를 조르다가 지치면 늙은이가 무엇이나 가져오지 않나, 하는 턱없는 꿈을 꾸며 뒹굴뒹굴 구르기만 하는 것이었다. 이따금 담배 생각이 나면 호박 잎사귀 마른 것을 대에다 넣어가지고 쥐새끼 소리를 내며 빨아대고 벙어리는 태아가 꿈틀거릴 때마다 몸서리를 치며 무서워했다.

"빌어먹을 년, 겁은 왜 내어……"

하고 돼지는 벼락같이 소리를 지르나 알아듣지도 못하고 더 한층 배를 쥐어지르며 끙끙대는데 하루 한 끼도 못 먹는 터이

* 아이를 낳을 달.

라 눈깔들은 모두 얼음판에 넘어진 쇠 눈깔같이 퀭하니 험악하였다.

어느 날 밤에 늙은이는 큰 호랑이 두 마리가 꿈에 보이더라고 하며 이튿날 아침에 매촌 아내를 보고 꿈 이야기를 한 후

"아마도 너희 둘이 모두 아들을 낳을 게다"

하며 신기하다는 듯이 며느리 배를 바라보는 것이었다. 매촌이 아내도 벙어리와 함께 당삭이었던 것이다.

"한꺼번에 둘이 다 해산을 하면 이 일을 어쩔까. 작은며느리는 그래도 해산 후에 먹을 것이나 준비해두었지마는 벙어리는 어떻게……"

늙은이는 혼자 중얼거리며 연방 체머리를 절레절레 흔드는 것이었다. 작은며느리는 해산 후에 먹는다고 쌀 두 되, 보리쌀 석 되를 준비해두었거니와 벙어리는 지금 당장에 굶고 있는 판이니 여간 기막힐 일이 아니다.

늙은이는 혼자 생각다 못하여 노란 것, 흰 것, 검은 것이 한데 섞인 몇 카락 안 되는 머리를 손가락으로 쓰다듬어 꽁쳐 찌르고 누덕누덕 걸어맨 적삼에다 걸레 같은 몽당치마*를 입고 빨리 집을 나섰다. 그는 그길로 바로 단골로 다니며 일해주던 집들을 돌아다니며 사정 이야기를 하고 얼마라도 꿔주면 그만치 두고두고 일은 해주리라고 애원을 해보아도 한 집도 시원하게 대답해주지 않았다.

"늙은이는 그런 것들을 자식이라고 걱정을 해? 제 입추신**

* 몹시 해지거나 하여 아주 짧아진 치마.

도 못 하면서 자식 만들 줄은 어떻게 알아"
하고 모두들 비웃고 핀잔주고 놀려주고 할 뿐이라 늙은이는 이지러지고 뿌리만 남은 몇 개 안 되는 이빨을 드러내며

"히에"

하고 고양이같이 웃어 보이는 수밖에 없었다. 웃으면 곯아 비틀어진 우엉 뿌리 같은 그 얼굴에 누비질한 것같이 잘게 깊게 잡힌 주름살이 피어지며 온 얼굴이 한 줄로 밭골 지은 것 같아 보였다.

"그러기에 말이지요. 자식이 몹쓸어서…… 그래도 벙어리가 불쌍해요"

하고는 다시 한번

"히에"

웃어 보이고는 돌아서 나오곤 하였다.

그래도 그는 행여나 하는 생각으로 또 한 집을 들렀다. 그는 남들의 천대함을 슬퍼할 줄 몰랐고 낙심할 줄도 몰랐었다.

"아이고 불쌍해. 아이는 하필 저런 데 가서 태이거든……"

하며 그 집 주인은 쉽사리 늙은이 청을 들어주었다. 쌀 한 되, 보리쌀 두 되, 명태 두 마리, 미역 한 쪽을 두말없이 내주는 것이었다.

밥 한 그릇에 온 정신이 녹도록 고맙게 생각하는 늙은이라 이렇게 과분한 적선에는 도리어 고마운 줄 몰랐다. 그의 고

** 먹거리를 챙기는 일.

마음을 느끼는 신경은 너무나 한도가 적었던 까닭이다. 그의 신경은 모조리 감격에 차고 이 많은 것을 주는 데 대한 감사를 일일이 다 느끼기에는 그의 신경이 모자랐다.

늙은이는 무표정한 얼빠진 듯한 얼굴로 체머리만 바쁘게 쩔레쩔레 흔들며 연방 콧물을 잡아 뜯듯이 닦았다. 그는 아무 고맙다는 인사도 하지 않고 여러 가지를 바구니 속에 넣어가지고 머리에 이었다.

그 집을 나와 한참 돼지 있는 마을을 향하여 걸어가다가 그는 힐끔 한번 뒤를 돌아본 후 얼른 바구니에서 명태 두 마리를 끄집어내어 가슴 속에 숨겼다.

'벙어리야 주지 않아도 상관있나, 작은며느리를 줘야지.'

그는 명태는 작은며느리를 주려는 것이었다.

늙은이가 돼지 있는 방문 앞에 당도하여 품속에 감춘 명태를 한 번 더 저고리 앞섶으로 끌어 덮은 후 방문을 덜컥 열어젖히니 방 안에서는 더운 김과 퀴퀴한 냄새가 물씬 솟았다. 방 안에 혼자 누웠던 돼지가 부스스 일어나며

"그것, 뭐야"

하며 힐끔 눈깔을 추켜올려 쳐다보는 것이었다. 그 모양이 흡사 돼지 같아서 늙은이는 속으로 쓴웃음을 쳤다. 방 안 모양도 돼지우리 같거니와 그의 느린 동작과 시뻘건 두 눈으로 흘겨보는 상이 아무리 보아도 돼지다. 다만 한 가지 참 돼지답지 않은 것은 살이 툭툭이 찌지 않은 것이라고 할까……

늙은이는 지긋지긋하게도 망나니인 두 아들을 원망이나 미워하는 것도 이제는 면역이 되어 그대로 잠자코 방 안으로 들어갔다.

“아이고 배고파라.”

입 가장자리에 보얗게 침이 타 붙은 것을 손등으로 슬쩍 닦으며 배고파 못 견디겠다는 듯이 재차 묻는 것이었다.

“무엇이야, 아무것도 아니지. 대체 해산을 하면 뭣을 먹이려고 이러고만 있어.”

늙은이는 목에 말라붙은 것 같은 작은 소리로 노하지도 않고 말하였다.

“일하러 갈래두 배고파서……”

“그렇다고 누웠으면 하늘에서 밥이 떨어지나? 젊은것은 어데 갔노?”

“뒷산에 나물 캐러……”

늙은이는 네 손가락으로 득득 뒤통수를 긁으며 휘 한번 돌아본 후 벌떡 일어섰다.

“이것은 해산하면 먹일 약이다. 손도 대지 말어”

하고는 가지고 온 바구니를 윗목에 밀쳐놓고 밖에 나와 짚을 한 줌 쥐어다가 그 위를 눌러 덮었다.

“정말 약이다. 아이를 낳으면 먹일 약이다.”

늙은이는 행여 돼지가 먹을까 봐서 열 번, 스무 번 약이라고 속이며 당부하였다.

“음 그래, 알았어, 알아.”

돼지는 온 몸뚱이의 껍질만 남겨두고 모든 정신이 그 바구니 속으로 쏠려 늙은이의 말은 지나가는 바람 소리로만 여기며 어서 늙은이가 돌아가기만 조바심을 내며 기다렸다. 늙은이 역시 돼지의 속판을 잘 아는 터이라 아무리 당부해도 그 말을 지킬 돼지가 아닌 것도 잘 알았지마는 그래도 좀 아껴 먹도록 하라는 뜻으로 하는 당부였다. 그러나 아무리 소견 없는 축신이 같은 돼지라 하더라도 이미 사십에 가까운 사내에게 양식을 약이라고 말하는 자기가 서글프기도 하였거니와 그들에게 있어서는 양식이라는 것은 생명줄을 이어주는 귀하고 중한 약이 아니고 무엇이냐. 밥을 약과 같이 먹어야 하는 너희들이 아니냐 하는 생각도 났으므로 늙은이는 참을 수 없어 그 방을 나서고 말았다.

집으로 돌아오는 길에서 벙어리와 마주칠까 해서 명태는 품에 숨긴 채 빨리 돌아왔다. 작은며느리는 일하러 가고 집에 없었으므로 부엌 한옆에 구덩이를 파고 넣어둔 쌀 항아리 뚜껑을 열고 명태는 쌀 속에 파묻어두었다. 그러고는 자기도 어디 가서 일을 거들어주고 점심을 때우리라고 집을 나섰다. 그는 그길로 면장의 집으로 갔다.

“늙은이, 어서 오소. 이 애 좀 보아요”
하며 면장 마누라는 세 살 먹은 계집애를 안고 마루에서 어쩔 줄 몰라 하는 판이었다.

"왜? 좀 봅시다. 내야 알겠나마는."

늙은이는 얼른 마루로 올라가 익숙한 솜씨로 어린애의 이마와 가슴을 만져보았다.

"지금까지 뜰에서 놀던 것이 갑자기 이 모양이구려."

어린아이는 눈을 뒤집어쓰고 기를 썼다.

"별일 없어요."

늙은이는 아이를 받아 안고 오물어진 입술을 더 오물여가지고 가만가만 가슴과 배를 쓰다듬듯 만졌다.

평생에 하도 많이 남의 집에를 돌아다닌 늙은이라 남 앓는 것도 많이 보고, 고치는 것도 많이 보고 듣고 해온 터이라 지금 와서는 웬만한 서투른 의원보다 아는 것이 많아 체증도 내려주고 객귀도 물려주고 조약도 가르쳐주고 하여 동네에서는 앓는 사람이 있으면 약방의 감초같이 반드시 불려 가는 것이었다. 그러므로 면장 마누라는 안심하고 아이를 맡기는 터이다.

이윽고 아이는 한바탕 토하고 나더니 한참 만에 잠이 들었다. 늙은이는 후 한숨을 내쉬고 툇마루로 나와 앉으며

"한숨 푹 자고 나거든 밥일랑 먹이지 말고 뜨끈한 숭늉이나 떠먹이고 재우면 별일 없을 거요"

하였다. 마누라는 안심한 듯이 늙은이에게 줄 밥과 반찬을 찾아서 툇마루에 늘어놓았다.

김치 찌꺼기와 간청어 꼬리와 장찌개 먹던 것과 보리 섞인 밥 한 그릇을 늙은이는 씹지도 않고 묵턱묵턱 삼키기 시작

했다.

"에구 늙은이, 천천히 좀 먹어요."

마누라는 늙은이의 밥 먹는 모양을 바라보다가 주의를 시키는 것이었다.

"히엥!"

늙은이는 애교 있는 웃음을 웃고 간청어 꽁지를 통째로 묵턱 베어 우물우물하더니 입이 움쑥하며 꿀꺽 소리를 내고 삼켜버렸다.

"에구머니, 뼉다구도 씹지 않고 막 먹네."

"히엥, 걱정 마소."

늙은이는 거의 버릇같이 된 '히엥' 하는 고양이 웃음을 한 번 웃고 나서 연방 주먹만큼 한 밥숟갈이 오르내렸다.

'저 늙은이의 창자는 무쇠로 된 거야.'

마누라는 자기도 침을 삼키며 찬장에서 김치 찌꺼기를 더 내주었다. 늙은이는 지금까지 먹으라고 주는 것을 사양이라곤 해본 적이 없는 터이라 김치 중발*을 넙적 받아 국물부터 후루룩 삼켜보는 것이었다. 그의 몸뚱이는 곯아 비틀어졌어도 오직 그의 창자만은 무쇠같이 억세고 튼튼하여 지금까지 배앓이란 것을 해본 적이 없었다.

이날은 이 집에서 이것저것 치워도 주고 앓는 아이의 수종도 들고 하여 저녁까지 잘 얻어먹고 돌아오려 할 때 마누라

* 놋쇠로 만든 조그마한 밥그릇.

는 수고하였다고 치맛자락에 보리쌀 두어 되를 부어주었다.

"에구 이것은 왜……"

하며 너무 과분하다는 듯이 한번 마누라를 건너다본 후 얼른 치맛자락에 싸인 보리쌀을 가슴에 부둥켜안고 집으로 돌아왔다. 그는 그 보리쌀을 헌 누더기에다 싸가지고 며느리 모르게 부엌 옆 나뭇단 속에 감추어두었다. 벙어리 양식이 없어지면 가져다주려고.

그런 지 며칠이 지났다.

이날도 남의 집에 가서 방아를 찧어주는데 벙어리가 해산기미가 있다고 돼지가 헐레벌떡 쫓아왔다. 늙은이는 그래도 찧던 방아를 다 찧어주고 점심을 얻어먹은 후 돼지 사는 동네로 달려갔다.

방문을 덜컥 열어젖히니 벙어리는 죽는다고 머리를 방구석에 틀어박고 끙끙거리며 손으로 벽을 쥐어뜯고 있었다. 돼지는 조급한 듯이 연기도 나지 않는 담뱃대만 쭉쭉 빨며 쥐새끼 소리를 내고 앉아 있었다.

"언제부터 저러나?"

늙은이는 방에 들어앉으며 아들에게 물었다.

"몰라. 어제저녁부터 물 한 모금 안 먹어."

돼지는 혀를 찼다. 늙은이는 벙어리의 고통을 잘 알았다. 아무것도 먹지 못해 기운이 진하여 속히 어린아이를 낳지 못하는 것임을 잘 알았다.

"접때 가져다준 약은 다 먹었니?"
하고 돼지를 노려보았다.

"뭐? 아 그것? 다 먹었지."

"무엇이 어째?"

늙은이는 기가 막혔다. 그까짓 쌀 한 되, 보리쌀 두 되를 먹는다니 입에 붙일 것이나 있으랴마는 미역까지 다 먹어버렸다는 말에 와락 속이 상했다.

"빌어먹을 인간."

기운이 진하여 간심*을 주지 못하는 벙어리를 앞에 놓고 늙은이 가슴은 어리둥절하였다. 그는 생각다 못하여 얼른 밖으로 나와 물 한 바가지를 솥에 붓고 장 찌꺼기를 조금 부어 김이 나게 끓여서 한 그릇 들고 들어왔다.

벙어리는 팔을 휘저으며 두 눈이 발칵 뒤집혀져서 그 물을 벌떡벌떡 마시고 난 후

"아버바…… 어버버……"
하고 곤두박질을 쳤다. 늙은이는 재치 있게 벙어리 배를 누르며 연방 들여다보며 하는 사이에 철퍼덕 하는 소리와 함께

"으아"
하며 새빨간 고깃덩어리가 방바닥에 내뿌리듯 떨어졌다.

"아이고, 아아이고."

늙은이는 두 손을 제비같이 놀렸다. 탯줄을 거머쥐고 얼른 입으로 가져갔으나 이미 뿌리만 남은 그의 이빨로는 어림

* 안간힘.

도 없는 것을 알자 돼지가 달려들어 어금니로 썩둑 탯줄을 끊었다. 돼지는 벌겋게 핏물이 묻은 입술을 닦을 줄도 모르고 꼬물거리는 고깃덩어리를 신기하다는 듯이 내려다보고 있었다.

"이거 사내로구나."

이윽고 돼지는 얼굴을 밉상스럽게 기쁨을 숨기는 표정으로 슬거머니 중얼거렸다.

"오냐! 그래, 그래."

늙은이는 아주 체머리를 힘차게 흔들며 바쁘게 벙어리 단속을 한 후 무슨 영문인지 두 눈에 눈곱과 눈물을 짜리리하게 고여가지고 좌우를 두릿두릿 살펴본 후 얼른 몽당치마를 벗어 소중하다는 듯이 아기를 쌌다. 돼지는 그때 비로소 죽은 것 같이 늘어진 벙어리를 만져보았다가 담뱃대도 쥐여보았다가 또 놓아도 보고 뜻도 없는 말을 중얼거리기도 하며 제법 몸에 활기가 도는 듯하였다. 늙은이는 잠시 가만히 앉아 예순셋에 처음으로 보는 손자라 그런지 몹시 감격하여 눈을 쥐어지르듯 자꾸 눈물을 닦으며 또 한번 아기의 다리 사이를 들여다보았다. 이 아기가 사내란 것이 자기에게 무엇이 그리도 기쁜 일인지……

이윽고 태를 낳으니 그 많은 피와 태를 감당할 수 없어 떨어진 가마니 쪽에도 모조리 움켜 담아서 돼지를 시켜 뜰 한옆에 가서 태우게 하였다.

"이것에게 무엇을 먹이나."

늙은이는 자기 집 나뭇단 아래 숨겨둔 보리쌀을 간절히 생각하나 지금 그것을 가지러 가려고 몸을 빼서 나갈 수 없고, 돼지를 시키려니 작은며느리에게 들킬까 걱정이 되어 자기 팔이라도 베고 싶었다. 그럴 때 집주인 마누라가 이 모양을 알아채고 쌀 한 그릇을 주는 것이었다. 늙은이는 그것으로 밥을 지어 벙어리에게 크게 한 그릇 먹이고 남는 것은 바가지에 긁어 담았다.

"그년 아이를 낳고 아프지도 않나베. 밥이야 억세게도 처먹는다. 나도 배고파 죽겠다, 제길."

돼지는 태를 태우며 버럭 소리를 지르는 것이었다. 늙은이는

"빌어먹을 놈, 축신이같이"

하며 바가지의 밥을 덜어서 돼지를 주고 자기는 손가락에 묻은 밥알만 뜯어 먹었다.

이러는 중에 해는 저물었다. 늙은이는 남은 밥을 벙어리에게 먹여놓고 차마 어린것을 싸놓은 치마를 벗기지 못하여 떨어진 속옷 바람으로 어둡기를 기다려 자기 집으로 보리쌀을 가지러 가는 것이었다.

작은며느리가 알면

"보리쌀은 누구 것이오. 왜 숨겼다가 가져가오"

하고 마음을 상할까 하여 그는 쥐새끼처럼 소리끼 없이 가만가만히 자기 집으로 들어갔다. 매촌이는 또 노름방으로 갔는

지 며느리 혼자서 가물거리는 호롱불을 켜고 옷끈을 풀어헤친 채 벼룩을 잡느라고 부스럭거리고 있었다. 늙은이는 자취끼 없이 부엌으로 들어가 나뭇단 아래 손을 넣어 살그머니 보리쌀 꾸러미를 끌어내었다. 진작 도로 나오려다가 잠깐 머뭇거린 후 재주 있는 '쓰리'*와 같은 손짓으로 쌀 항아리에 손을 넣었다. 전날에 쌀 속에 감추어두었던 명태가 쌀 위에 쑥 빠져나와 있었다.

'이크, 며느리가 보았구나'

하는 생각이 들자 그는 손을 빼어 보리쌀 꾸러미만 안고 번개같이 내달아 돼지에게 갖다주었다.

"이것으로 죽을 쑤어서 너는 조금씩만 먹고 에미만 많이 먹여라"

고 돼지에게 천만당부를 한 후 다시 뒤돌아 자기 집으로 오는 것이었다.

텅 빈 뱃가죽은 등에 가 붙고 입안과 목 안은 송진으로 붙인 듯 입맛을 다시려니 미어지는 것같이 따가웠다.

'저까짓 보리쌀 두 되를 가지고 몇 날을 지탱할까……'

하는 생각에 그의 두 다리는 가리가리 힘이 빠지고 돼지와 매촌이의 못난 것이 새삼스럽게 얄미웠다.

그래도 눈앞에는 오늘 낳은 아기의 두 다리 사이에 사나이란 또렷한 그 표적이 어릿어릿 나타났다 사라지고 하였다. 그는 이윽히 걸어가는 사이에 몹시 뒤가 마려워져 잠깐 발길

* 소매치기.

을 멈추고 사방을 둘러본 후 속옷을 헤치려다가 무엇에 놀란 듯 다시 재빠르게 걷기 시작하였다.

'사람은 똥 힘으로 사는데……'

하는 것을 생각해내었던 것이다. 이제 집으로 돌아간들 밥 한 술 남겨두었을 리가 없으며 반드시 내일 아침까지 굶고 자야 할 처지이므로 지금 똥을 누어버리면 당장에 앞으로 거꾸러지고 말 것 같았던 까닭이었다.

그는 흘러내리는 옷을 연방 움켜잡아 올리며 코끼리 껍질 같은 몸뚱이를 벌름거리는 그대로 뒤가 마려운 것을 무시하려고 입을 꽉 다문 채 아물거리는 어두운 길을 줄달음치는 것이었다.

포스트잇

'적빈赤貧'의 '붉을 적赤'에는 '텅 비어 있다' '없다' '벌거벗다' 라는 뜻이 있다. 상상조차 어려운 지독한 가난을 말할 때 '적빈하다'라는 말을 쓴다. 작가 백신애는 이 작품을 1934년 11월 『개벽』 속간호에 발표했다. 일제강점기 한복판인 1934년에는 어떤 일들이 있었을까.

그해 2월 7일자 『동아일보』 호외판을 보면, 1월 한 달 동안 울릉도에 5미터가 넘는 폭설이 내렸고 40명이 넘는 사망자를 냈다는 기록이 있다. 저동의 용암골에 사는 한 가족 다섯 명이 세상을 떠났는데 그들이 생전에 내다 팔기 위해서 구워둔 숯으로 화장을 했다는 아픈 사연이 기사에 실려 있다. 같은 해 6월에는 당시 번성한 연평도 어장에서 비극이 있었다. 갑자기 닥친 폭풍우로 200여 척의 어선이 산산조각 났으며 350명 이상이 익사했고 천 명이 넘는 조난자가 발생했다. 재난과 참사는 가뜩이나 국권이 박탈된 나라에서 힘겨운 삶을 이어가던 이들에게 공동의 무력감을 안겨준다. 1934년의 독자들은 아마도 이러한 겹겹의 절망을 공유했을 것이다.

「적빈」은 가난의 끝에 매달려 체면도 염치도 내다 버린 채 생존을 갈구하는 한 노년 여성의 분투를 다룬다. 주인공인 매촌댁은 마을에서 "더럽고 불쌍하고 얄미운 거러지보다 더 가난한 늙은이"로 통한다. 오래전 남편을 잃고 홀로 두 아들을 키워온 매촌댁은 몇 해 전까지만 해도 근본이 멸시를 당할 정도는 아니었는데, 망나니 두 아들들이 술꾼에 노름꾼으로 나도는 바람에 15원짜리 집까지 다 날려 먹은 처지다. 날품팔이와 구걸로 연명해보지만 존엄을 지탱할 수 없는 한계상황에 이른다. 쏟아지는 천대에 낙심할 경황도, 적선에 감사할 신경도 모자란 판이다. 그러던 중에 뜻밖에 두 며느리의 임신 소식을 듣는다. 그는 해산하는 며느리들에게 밥술이나 떠먹여보려고 마지막 힘을 그러모아 바득바득 발버둥 치지만 세상은 그에게 보리쌀 한 줌조차 만만히 허락하지 않는다.

며느리가 갓 낳은 생명을 보고도 "새빨간 고깃덩어리가 방바닥에 내뿌리듯 떨어졌다"라고 여길 정도로 감각이 마비된 아사 직전의 상황에서, 매촌댁은 갓 난 손주의 다리 사이를 들여다보고 그 아기가 사내라는 것에 감격의 눈물을 훔친다. 며느리는 굶주림으로 기운이 다해 사선을 넘어가며 출산한 상황이다. 그 앞에서 매촌댁의 큰아들인 돼지는 "배고파 죽겠다"라고 제 욕심을 차린다. 매촌댁은 그런 아들을 "빌어먹을 놈" "축신이"라고 몰아붙이고 "죽을 쑤어서 너는 조금씩만 먹고 에미만 많이 먹여라"라고 당부하면서 감춰둔 보리쌀 꾸러미를 손에 쥐여준다. 숨이 끊어질 곤궁함 속에서도 대를 이을 사내가 태어났다는 것에 희열을 느끼는 매촌댁의 모습은 한 인간의 존엄을 무너뜨리면서까지 파고드는 가부장제의 깊은 모순을 보여준다. 하지만 그가 남은 보리쌀을 출산한 며느리에게 다 내어주고 똥 힘으로 아침까지 버텨보겠다며 뒤가 마려운데도 똥을 참고 재빠르게 걷는 대목에서, 한 인간으로서 도리를 포기하지 않으려는 결심과 동병상련의 여성을 애달프게 여기는 최후의 몸부림을 볼 수 있다.

작가 백신애는 1908년 경북 영천의 사업가 집안에서 1남 1녀 중 둘째로 태어났으나 거침없는 모험 속에서 20대를 보냈다. 일찌감치 보수적인 부모 곁을 떠나 일본에서 고학을 하면서 극단의 배우를 지망하거나 시베리아와 중국을 오가며 사회주의 단체에서 활동하기도 했다. 그는 1929년 『조선일보』 신춘문예에 당선된 작품 「나의 어머니」를 통해 소설가가 된다. 그러나 가족의 강권으로 1932년에 약혼하고 33년에 결혼을 한 뒤 34년부터 본격적으로 소설을 쓰기 시작한다. 소설을 통해 당시의 봉건적인 인습이 여성의 삶을 어떻게 옭아매는지 고발하고, 그 안에서 조금이라도 벗어나고자 싸우는 여성들의 삶을 그려내고자 했다. 「적빈」은 그중에서도 매우 냉정하면서 풍자적인 시선으로 극빈한 여성의 현실을 그려낸 역작이다. "나도 다 예전에는 귀히 자란 사람이라나. (……) 우리 딸네들의 이름 하나 지으실 때도 다 육갑을 짚어서 유식하게 지었더라오. 내 이름도 귀남이었지"라는 말에서 가부장제에 대한 시니컬한 시선을 읽을 수 있다. 매촌댁이 자신의 큰아들을 돼지라 부르며 "심술 사나운 멍청이"에 "철딱서니 없고 소견 없는 멍짜"이고 "뒹굴뒹굴 구르기만" 한다고 사정없이 몰아치는 장면에서는 무능하면서도 '대를 이을 아들'이라는 권력만 움켜쥔 가부장에 대한 비판을 읽을 수 있다.

「적빈」은 여성주의적 소설의 서막을 여는 중요한 작품이다. 서영인은 "매촌댁처럼 이름을 가지지 못한, 말하지 못하는 여성들을 백신애는 한결같은 관심으로 주목하며 그 말하지 못하는 여성들의 세계로 독자들을 끌어들인다"라고 말한다.* 그렇다면 당시 독자들은 문학 속에서 여성의

* 서영인, 「제도의 구속 안에 머물며 다른 세상을 꿈꾸다 — 여성 작가로서의 백신애」, 『혼명에서』, 문학과지성사, 2019, 391~392쪽.

목소리가 담기는 것에 대해 어떤 기대를 가지고 있었을까?

이 소설이 발표된 때와 비슷한 시기인 『조선중앙일보』의 1934년 8월 3일자 독자 의견란을 살펴보면, 여성으로 짐작되는 함흥의 한 독자가 소설가 이북명에게 "작중에 여공의 생활을 취급하여 달라"고 요청하고 있는 것을 볼 수 있다. 노태훈은 이 독자의 의견을 분석하면서, 해당 독자가 작가에게 "(이북명의 소설에) 인물의 감정과 정서, 특히 여성 인물에 대한 묘사가 부족함을 지적하고 있는 것"이라고 말한다.* 이 신문의 독자 의견란 기획에는 33인의 작가가 등장하는데 언급되는 여성은 모윤숙 시인 한 명뿐이다. 동시대 작가였던 백신애의 활동은 그런 점에서 돋보인다. 백신애는 같은 해 4월 대구 조양회관에서 열린 『신가정』 주최 '대구 여성 좌담회'에 참석하고 11월에는 빈곤 여성의 삶을 다룬 「적빈」을 발표한다. 남성 작가에 의한 남성의 목소리가 거의 전부나 다름없던 상황 속에서 백신애의 작업은 중요한 의미를 갖는다. 그는 봉건적인 제도의 성차별과 그 안에서 느끼는 여성의 모순된 욕망을 제기한 선구적인 작가이다.

* 노태훈, 「독자를 통한 문학장 형성과 그 한계」, 『구보학보』 22집, 2019, 413~414쪽.

생각의 타래

1. 동네 면장의 아들이 매촌댁에게 "늙은이 이름이 뭔가요?"라고 물었을 때 매촌댁이 "히행, 늙은이가 이름이 있나……"라고 대답하자 면장 아들은 "왜 없어, 왜 없어. 똥덕이었소, 개똥이었소?"라고 비웃으며 캐묻는다. 과거에 여성에게는 이름이 없었던 시절이 있었고, 험한 이름을 붙여야 다음번에 남자아이를 낳는다고 해서 일부러 뜻이 안 좋은 말을 여성의 이름으로 붙이기도 했다. 여성의 이름에 얽힌 차별적인 태도에 대해서 알아보고 한 존재에게 이름이 가지는 의미에 대해서 말해보자.

백신애

2. 매촌댁 큰아들인 돼지가 자신의 색시를 묘사하는 대목을 보면, 아내의 외모를 언급하면서 평하는 대목이 있고 아내의 신체적 특징을 언급하면서 장애를 비하하는 부분이 등장한다. 사람의 신체를 대상화하고 그 신체를 정상과 비정상으로 갈라서 평가하는 일은 우리 주위에서도 자주 볼 수 있다. 사례를 이야기하고 그것이 문제인 이유를 생각해보자.

적빈赤貧

3. 매촌댁은 큰 호랑이 두 마리를 꿈에서 본 뒤 작은며느리에게 "아마도 너희 둘이 모두 아들을 낳을 게다"라고 말한다. 그가 이토록 아들에 집착하게 만든 까닭은 무엇일까?

4. 매촌댁은 "평생에 하도 많이 남의 집에를 돌아다닌 늙은이라 남 앓는 것도 많이 보고, 고치는 것도 많이 보고 듣고 해온" 사람으로 묘사된다. 그래서 웬만한 서투른 의원보다도 아는 것이 많다는 것이다. 그럼에도 사람들은 매촌댁을 하찮은 사람으로 여기고 멸시한다. 매촌댁이 지닌 풍부한 경험적 지혜가 매촌댁의 존재에 대한 존중이나 경의로 이어지지 못한 이유는 무엇일까?

5. 매촌댁이 "아기의 두 다리 사이에 사나이란 또렷한 그 표적"을 잊지 못하고 그것에 매달리는 이유는 무엇일까?

6. 이 소설에서 '적빈'의 '붉을 적'이라는 글자는 극빈한 처지를 나타내는 관용적 의미로 쓰이면서 소설 속 붉은색의 이미지와 교차하는 중의적 의미도 지닌다. 소설 안에서 붉은색의 이미지가 두드러지는 장면을 찾고 그 장면이 나타내는 의미를 생각해보자.

오정희

유년의 뜰

휫 아 유 두잉? 당신은 무엇을 하고 있습니까? 아임 리딩 어 북, 나는 책을 읽고 있습니다. 횟즈 유어 프렌드 두잉? 당신의 친구는 무엇을 하고 있습니까?

석양이 오빠의 이마와 목덜미를 붉게 물들이며 방 안을 가로질렀다.

내가 기억하는 한의 그 시간은 늘 그랬다.

함석지붕이 흐를 듯 뜨겁게 달아오르고 저녁 햇빛이 칼처럼 방 안 깊숙이 꽂힐 즈음이면 어머니는 화장을 시작하고 오빠는 창가에 놓인, 붉은 꽃무늬 도배지를 바른 궤짝 앞에 앉아 꼼짝 않고 소리 높이 영어책을 읽었다. 나는 어머니 곁에 앉아 갖가지 화장품이 담긴 병들을 만지작거리거나 창을 통해서 멀찍이 보이는 개울의 다리와 신작로, 그리고 더 멀리 황금빛으로 번쩍이는 국민학교의 창을, 점점이 붉은빛이 묻어나는 새털구름들을 바라보며 이유가 분명치 않은 조바심으로 어머니와 오빠 사이의, 은밀히 조성되어가는 팽팽한 공기를 지켜보았다.

캔 유 텔 미 횟 히 이즈 두잉? 오빠가 밭은기침으로 목청을 돋우었다.

파마한 머리칼이 얽히었는지, 신경질적인 손놀림으로 빠르게 빗질을 하던 어머니가 손을 멈추고 거울에 바짝 머리를 들이대었다. 흰 머리카락이 뽑혀 나왔다.

벽에 버티어놓은 거울에, 등지고 앉은 오빠의 몸이 고집스럽게 담겨 있었다. 뽑혀 나온 새치를 손가락 사이에 들고 잠시 들여다보던 어머니가 햇빛을 피하는 시늉으로 눈살을 찌푸리며 거울을 옮겨놓고 화장을 계속했다. 나무궤 위에 쌓아놓은 우리들의 때 묻은 이부자리가 거울면에 들어찼다. 오빠의 모습은 사라졌다. 대신 거친 손짓으로 책장을 넘기는 바람에 낡고 눅눅해진 종이가 힘들게 찢겨지는 소리가 났다. 오빠의, 긴장으로 경직된 등이 제풀에 움찔했다.

어머니는 등 뒤의 작은 시위—그러나 오빠 나름대로는 필사적인—에 아랑곳하지 않고 분첩으로 탁탁 얼굴을 두들기고 가늘고 둥글게 눈썹을 그렸다. 나는 조마조마한 마음으로 어머니와 오빠를 번갈아 보며, 그러나 어쩔 수 없는 호기심과 찬탄으로 거울 속에서 점차 나팔꽃처럼 보얗게 피어나는 어머니의 얼굴을 바라보았다.

어머니가 시집올 때 해왔다는 등신대等身大의 거울은 이 방에서 유일하게 흠 없이 온전하고 훌륭한 물건이었다. 눈에 보이게 또는 보이지 않게 남루해져가는 우리들 가운데서 거울은, 어머니가 매일 닦는 탓도 있지만, 나날이 새롭게 번쩍이며 한구석에 버티고 있었다. 그 이물감 때문에 우리의 눈에는 실체보다 훨씬 더 커 보이는 건지도 몰랐다.

거울 속에는 언제나 좁은 방 안이 가득 담겨 있었다.

소꿉놀이를 하다가도, 게으르게 눈을 껌벅이며 잠에서 깨어나서도, 싸움질을 하다가도, 허겁지겁 밥을 먹다가도 문득 눈을 들면 방의 한구석에 버티어 선 거울이 뒷모습까지도 환히 비추는 바람에, 우리는 거울 속에서 낯설게 만나지는 자신에게 경원과 면구스러움을 느껴 옆으로 슬쩍 비켜서거나 남의 얼굴처럼 물끄러미 바라보곤 했다.

거울은 기울여놓기에 따라 우리의 모습을 작게도 크게도 길게도 짧게도 자유자재로 바꾸어 비추었다. 언니와 나는 어머니가 없을 때면 끙끙대며 거울을 옮겨놓고 그 앞에서 입을 크게 벌리고 노래를 부르거나 연극놀이를 했다. 비가 와서 밖에 나갈 수 없을 때면 연극놀이를 했는데 내용은 늘 똑같았다.

잰 멍청이니까 병자나 시켜. 작은오빠의 말에 따라 내가 힘없이 드러누우면 작은오빠는 의사, 언니는 천사가 되었다. 병자는 시종 가냘프게 신음을 하고, 주사를 맞고 약을 받아먹으며, 눈을 감고 있다가 죽어서 천사와 함께 하늘에 오르는 것이 연극의 끝이었다. 천사는 할머니의 치마를 둘러쓰고 옷자락을 펄럭이며 주위를 돌다가 내가 머리를 모로 떨어뜨리고 탁 숨을 끊으면 안아 올렸다. 그러고는 화를 냈다.

너무 뚱보라서 날 수가 없구나.

천사를 따라 펄럭펄럭 날갯짓을 하며 방 안을 돌아다니는 것으로 연극이 막을 내린다는 것을 알고 있었지만 나는 대체로 정말 죽은 체 꼼짝 않고 누워 있었다. 그러면 언니는 나를 마구 흔들며 짐짓 겁에 질린 소리로 호들갑스럽게 말했다.

노랑눈이 죽었니? 눈 떠봐, 정말 죽었니?

의사가 눈꺼풀을 손가락으로 비집고 입김을 후후 불어넣

으며 투덜대었다.

이 바보야, 일어나, 이젠 끝났단 말야.

그러나 나는 천사와 함께 나는 것보다 죽은 체하고 누워 있는 것이 훨씬 더 재미있었다. 그렇게 가만히 있노라면 내 작은 계교로 의사는 계속 주사를 놓고 천사는 다리가 아플 때까지 주저앉을 수 없어 연극은 언제까지나 이어지기 때문이었다.

어머니는 입술을 꽃 모양으로 뚜렷이 그리고, 하얗게 분이 오른 얼굴을 다시금 분첩으로 탁탁 두드렸다.

오빠는 더 큰 소리로 책을 읽었다.

홧 아 유 두잉? 아임 리딩 어 북.

창 아래, 텃밭가로 지나가던 사람 두엇이 고개를 빼어 안을 기웃거렸다.

어쩌면 저렇게 공부를 열심히 하지? 꼭 미국 사람 지껄이듯 하는군.

오빠는 변성기에 접어든, 거세고 뻑뻑한, 그러면서도 여성적인 목소리로 한껏 혀를 궁굴렸다.

고등학교 입학 자격시험 준비를 한다는 오빠는 해가 저물 때까지 창가에 앉아서 영어책을 읽었다. 아예 책을 덮어놓고 1과부터 외우기도 했다. 우리의 좁은 방은 언제나 오빠의 책 읽는 소리로 가득 차 있었다. 그것은 끝없이 반복되는 단조롭고 긴 소절의 노래였다. 오빠가 방에 없을 때조차 그 소리는 지루하게 되풀이해 울리고 있었다. 홧 아 유 두잉? 홧즈 유어 프렌드 두잉?

중학교 2학년에서 학교를 중단한 오빠가 읽는 것은 피난 짐에 소중히 넣어온 중2 교과서였다.

읍에 야간 중학교가 생기자 어머니는 말했다. 온 식구가 한뎃잠을 자는 한이 있어도 학교를 보내마.

그런데도 오빠는 세 해째 같은 책을 읽고 있는 것이다. 보풀이 일어 눅눅하고 두껍게 부푼 책에 오빠는 딱딱한 마분지를 덧대어 겉장을 만들었다.

사람들 말대로 오빠는 언젠가 성공할 것이다.

갖고 놀아도 좋아.

어머니는 싹싹 훑어 바른 빈 크림 통을 내게 내밀고 마지막으로 입술 곁에 날카롭게 미인점을 찍은 뒤 일어나, 거울에 옷맵시를 비춰보았다.

다녀오마.

어머니는 저고리 소매에 손수건을 살짝 찔러 넣고 꽃가지라도 꺾어 든 양 한들한들 걸어 나갔다.

어머니가 나가자마자 오빠는 탁 책을 덮고 용트림을 하듯 아아 기지개를 켜며 웃옷을 벗어 던졌다.

막 넓게 퍼지기 시작한 완강한 어깨 위로 아직 연약하고 섬세한 목과 작은 머리통이 불균형하고 어색하게 얹혀 있었으나 이미 청년으로서의 단단한 골격이 잡힌 몸이었다.

오빠는 무언가 억제하려는 듯, 솟구치려는 듯한 몸짓으로 또다시 허리를 뒤틀어 기지개를 켜고 손아귀에 힘을 주어 천천히 팔을 안으로 굽혔다.

옹골찬 근육들이 아아아아 떨듯이 일어났다. 오빠는 거무스레한 겨드랑이를 보이며 다시 한번 기지개를 켜고 무덥게 닫힌 방문을 발로 차 열었다.

활짝 열린 방문으로, 툇마루 앞마당에서 풍구를 돌리고 있는 할머니가 보였다. 저녁밥 지을 불을 피우고 있는 것이다. 한 손으로는 풍구질을 하면서, 불꽃이 잘 일지 않는지 할머니는 연신 화덕 밑 불구멍에 얼굴을 대고 푸우푸우 입으로 바람을 불어 넣었다. 하얗게 사윈 재가 화덕 위로 날았다. 햇빛 때문에 불티는 보이지 않았다.

노랑눈아, 된장 한 숟갈 퍼오고 고추 몇 개 따와라.

매운 연기와 흘러내리는 땀으로 눈물을 질금거리며 할머니가 소리쳤다.

된장 항아리의 아구리를 덮은 호박잎에는 구더기가 하얗게 올라와 있었다.

나는 할머니가 하듯 호박잎을 젖혀 던져버리고 된장을 한 숟갈 뜬 후 꼭꼭 눌러 장독대 곁의 호박잎을 하나 따서 덮었다.

아침마다 된장 항아리 뚜껑을 열면 호박잎에 구더기가 하얗게 올라와 있었다. 웬 가시가 이렇게 끓는담. 할머니는 혀를 차며 호박잎을 벗겨 담장 너머로 던져버리고 새 잎을 덮었다. 그 일은 서리가 내릴 때까지 계속되었다. 된장을 뜨고 돌아서며 나는 봉숭아·채송화 따위 일년초가 자자분하게 피어 있는 마당 건너 안채의 부엌과 잇달린 방을 흘깃 바라보았다.

역시 둥글고 배가 부른 자물쇠가 시커멓게 매달린 채 고요했다. 늘 마당을 사이에 두고 바라보는 방이건만 그 앞을 지나갈 때는 눈을 내리깔고 발소리를 죽여 빨리빨리 걷다가 훨씬 지나친 후에야 엿보듯 흘깃 돌아보는 것이 우리들의 버릇이었다.

해 질 녘의, 그림자 같은 정적 속에서 할머니는 벌겋게 달아오른 얼굴로 풀무질을 하고 뒤곁의, 꽃이 진 감나무에는 고욤만 한 감이 다닥다닥 달려 있었다.

윤기 나는 검푸른빛으로 빳빳하고 단단히 약이 오른 고추를 한 움큼 따서 치마폭에 담는데, 동생을 업고 텃밭가에서 목을 빼어 길 쪽을 살피던 언니가 급히 몸을 숙였다. 그 바람에 혀를 깨물렸는지 동생이 숨넘어갈 듯 울었다. 텃밭은 길에 면해 있지만 길보다 한 자끝이나 턱이 지게 낮고 뽕나무 울타리로 둘러쳐져 언니의 몸쯤이야 납작 엎드리지 않고도 쉽게 숨길 수 있었건만 언니는, 개울의 다리 위로 저무는 햇빛을 하얗게 튕겨내며 자전거가 달려올 즈음이면, 지레 땅바닥에 엎드렸다.

자전거 뒤에 빈 도시락을 신고 달려오던, 5학년인 언니의 담임 선생은 여느 때처럼 언니를 발견하지 못하고 따르릉따르릉 텃밭을 지나쳤다. 자전거가 멀어지자 언니는 그제야 몸을 일으켜 흙 묻은 손바닥을 털고 우는 동생의 볼기짝을 철썩 때렸다.

순자 엄마가 바람이 나서 도망갔대. 그래서 순자는 밥하고 빨래하고 동생들 보느라고 학교도 빠져. 선생님은 술만 마시면 애들을 때리고, 늬들이 불쌍하다, 다 함께 죽어버리자, 하면서 우신대. 언니의 버짐 핀 거칫한 얼굴이 성난 듯 엷게 붉어졌다. 언니와 같은 학년인 순자는 담임 선생의 딸이었다. 바람난 순자 엄마가 읍내 미장원에서 머리를 지져 붙이고 올망졸망한 다섯 아이를 버려둔 채 도회지로 달아나버린 건 누구나 다 아는 사실이었다.

늦은 밤 들창 밖에서 털털대는 자전거 소리가 들리면 언니는 잠결에도 작게 한숨을 쉬며, 선생님은 또 우시겠구나, 순자는 또 매를 맞겠지, 탄식조로 웅얼거렸다.

치마폭에 담은 고추의 독한 매운 내에 재채기가 났다. 한바탕 재채기를 하자 눈물이 났다.

땅으로부터 낮게 거물거물 어둠이 피어오르고 있었지만 개울의 다리께는 아직 하얗게 햇빛이 남아 있었다. 눈물이 어룽어룽한 눈에, 다리를 건너오는 사람들의 모습이 흐릿하게 비쳐들었다. 남자·여자·어른·아이 들의 모습이 어렴풋이 구별되었다. 어른들은 커다란 등짐을 지고 있었다. 나는 그들이 이 마을로 들어오는 피난민임을 알 수 있었다. 지난 겨우내 봄내, 앓는 아이를 업고 개울 아래로 지친 그림자를 떨어뜨리며 피난민 가족들은 물처럼 흘러들어왔다. 오늘 어느 집인가 헛간을 치울 것이다. 우리도 지난해 그들처럼 초라하게 이곳으로 들어왔던 것이다.

저녁을 먹고 난 우리는 모두 툇마루에 나앉았다. 떠돌이 이발사가 들어왔기 때문이었다.

먼저 큰오빠가 목수건을 두르고 이발사 앞에 앉았다. 기계가 채칵채칵 지날 때마다 새하얀 속살이 길을 냈다. 순식간에 하얀 알머리가 된 오빠는 민툿한 머리통을 쓸며 피식 쑥스럽게 웃었다.

이발사가 올 때마다 피해 달아나 목 뒤로 한 뼘이나 머리가 길어진 언니는, 머리를 기르겠다고 가냘프게 항의를 했지만 할머니의 매운 눈에 단박 주눅이 들어 머리를 깎았다. 희끗희끗 서캐가 실린 머리털이 발밑에 떨어질 때는 눈물을 뚝뚝 떨어뜨렸다. 언니는 머리칼을 길러 등 뒤로 찰랑찰랑 늘이는 것이 소원이었다.

머리 밑과 목덜미에 땀띠가 빨갛게 촘촘히 돋은 동생은 머리가 깎일 동안 할머니에게 안겨 내내 아야아야, 피리 소리처럼 약하게 울었다. 울면 조그만 얼굴은 늙은이처럼 온통 주름살투성이가 되었다.

내가 수건을 두르고 앉자 할머니는 언니에게 눈을 흘겼다.

다시 노랑눈이 머리에 부젓가락을 댔단 봐라.

언니는 자주 할머니의 눈을 피해 불에 달군 부젓가락으로 내 머리칼을 태웠다. 파마를 시켜준다는 것이다.

서걱서걱, 눈 위로 위태롭게 가위가 지나갈 때 나는 쉴 새 없이 눈을 깜박였다.

이발사의 가방에는 큰 빗·작은 빗·가위·면도용의 접는 칼·솔·비누·이발 기계 등 무엇이든 다 있었다. 나는 큰 빗과 작은 빗, 면도칼 따위를 잽싸게 바꿔 들며 움직이는 이발사의 굳은살 박인 손을 바라보았다. 이발사의 손에서도 숙인 머리에서도 진한 머릿기름 냄새가 났다. 나는 후루룩 숨을 들이마셨다. 구역질 나는, 익숙한 냄새였다. 나는 먼젓번에도 또 그전에도 이발사의 머릿기름 냄새가 생소하지 않았다. 어디서 맡아본 냄새였을까, 나는 안타까이 생각했었다. 그러나 그것은 흘러간 시간의 저 안쪽 어디엔가에 숨어 전혀 기억해낼 수가 없었다.

가위질을 마친 이발사는 솔로 머리털을 털고 후후 입으로 불었다. 부걱부걱 거품을 낸 비누를 솔에 듬뿍 묻혀 목덜미와 이마에 묻히고 면도를 한 후 보얗게 분가루를 뿌렸다. 이발사가 다녀간 다음이면 동네 아이들은 모두 무 밑동처럼 퍼렇고 민틋한 뒷머리로 값싼 분 냄새를 풍기며 돌아다녔다. 남자 어른들까지도 올올이 기름으로 재워 납작해진 머리 모양으로 독한 화장품 냄새를 풍겼다.

할머니는 머리를 감고 오라고 우리를 개울로 내쫓았다. 머리를 깎고 난 뒤면 허옇게 기계충이 먹어들기 때문이었다.

노랗고 윤기 없는 머리털이 발밑에 어지러이 떨어져 있었다. 바람결에 맥없이 후루룩 날리기도 했다. 나는 그곳에 침을 뱉고 발로 문질렀다. 그때 문득 나는 기억해낼 수 있었다. 이발사에게서 맡아지던 친숙한 냄새, 그것은 바로 아버지의 머리에서 풍기던 기름 냄새였다.

바람결에 두엄 냄새가 풍겨왔다. 여름이 시작되고 있었다.

8월로 접어들자 감나무 이파리는 윤기 나는 감청빛으로 더욱 두꺼워지고 이파리 그늘에 숨은 듯 다닥다닥 달린 보다 엷은 빛의 열매는 작은 감자만큼이나 굵어졌다.

뜰은 무성한 그늘로 더욱 창창蒼蒼하고, 장마가 걷힌 지 오래건만 축축한 흙에서는 지렁이가 꾸물대고, 흙담 새막이 위로 노래기들이 분주히 기어 다녔다.

변소는 감나무가 심긴 뜰의 구석에 있었다. 언니나 할머니는 우물가 수채에 쪼그리고 앉아 쐐쐐 오줌을 누었지만 감꽃이 지면서부터 나는 언제나 부네의 방 앞을 지나 감나무 그늘을 걸어 변소에 갔다.

노랑눈이년, 생긴 푼수치곤 겁이 없어.

할머니는 맹랑하다는 표정으로 흐흐 웃었다.

마당을 가로질러 감나무 울울한 그늘에 들어서서 나는 눈을 가늘게 뜨고 방금 지나온 부네의 방을 바라보았다. 그러고는 슬며시 눈길을 돌려 안채 쪽을 보았다. 안집 여자는 낮잠에라도 빠져 있는 것일까, 아무런 기척이 없었다.

나는 잡풀 더미 속에 떨어져 있는 풋감을 재빨리 주워 들었다. 한 주먹에 꽉 차고도 남을 크기였다.

뒤뜰에 있는 서너 그루의 늙은 감나무로, 감나무집이라 불리는 이 집에 이사 왔을 때 어머니는 우리들을 모아놓고 꽃이 지고 있는 나무를 가리키며 단단히 타일렀다.

남의 것은 쳐다보지도 말고 손가락질도 하지 마라. 얼마나 음흉한 사람들인지…… 늬들을 시험하고 있는 거야. 난리통에 바깥에서 온 사람들은 모두 도둑놈이나 거지로 생각한다니까. 손버릇 사납다고 소문나면 가뜩이나 애 많다고 싫어하는 판에 외양간도 못 얻어든다.

가지가 휘어지게 다닥다닥 열린 감은 제 무게를 견디지 못해 여름내 바람도 없는데 저절로 툭툭 떨어지고 그 소리는 마당 건너 돌아앉은 우리 방에서도 환히 들을 수 있었다.

변소를 가다가 발아래 굴러다니는 감을 보면 우리는 얼결에 주인집 방문을 흘긋거리고, 그러면 영락없이 방문에 붙인 조그만 유리 조각에 바짝 눈을 대고 이쪽을 내다보는 안집 여자와 눈이 마주쳐 똥이라도 피하듯 공연히 진저리를 치며 그것을 건너뛰거나 발로 썩썩 문대어버리곤 했다.

애들이 많아도 말썽을 안 부리는군요.

나름대로 정한 시험 기간을 끝낸 안집 여자가 만족스럽게 말하자 어머니는 공손하나 비웃는 듯한 웃음을 띠며 대답했다.

애들 버릇은 애초에 맵게 들여야 해요. 세 살 버릇 여든 살까지 간다는 말이 있잖아요.

어머니는 아버지의 행방을 수소문해서 여섯 차렌가 일곱 차렌가 헛행보를 한 뒤 읍내 밥집에 일자리를 얻었고 우리들을 단속하는 일은 오빠가 맡았다.

떨어진 감에 손가락만 대봐라, 손목을 잘라버리겠다.

오빠는 잇새로 나지막이 말했다.

풋감을 한 입 베어 무니 금시 떫은맛이 한입 가득 찼다. 이켠의 그늘 탓에 부네의 방은 햇빛 속에 밝게 떠 보이고 살눈썹 사이에서 가끔씩 조용히 부풀어 오르며 흔들리는 듯도 했다.

두 짝의 문이 맞닿은 곳에는 여전히 자물쇠가 무겁게 매달려 그 무게로 문살이 휘엿하게 늘어져 금시라도 메마른 소리로 무너져버릴 것만 같았다.

감의 뻑뻑한 살은 아무리 씹어도 좀체 목 안으로 넘어가지 않았다. 나는 조금 들큰하고 썩 떫은맛에 용기를 내어 다시 감을 하나 주워 들었다.

저 문의 안쪽에 정말 머리를 깎이고 벌거벗긴, 귀신처럼 예쁘다는 부네가 있는 걸까.

사람들은 그녀, 부네의 아비, 그 늙고 말없는 외눈박이 목수가 어떻게 그의 바람난 딸을 벌건 대낮에 읍내 차부에서부터 끌고 와 어떻게 단숨에 머리칼을 불밤송이처럼 잘라 댓바람에 골방에 처넣고, 마치 그럴 때를 위해 준비해놓은 듯 쇠불알통 같은 자물쇠를 철커덕 물렸는지에 대해 오랫동안 이야기했다. 또 그녀가 들창을 열고 야반도주를 하려 하자 발가벗기고 들창에 아예 굵은 대못을 쳐버렸다고, 그 통에 안집 여자는 어찌나 혼이 나갔던지 목수가 벗겨 던진 딸의 옷이 창 앞 석류나무에 사흘씩이나 걸려 있었는데도 모르더라는 얘기를 했다. 더욱이 얘깃거리가 된 것은 읍에서부터 개처럼 끌려오는 과정이 부네 편에서도, 아비 쪽에서도 있을 법한, 아이고 아버지 용서해주오, 한마디 말도, 분노의 씨근거림도 없이 시종 침묵으로 일관되었다는 것이었다. 사람들은 도시 알 수 없다는 표정으로 수군거렸다. 늘 말이 없고 침울한 외눈박이 목수는 많은 딸 중 특히 부네를 각별히 아꼈고, 목수 일을 젖혀둔 채 보름이고 한 달이고 객지로 떠돌았던 것은, 살림을 차렸다는 소문만으로 돌아오지 않는 부네를 찾기 위해서였다는 이야기였다.

방문은 그날 이래 한 번도 열린 적이 없었다. 적어도 열리는 것을 본 사람은 아무도 없었다.

꽤 여러 날이 지난 후 사람들은 말했다.

부네가 아이를 가진 게야, 아마 지금쯤 꽤 배가 불렀을걸, 어째 첫눈에도 홑몸이 아닌 것 같더라니. 남몰래 몸 푼 후 용케도 아들이면 자식 없는 집에 업둥이로 들여보내고 멀쩡히 처녀 행세를 시키려는 속셈이지 뭐야.

그리고 더욱 여러 날이 지났을 때 사람들은 다시 말했다.

바람이 난 게 아니라 몹쓸 병에 걸린 게야, 소문날까 무서워 쉬쉬하는 거지, 문둥이 있다는 소문만 나봐, 여기서 배겨낼 도리가 있겠어?

그게 아니라…… 혹시 미친 게 아닐까?

그리고 그들은 부네를 잊었다. 골방의 문이 닫히는 순간, 자물쇠가 덜컥 걸리는 순간부터 부네는 완전히 다른 세계로 들어가버린 것이다. 자물쇠는 혹시 그녀가 끌려 들어오기 훨씬 전부터 완강히 채워져 있었고 그녀는 공기처럼 가볍고 투명해져서 창호지 가는 올 사이로 스며 들어가버린 것은 아닐까.

나는 부네가 방에 갇힌 것이 우리가 이곳으로 이사 오고 난 후의 일인지 그전의 일인지 기억이 아리송했다.

이사 오던 첫날 이미 자물쇠가 잠겨 있는 것을 본 듯도 했고, 더 곰곰이 생각하다 보면 개울의 다리 위로 머리채를 잡혀 목을 늘어뜨리고 오던 부네와 그의 아비 모습이 어제의 일처럼 눈앞에 떠오르기도 했다.

지난해 두어 차례 다니러 와 와글와글 끓어대던 외눈박이 목수의 그 많은 딸들 중 부네는 있었을까. 아마 명절이나 목수의 생일이었을 것이다.

그네들은 모두 대처에 나가 돈을 벌고 있다고 했다. 그래서 목수는 늘 연장을 벽에 걸어두고도 살 수 있는 게라고 했다.

늦복이 터져서…… 그의 등에 대고 사람들은 입을 비쭉였다.

그네들이 오면 집 안에는 종일 기름 타는 냄새와 고깃내가 풍겼다. 부네는 그들 중 누구일까. 마당에 내놓은 화덕에서 누름적을 부치다가 기웃거리는 내게 사납게 눈을 흘기던 곱사등이인가, 아니면 소금물에 우린 풋감을 살며시 쥐여주던 여자인가, 키를 쓰고 소금을 얻으러 갔을 때, 욕을 퍼부으며 호렴을 한 줌 머리에 내뿌리는 대신 자기 전에 꼭 오줌을 누고 자면 되잖아,라고 말하던 여자인가.

그네들은 이튿날 아침이면 안집 여자의 것인 듯 때 묻고 해진 치마를 헐렁하게 질질 끌며, 수건을 머리에 질끈 동이고 우물가에 나와 이를 닦고 몇 번이고 물을 갈아가며 세수를 했다. 그러고는 보얗게 분 바른 얼굴로 집을 떠났다.

안집 여자는 허드레옷으로 갈아입고 술 취한 목수는 퇴침을 베고 누워 이틀이고 사흘이고 코를 골았다.

사람들 말대로 부네는 몹쓸 병을 앓고 있는 걸까, 미쳐서 짐승처럼 재갈 물리고 손발 묶여 갇혀 있는 걸까.

나는 바로 눈앞에 있으면서도 실제의 것이 아닌 듯 아득히 여겨지는 부네의 방 가까이 다가가는 대신 안채로 눈을 돌렸다. 안채의 건넌방 추녀 밑 벽에는 연장 망태가 걸려 있었다.

비 오는 날이 아니라도, 삼실로 튼튼히 얽은 망태는 대개 그곳에 걸려 있었다.

부네가 돌아온 뒤에도 목수는 연장 망태를 걸어둔 채 보름이나 달포씩 집을 비웠다. 산에 들어가 약초를 캔다는 것이다. 때문에 볕 잘 드는 안집 툇마루에는 이름 모를 풀뿌리·나무뿌리들이 비약秘藥의 향기와 쓰디쓴 맛으로 말라가고, 안집 여자는 남몰래 땀을 뻘뻘 흘리며 약을 달였다.

비가 온 뒤나 산에서 돌아온 뒤면 목수는 망태를 내려 대패·까뀌·끌·톱 따위의 연장에 정성껏 기름을 먹인 후 다시 넣어두고 잠을 잤다.

마당까지 들리는 코 고는 소리에 우리는 아, 목수가 돌아왔구나 생각하며 그의 고단한 잠을 깨울까 쉬쉬 발소리를 죽였다.

나는 그가 일 나가는 것을 거의 본 적이 없었다. 그래도 사람들은 그를 외눈박이 목수라고 불렀다.

여물지 않은 감 씨가 아무 맛도 없이 우드득 씹혔다.

부네, 나는 그녀를 한 번쯤 본 듯도 하고 전혀 본 적이 없는 것 같기도 했다. 그런데도 창호지 한 겹 너머 문의 안쪽에서 숨 쉬고 있는 그녀를 생각할 때면 이상한 두려움과 가슴 한 귀퉁이가 무너져 내리는 듯한 슬픔에 잠기곤 했다. 나는 이러한 감정을 달래듯 풋감을 또 하나 주워 씹었다. 떫고 단 맛이 위로처럼 따뜻하고 축축이 목 안으로 차오르고 까닭 모르게 눈물이 고여왔다.

해가 지고 땅거미가 서리기 시작하자 오빠는 책장을 덮고 일어났다. 거울을 보며 목에 붕대를 감고 오른쪽 손목에도 여러 번 겹쳐 찬찬히 감았다. 그러고는 빳빳하게 세운 목을 삐딱하게 돌리며 눈만 굴려 우리를 보고—우리라기보다는 언니에게 이르는 말이지만—쏘다니지 말고 집에 있어, 위협조로 이르고는 집을 나갔다.

여름 들어 오빠는 저물녘이면 불끈불끈 튀어 오르는 여드름을 쥐어짜 피가 솟은 자국에 밥알만큼씩 반창고를 오려 붙이고 무언가에 이끌리듯 밖으로 나갔다. 읍내로 나가는 것이다.

오빠의 위협에도 불구하고, 괜히 들뜬 얼굴로 엉덩이를 들썩이며 방과 부엌, 텃밭께를 들락거리던 언니는, 오빠가 개울을 건너가리라는 시간쯤의 사이를 두고 밖으로 나갔다. 나는 비실비실 언니의 눈치를 보며 따라나섰다.

마을의 어귀에 폭넓은 개울이 흐르고 다리를 건너면 읍이었다. 교회와 대장간·술집·여인숙·미장원, 그리고 하루 두 번 지나가는 완행버스의 차부가 있는 읍의 큰길에는 닷새에 한 번씩 장이 서기 때문에 저잣거리라고 불렸다.

밤이면 야간 중학교와 교회에서 나오는 오빠 또래의 학생들이 삼삼오오 짝을 지어 몰려다녔다.

빳빳이 풀 먹인 교복을 입고 머리를 단정히 빗은 여학생들이 새침하게 지나가면 사내애들은 후익후익 휘파람을 불었다.

읍내 술집에서는 밤마다 싸움판이 벌어졌다.

너 죽고 나 죽자아.

저고리 앞섶을 풀어 헤친 작부가 식칼을 들고 나와 사내를 쫓다가 제풀에 혼절해서 게거품을 물고 길 복판에 넘어지는 모양이나 미장원과 여인숙 골목을 뱅뱅 돌며 달아나는 사내를 보고 우리들은 손뼉을 치며 웃었다.

장이 서는 날은 구경거리가 많았다. 술집과 여인숙에서는 밤내 노랫소리, 고함 소리가 끊이지 않았다. 때문에 아이들은 저물면 무언가에 이끌리듯 개울을 건너 저잣거리로 모여드는 것이었다. 아이들뿐이 아니었다. 나이 찬 처녀들도 잔뜩 조인 허리와 엉덩이를 흔들며 거리의 끝인 미장원에서 차부까지 오락가락하고 으아이스케키— 으아이스케키— 아이스케키 통을 멘 사내아이들이 히죽거리며 목청을 돋우었다.

이봐, 아가씨, 아이스케키 사줄게.

시간 좀 빌립시다.

차부의 정비공과 조수 들은 벗은 윗몸의 근육을 불뚝불뚝 일으키며 휘파람을 불거나 고장 난 버스나 트럭을 쇠파이프로 땅땅 두들겼다. 그녀들은 힐끗힐끗 뒤돌아보곤 저희끼리 소곤대고 키들거리며 천천히 거리를 지나쳤다.

언니는 오빠의 눈에 띌 것을 겁내어 불빛이 미치지 않는 그늘에 같은 또래의 계집애들과 무리져 앉아 사내애들의 희롱에 킥킥 웃어대거나 소리 높이 노래를 불렀다.

남이야 전봇대로 이를 쑤시건 말건.

남이야 뒷간에서 낚시질을 하건 말건.

그러면 으레 꺽꺽하고 새된 사내애들 합창이 뒤따랐다.

만약에 100만 원이 생긴다면은 빨강 구두 뾰족 구두 많이 사줄게.

밤의 저잣거리는 늘 재미있었다. 나는 밤이 되어도 식지 않는 더위에 치마를 걷고 언니 또래 틈에 쥐새끼처럼 끼어 앉아 밤거리에 음험하게 끓어오르는 알 수 없는 열기, 끈끈한 정념으로 가득 찬 달착지근한 공기를 들이마셨다.

우리가 앉아 있는 곳에서 오빠의 모습은 환히 보였다. 어머니가 일하고 있는 밥집의 건너편, 하루살이 떼가 빛을 따라 바람개비처럼 어지러이 돌고 있는 전봇대에 비스듬히 기댄 자세로 서서 이 모든 거리의 풍경을 경멸하듯 바라보며 오빠는 붕대 감은 손에 하모니카를 들고 다만 외롭게 혀를 떨며 하모니카를 불었다.

언니도 머지않아 나이 찬 처녀들처럼 엉덩이를 흔들며 이 거리를 지나게 될 것이다. 오빠가 아무리 무섭게 단속을 한다 해도, 그 무엇으로도 언니의 밤 외출을 막을 수 없게 될 것이다. 나도 자라면 역시 그럴 것이다. 굵은 벨트로 배꼽이 튀어나올 때까지 허리를 죄고 천천히 이 거리를 배회하게 되리라.

밤이 깊어지고 조심스럽게 불빛의 그늘에 몸을 숨겼던 언니는 아쉬운 듯 뒤를 돌아보며 저잣거리를 떠났다.

마을로 들어오는 길, 인적 없는 다리를 건널라치면 어디론가 흘러가는 물소리 고요히 들리고 앞산의 깜깜한 숲에서 부어헝 부어헝, 들쥐를 찾아 부엉이가 울었다. 집이 보이는 곳에 이르러 언니는 갑자기 다급해지는 마음에 숨이 턱에 찼다. 발 빠른 오빠가 이미 돌아와 있을지도 모른다는 두려움으로 내 손을 꼭 쥔 손바닥에 축축이 땀이 찼다.

황급히 들어와 숨을 가다듬고 자는 체하노라면 한발 늦게 돌아온 오빠는 사천왕四天王처럼 문에 버티어 서서 냄새라도 맡을 듯 코를 벌름이며 말했다.

또 나갔었지, 또 나갔었지?

언니는 도무지 못 알아듣는 시늉을 하며 잠에 취한 소리로 우물쭈물 대답했다.

아냐, 내가 언제…… 어쨌다고 그래.

언니의 대꾸는 가냘프고 자신이 없었다.

밤에 쏘다니지 말아, 가만 안 둘 테야.

오빠는 그러고도 자못 미심쩍은 눈길로 언니를 바라보았다. 잠들었던 동생이 때마침 약하게 칭얼대기 시작했다. 벽을 보고 누웠던 할머니가 동생 쪽으로 돌아누우며 가슴팍을 풀어 빈 젖을 물렸다. 오빠는 신을 벗을 염도 없이 문을 짚고 선 채 방 안을 들여다보고 있었다. 언니는 가쁜 숨을 죽이고 자는 체하고 있었지만 나는 오빠가 언니를 보고 있는 것이 아니라 비어 있는 어머니의 잠자리를 더듬고 있음을 알았다.

나는 오빠가 또 언니를 때릴 거라고 생각했다. 지금 저렇게 묵묵히 있는 것도 아마 트집 잡을 궁리에 골몰한 탓일 것이다. 어머니가 돌아오지 않는 밤이면 오빠는 언니를 때렸고 할머니는 말릴 염도 없이 동생을 업고 나가 개울가를 서성거렸다.

오빠의 매질은 무서웠다. 오빠는 작은 폭군이었다. 아버지가 떠난 이래 부쩍부쩍 자라는 오빠의 몸이 어느 결엔가 아버지의 빈자리를 채웠다. 어머니가 읍내 밥집에 나가게 되면서부터, 그리고 수상쩍은 외박이 잦아지자 오빠는 암암리에 아버지의 위치를 수락하였음을, 공공연히 자행되는 매질로 나타냈다.

오빠는 자신이 가장임을 지나치게 의식하고 있어 언제나 침울하고 긴장으로 부자연스럽게 굳어 있었다. 그 긴장으로 억눌려져 자라지 못하는 욕망, 자라지 못하는 슬픔, 분노 따위는 엉뚱한 잔인성이나 폭력의 형태로 나타났다.

때문에 한없이 크고 당당해 보이는 체구에도 불구하고 오빠는 때로 내게 어린애처럼 연약하고 애매해 보였다. 우리를 때릴 때조차 어쩔 줄 모르는 듯 보이기도 했다. 오빠 자신도 이 사실을 깨닫는 듯 걸핏하면 목덜미까지 시뻘겋게 붉혔다.

나는 오빠를 무서워했다. 때로 이해할 수 없는 연민과 동정이 가득 찬 눈으로 나를 바라볼 때, 드러누워 나와 동생을 번갈아 발바닥 위에 베개통처럼 가벼이 얹고 들어 올릴 때조차—동생은 숨넘어가는 소리로 모처럼 꺄르륵거리며 좋아했지만—나는 오빠가 무서웠다. 무서움 때문에 오빠의 몸은 한없이 커지고 이윽고 방은 오빠의 몸으로 숨 쉴 틈도 없이 가득 찼다.

한동안 우두커니 서서 방 안을 들여다보던 오빠가 세게 문을 닫고 어둠 속으로 빠르게 사라졌다. 언니가 호르르 한숨을 쉬며 내게 속삭였다.

노랑눈아, 나 나갔었단 말 하지 말아.

저녁 밥상을 물린 할머니는 언니에게 설거지하라고 이른 뒤 동생을 업고 밖으로 나갔다. 동생은 해가 질 무렵이면 울어 대었기 때문에 할머니는 매일 밤 깊도록 동생을 업고 서성이다 밤이슬로 머리칼과 옷이 눅눅히 젖을 때야 돌아왔다. 그래서 동생에게서는 감기 기운이 떠나지 않고 손과 발은 심상치 않은 미열로 늘 따뜻했다.

거미처럼 여윈 그 애는, 할머니의 빈 젖을 빨 때 외에는 늘 가늘고 약하게 울었다. 잠이 들었을 때도 힘없이 벌린 입에는 잔울음 끝이 물려 흐득였다. 나는 때때로 잠든 동생의, 늘 침이 흘러 벌겋게 헐어 있는 턱을 기이하게 바라보았다.

작은오빠는 개울에 어항을 묻어 미꾸라지를 잡거나 낭창낭창한 버드나무 회초리로 개구리를 잡아 오고 할머니가 그것을 부지런히 고아 먹여도 아픈 생살을 뒤덮은 부스럼은 낫지 않았다.

밭 가운데, 혹은 둔덕에는 잔돌 무더기가 흔히 있었다. 애기 무덤이라고 했다.

우리는 언젠가 그 애가 죽으리라는 것을 알고 있었다. 어느 날 밤, 할머니와 어머니의 소리 죽인 울음을 들으며 홑이불에 감긴 그 애는 조그만 보퉁이처럼 지겟짐으로 얹혀 나가게 될 것이다.

종일 냇가에서 어항을 놓고 멱을 감던 작은오빠는 팔다리를 내던지고 아랫목에서 잠들었다. 어두운 부엌에서 설거지를 하느라 그릇 소리를 내던 언니는 읍내에 나갔는지 조용했다. 오빠는 저녁 전에 진작 나갔던 터였다. 돌아눕는 작은오빠의 발길질에 발치께에 놓아둔 주발이 데구루루 구르고 뚜껑이 벗겨졌다. 뚜껑을 닫으려다 말고 나는 밥풀을 몇 알 뜯어 입에 넣었다. 희고 매끄러운 밥알은 금세 목구멍으로 슬쩍 넘어가버렸다. 나는 다시 부리나케 몇 알을 주워 먹고는 표시가 안 나게끔 설핏설핏 펴놓았다.

작은오빠는 이를 갈며 몸을 뒤척이다가 히잇 웃었다. 나는 급히 주발 뚜껑을 닫고 벽에 기대앉았다. 어두운 방은 무서웠다. 자꾸 주발로 손이 갔다. 밥알의 들큰한 맛이 입에 남아 있는 동안은 무서움을 잊을 수 있었다.

자신도 모르게 슬금슬금 손이 가는 사이 주발의 밥이 퍽 줄어들었다. 한 겹 살포시 덮은 쌀밥 밑은 우리들이 먹는 시커먼 보리밥이었다. 할머니는 단번에 알아차릴 것이다. 나는 자꾸 주발 뚜껑으로만 가는 손과 싸우며 애써 눈을 돌렸다. 어머니는 술을 마신 날은 대개 밥을 먹지 않는다. 나는, 이번 한 번만,이라는 단서로 염치없는 손을 타일렀다. 살며시 뚜껑을 열어 한 움큼 쥐고는 떠낸 자국을 고르게 펴놓고 작은오빠 곁에 누웠다.

자고 싶었다. 어머니가 돌아오기 전, 그리고 성난 기세로 저잣거리에서 돌아온 오빠가 함부로 우리들의 팔과 다리를 밟으며 건너질러 벽에 대고 씨근거리는 것을 보기 전, 아니 언니의 머리채를 휘어잡기 전 잠들고 싶었다.

안집 뒤뜰에서 익어가는 감 떨어지는 소리가 들렸다.

부네도 자고 있을까. 어두운 밤 홀로 깨어 누워 있으면 무서운 생각만 잇달아 떠오른다. 무서움을 잊기 위해 한 알씩 아껴가며 오래도록 씹었는데도 한 움큼의 밥은 거짓말처럼 없어졌다. 발가락만 움직이면 발치에서 기우뚱, 주발이 굴렀다.

나는 일어나 더듬더듬 부엌으로 나갔다. 발돋움질을 하고 서서 선반의 그릇과 찬장을 뒤졌다. 할머니가 삶아둔, 밤마다 우는 동생을 달래기 위한 고구마는 찬장의 냄비 속에 숨겨져 있었다. 고구마가 없어진 것을 알면 할머니는 한밤중에라도 자는 언니와 작은오빠를 흔들어 깨울 것이다.

네가 처먹었지, 네가 처먹었지.

나는 쥐가 그런 것처럼 냄비 뚜껑을 부엌 바닥에 떨어뜨려놓고 조금 쉰내 나는 고구마를 한 입 베어 물었다.

부엌의 판자벽 바깥으로 할머니의 발소리가 났다. 나는 급히 고구마를 삼켰다. 목이 메고 가슴이 빠개지는 듯 아팠으나 물을 찾아 마실 겨를도 없었다. 조금 전 떨어뜨린 냄비 뚜껑이 다급한 발길에 차여 데구루루 굴렀다.

방으로 들어오다 문지방에 찧은 발이 몹시 아팠다.

할머니는 긴 한숨을 쉬며 호야의 불을 밝혔다. 석유 내가 풍기고 그을음이 꺼멓게 피어오르다 방이 밝아졌다. 불빛이 퍽 밝아졌는데도 할머니는 눈이 침침한지 손으로 더듬어 나를 벽 쪽으로 밀고 동생을 눕혔다.

나는 살그머니 주머니에 손을 넣었다. 주머니에 엉겨 붙은 고구마가 찐득찐득 묻어났다.

에미야, 시장하지? 어서 들어라.

밤늦어 어머니가 돌아오자 앉아서 꼬박꼬박 졸던 할머니가 밥상을 차려 왔다. 나는 가슴이 쿵덕쿵덕 뛰었다.

관두세요, 밥집에서 끼니 거를까 봐요.

어머니에게서는 쉰 술내가 물씬 풍겼다.

아니다, 속 버린다. 좀 들어라.

어머니가 버선을 한 짝씩 힘겹게 뽑아 윗목으로 던졌다.

에그머니, 밥이 왜 이러냐?

어머니에게 숟갈을 들려주며 주발 뚜껑을 열던 할머니가 기겁을 했다.

나는 오줌이 마려워 아랫배가 팽팽히 당겨왔지만 꼼짝할 수 없었다.

이젠 에미 밥까지 손을 대니…… 노랑눈이년 짓이다. 쥐새끼처럼 무엇 하나 남겨두는 게 없어. 안집에선 떨어진 감꼭지 하나 눈 씻고 찾아볼 수 없다고 하지. 이거 원 남부끄러워서……

할머니는 과장된 노기로 목청을 높였다. 할머니의 어머니에 대한 말투에는 언제나 면목 없어 하는 듯한 아첨기가 있었고, 어머니 역시 그것을 당연하게 받아들였다.

속이 쉬이 꺼져서 그래요. 보리밥이 무슨 맥이 있나요. 한창 먹을 나인데…… 아무거나 집어 먹어 속을 채워야죠.

어머니가 아무렇게나 내뱉는 말은 흡사 술주정 같기도, 푸념 같기도 했다.

남 들으면 내가 굶기는 줄 알겠다. 큰애들보다 먹긴 더 먹어. 몸을 봐라. 즈 언니보다 더 실팍하지.

할머니는 당장이라도 나를 흔들어 깨울 듯한 서슬이었다.

관두세요.

어머니는 밥상을 고스란히 밀어놓았다. 그리고 옷도 벗지 않고 팔베개를 하고 모로 누웠다.

죄 될 소리지만…… 난 걔가 어쩐지 내가 낳은 애 같지 않아요.

잠이 드는가 싶었던 어머니가 술기 가신 목소리로 혼잣말처럼 중얼거렸다.

할머니는 돌아앉아 발에 들기름을 바르며 대꾸가 없었다. 석유 내와 들기름 내가 뒤섞여 그을음처럼 거멓게 방을 채우고 있었다. 할머니는 난리 통에 파편을 밟아 덴 발에 밤마다 들기름을 바르고 기름종이로 쌌다.

어머니는 별반 대꾸를 기다리는 기색도 없이 말을 계속

했다.

……웃지도 않고 말도 않고…… 다른 애들하곤 달라요. 멍청하고 걸귀가 들렸는지 노상 먹을 생각밖엔 없어요. 좀 모자라는 게 아닌가 몰라…… 일곱 살이 되도록 오줌을 싸고…… 내년에는 학교에 넣어야 하는데. 어린애가 자꾸 살이 찌니 병인지도 모르겠어요. 몸에 물이 차면 그렇게 붓는 수가 있대요.

노랑눈이보다 막내가 걱정이다.

할머니가 바삭바삭 기름종이 소리를 내며 어머니의 말을 잘랐다.

아무래도 제구실을 못 할 것 같아. 웬일로 날이 갈수록 까부라져가니…… 등에 업으면 꼭 검불 하나 얹힌 모양으로 맥이 없어. 고추가 아깝지.

어머니는 또다시 한숨을 쉬었다.

방 안은 조용했다. 할머니도 어머니도 더 입을 열지 않았다. 아버지 생각을 하는 것이리라. 날로 희미하고 멀어져가는 아버지의 모습은 어두운 밤, 망령처럼 성큼 벽 틈으로 스며 당당히 우리 사이를 비집고 드러눕는 것이었다.

나는 아버지의 얼굴을 기억할 수 없었다. 내가 떠올릴 수 있는 것은 땀으로 펑 젖은 셔츠의 등과 더 짙은 얼룩으로 젖어 있던 겨드랑이를 보이며 트럭에서 내리던 모습뿐이었다. 어머니는 그때 손을 내저으며 울부짖었다.

이 근방에서 자리 잡고 있을게요. 곧 돌아와야 해요.

어머니가 몸을 일으켰다. 벽에 엄청나게 큰 그림자가 일렁였다. 어머니는 훅 남폿불을 불어 껐다. 그림자는 순간 펄럭이며 사라졌다.

큰애가 안 들어왔다.

할머니가 조심스럽게 말했다.

오겠죠.

나는 잠이 오지 않았다. 풀벌레가 찌륵찌륵 맑게 울고 그 소리에 가만히 귀를 모으노라면 내 몸은 아주 얇고 투명한 껍질이 되어 삿자리 밑을 빠르게 달려가는 그리마의 발소리도 들을 수 있었다.

밤이 깊어 오빠는 축축한 이슬 내를 풍기며 돌아왔다. 알지 못할 욕설을 중얼거리며 우리들의 몸을 건너 벽 쪽에 누웠다.

나는 소리 나지 않게 고구마를 조금씩 떼어 단맛을 혀로 녹이며 끈끈한 손가락을 뿌리까지 찬찬히 빨았다.

그리마의 수많은 발들이 더욱 분주히 어둠을 갉아대고, 베개를 베지 않고 자는 우리들은 맹렬히 이를 갈았다.

어머니는 잠결에 괴롭게 한숨을 쉬고 할머니는 알 수 없는 말을 중얼거렸다.

부엌에서는 배고픈 쥐가 간단없이 달그락거리며 빈 그릇을 뒤지고 있었다.

나는 눈을 말갛게 뜨고 조그맣게 말했다.

니 집에 가아, 먹을 건 아무것도 없단다.

나는 나를 잠들지 못하게 하는 조바심이 무엇인지 잘 알고 있었다. 문지방에 찧은 발은 이미 아프지 않았다. 그러나 나는 몸을 오그려 발을 싸쥐고는 사납게 얼굴을 찡그렸다. 어둠 속에서 찡그리고 또 찡그렸다.

맹렬히 이빨 가는 소리 속에 우리들이 저마다 뿜어대는 땀 냄새, 떨어져 내리는 살비듬 내, 풀썩풀썩 뀌어대는 방귀 냄새, 비리고 무구한 정욕의 냄새, 이 모든 살아 있는 우리들의 냄새는 음험하게 끓어올랐다.

나는 가만히 손을 뻗어 어머니의 머리맡께를 더듬었다. 어머니는 취한 중에도 꼭 지갑을 요 밑에 찔러두고 잠이 들었다. 나는 지갑에서 지전을 한 장 꺼내고 지갑을 다시 요 밑에 넣었다. 어머니는 취한 탓인지 언제나 지갑에서 돈이 비는 것을 모르는 성싶었다. 그러나 나는 어쩌면 어머니가 알면서 일부러 모르는 체하는지도 모른다는 생각을 지울 수가 없었다. 때문에 결국 돈을 꺼내게 되고야 말 거라는 것을 알면서도 지갑에서 그것을 빼낼 때까지, 다디단 사탕을 다 녹일 때까지도 조마조마한 마음이었다.

나는 돈을 아직도 끈적이는 주머니 깊숙이 넣어놓고 반듯이 누워 비로소 아슴아슴 잠에 빠져들어갔다.

그저도 뒤뜰에서는 툭툭 감 떨어지는 소리가 간헐적으로 들려왔다. 풀벌레 우는 소리가 한결 가까웠다.

부네가 울고 있다, 소리 없이. 까무룩이 잠 속으로 떨어져 내리며 나는 두서없이 문득 그런 생각을 했다. 꿈이었을까.

늦더위는 좀체 물러가지 않았다. 아침부터 함석지붕을 녹여버릴 듯 불볕을 퍼부었다.

노랑눈아, 애 좀 업어라.

내게 동생을 업혀 띠로 찬찬히 감은 뒤 할머니는 끄응, 커다란 빨래 함지를 이었다.

발가벗은 아이들이 물장구질 치는 얕은 물을 지나 빨래를 하거나 푸성귀를 씻는 여자들을 지나 할머니는 개울을 거슬러 위로 위로 자꾸만 올라갔다.

개울의 상류, 사람의 발길이 드문 정한 데를 찾아 할머니는 빨랫감을 담갔다. 나는 개울 기슭, 산수유나무의 옅은 그늘에 동생을 내려놓고 짓무른 턱과 머리에 달라붙은 파리를 쫓았다.

거미처럼 여윈 동생은 이파리 사이로 새어드는 햇빛에 쉴새 없이 눈을 깜박이며 얼굴을 찡그렸다. 여름내 땀띠가 새빨갛게 솟아 곪아 터지면서도 긴 내의를 벗기면 푸릇하고 메마른 살갗에 단박 소름이 돋았다.

파리 쫓는 일에 싫증이 난 나는 쇠비름을 뽑아 풀각시를 만들어 물에 띄우고 냇물에 발을 담갔다.

빨래를 다 한 할머니는 햇빛으로 하얗고 뜨겁게 달구어진 넓적 바위에 빨래를 펴 널었다. 빠른 물살에 치마가 젖자 나는 발가벗고 물속에 들어갔다. 개울 밑, 둥글게 닳은 조약돌 사이에서 발은 갑자기 돋아난 듯 아주 희고 깨끗해 보였다.

할머니는 흐르는 물을 한 번 더 손으로 휘저어 검불과 풀잎들을 떠내려 보내고는 비녀를 뽑았다. 쫑쫑 땋은 가느다란 머리 타래가 단번에 등허리로 늘어졌다. 할머니는 머리 밑에 바짝 잡아맨 댕기를 풀었다. 기름에 절어 자주 댕기는 검은색으로 윤이 났다.

옛날 버릇이 남아서…… 기생이었단다.

할머니의 꽃댕기를 가리키며 어머니는 다분히 경멸조로 말했다.

할머니 이름은 봉지였다.

어찌나 예뻤던지 봉지 봉지 꽃봉지라고 불렀단다.

외할아버지는 아흔 칸 고랫등 기와집을 지어주고 할머니를 소실로 들였다고 했다.

할머니는 목욕이 잦았다. 한겨울에도 컴컴한 부엌에서 보얗게 김을 피워 올리는 함지 속에 들어앉아 절벅절벅 물소리를 내며 몸을 닦았다. 물론 아무도 들여다보지 못하게 단단히 문을 잠그고서였다. 방 안에서 할머니의 몸 닦는 소리를 들으며 어머니는 또 말했다.

옛날 버릇이 남아서…… 청승이지 뭐냐. 잠자리 뫼실 영감님도 없는 터에……

세 해 전인가 할머니가 처음 우리 집에 오던 날의 광경은 지금도 한 장의 그림처럼 내 머릿속에 또렷이 박혀 있었다.

그때를 전후한 상황은 뭔가 몹시 어수선했다는 것밖에는 기억이 흐릿했다.

아버지는 뜰의 한구석을 파고 있었다. 곁에는 사기와 유리그릇들이 잔뜩 쌓여 있었다. 그릇들을 깨지지 않게 땅속 깊이 묻고 우리는 어디론가 떠난다고 했다. 아버지는 허리를 굽히고 쉴 새 없이 이마에 흐르는 땀을 닦으며 곡괭이질을 했지만 굳게 얼어붙은 땅은 파이지 않았다. 오히려 곡괭이 날이 튕기듯 부러져 나갔다.

바람에 매운 눈발이 흩날렸다. 대문 밖에는 트럭이 서 있고 만삭의 어머니는 뒤뚱뒤뚱 오리걸음으로 보퉁이를 하나씩 날라 트럭에 실었다.

그때 활짝 열린 문으로 누군가 살풋이 들어섰다. 흰 눈에 묻어온, 때아닌 꽃잎 같다는 인상이었다.

이마 위로 오색 술을 늘인 검정색 조바위를 맵시 있게 쓰고 자줏빛 비단 두루마기를 입은 할머니는 씨암탉처럼 아기작아기작 얌전히 걸어 들어왔다(그러한 걸음이 파편에 덴 발의 절룩임을 감추려는 필사적인 노력인 것을 안 것은 그 얼마 후 맨 처음 닿은 피난지에서 몸을 푼 어머니의 산구완을 할머니가 도맡게 되었을 때였다).

우리는 할머니를 보는 순간 갑자기 어리둥절해서 한동안

대문께를 뚫어지게 바라보았다. 어머니마저도 그랬다.

짐을 덜고 추위도 막자는 생각으로 겹겹이 옷을 껴입어 걷기도 어려울 만큼 옷 보따리가 되어버린, 그리고 이 부산을 떨어야 하는 이유가 가당찮고 우스꽝스러워질 만큼, 해맑고 천연한 얼굴로 수줍은 태를 보이며 눈발 속에 서 있는 할머니의 모습은 우리에게 충격을 주었던 것이다.

우리는 할머니가 우리 집에 나타날 때까지 할머니를 보기는커녕, 우리에게 할머니가 있다는 사실도 모르고 있었다. 후에 어머니의 말을 들으면 할아버지가 재산을 탕진하고(어머니는 첩에게 빨렸다는 말을 썼다) 돌아간 후, 화류계 여자들이 흔히 그렇듯 자식을 낳지 못한 할머니는 쭉 혼자 살고 있었다고 했다.

아버지 역시 할머니를 보자 잠시 멍청해지더니 그때까지 손에 쥐고 있던, 날이 부러져 나간 곡괭이 자루를 집어 던졌다. 그러고는 누구에게랄 것도 없이 퉁명스럽게 내뱉었다. 빨리 떠나자구.

할머니는 면구스러운 낯으로 조심스레 두루마기 자락을 감싸 쥐고 트럭의 짐칸에 올라탔다. 즉시 할머니에게 넘겨진 나는 왜 그렇게 할머니의 머리에 얹힌 조바위가 무서웠을까. 내가 심하게 낯가림을 하며 울어대는 바람에 할머니는 조바위를 벗고 밤새 겨울 찬바람 속을 얼어붙을 듯 시린 맨머리로 정수리를 하얗게 보이며 가야 했다.

할머니의 조그만 보퉁이에 들어 있는 청홍의 술을 늘인, 머리를 맞댄 봉황 두 마리가 금실과 은실로 찬란히 수놓인 붉은 비단 주머니에는 돌아간 영감님과 자신의 은수저가 각기 한 벌씩 들어 있었다.

할머니는 삼실처럼 희누르고 거친 머리를 물속에 담그고 오래오래 감았다. 젖은 머리카락을 땋아 자주 댕기 물려 단정히 쪽 찐 후 내 벗은 몸을 잡아 겨드랑이에 끼고 물속에 머리를 잡아넣었다.

머리가 물속에 들어가자 갑자기 머리 뚜껑이 열려 서서히 텅 비어가듯 그렇게 서늘하고 거뿟해졌다.

여름이어도 첫물은 늘 시렸다. 하늘과 구름과 나무가 곤두박질치듯 빙 돌며 물구나무를 섰다. 느닷없이 물속에 거꾸로 박힐 때 나는 본능적인 두려움과 거부감으로 발버둥을 쳤지만 머리 밑을 흐르는 물의 감촉에 곧 익숙해졌다.

나는 팔을 늘어뜨리고 조용히 거꾸로 비치는 풍경을 바라보았다. 하늘과 그것을 떠받친 밋밋한 능선과 나무, 작은 풀숲 따위가 보일 듯 말 듯 흔들렸다. 작은 송사리 떼가 쏜살같이 속눈썹 위로 지나갔다. 올올이 흩어진 머리칼은 물풀처럼 흐느적거리며 물속 바위틈으로 스미었다.

이년, 이 쇠똥딱지 앉은 것 좀 봐라.

할머니는 서걱서걱 사정없이 머리를 문질렀다.

한낮의 햇빛이 조용히 뜨겁게 끓어오르고 있을 뿐 물 흐르는 소리조차 조을 듯 나른히 가라앉았다. 나는 느슨해진 할머니의 팔에서부터 더 깊이 물속에 머리를 담갔다. 개울 바닥, 돌부리에 비로드처럼 부드럽고 푸른 이끼가 숨어 자라는 것이 보였다. 물속에 잠긴 눈에 비친, 거꾸로 선 풍경은 언젠가 보았던 듯 몹시 친숙한 것이었다.

저고리를 벗은 할머니의 겨드랑이에서는 시큼한 땀내가 풍기고 땀에 젖은 풍성한 한 줌의 털이 할머니가 머리를 문지를 때마다 어깨를 간질였다.

내 머리를 다 감기고 나자 할머니는 돌아서서 치마를 벗었다. 그리고 미끄러운 돌에 기우뚱 위태롭게 발을 내디디며 물속으로 들어왔다.

할머니의 벗은 몸을 보는 것은 처음이었다. 시들고 메마른, 팔다리와는 달리 속살은 눈부시게 희고 특히 어머니처럼 다산多産의 흉한 주름이 없는 배는 둥글고 풍요했다. 할머니의 거뭇한 가랑이 사이에서 거품을 내던 물은 조금 아래쪽에 선 내 허리를 휘감고 흘러갔다.

나는 개울의 가운데에 잠깐 망연하게 서 있는 할머니에게서 문득 흩날리는 눈발에 꽃잎처럼 묻어 들어오던 날의 놀라움을 생생하게 되살렸다.

할머니는 아름다웠다. 내 눈길을 느낀 할머니는 잇몸을 내보이며 흐흐 웃었다. 햇빛 아래 입을 벌리고 웃는 할머니는 마른 꽃잎 같았다. 봉지 봉지 꽃봉지. 할머니는 정말 새까맣게 여문 씨앗이 배게 들어찬 주머니와도 같았다.

파편의 화상으로 밤마다 허물을 벗는 연한 분홍빛의 발은 물살에 따라 흘러와 쌓이는 모래 속에 묻혀갔다.

물 가운데 우뚝 선 할머니는 물감처럼 엷게 한없이 풀리고 내 주름지고 볼품없는 가랑이 사이에서 거품을 내고 흘러갔다.

얼굴 위로 개미라도 기어가는지 동생이 가냘픈 소리로 울기 시작했다. 물소리에 섞여 그것은 마치 개울 바닥에 모래가 쌓여가는, 혹은 풀벌레 소리처럼 심상하고 자연스럽게 들려 어서 가보아야 한다는 생각은 들지 않았다. 할머니 역시 마찬가지인 모양이었다. 동생이 있는 풀숲으로부터 나타난 팔뚝 굵기의 번지르르한 구렁이 한 마리가 대가리를 물에 묻고 느릿느릿 물을 따라 헤엄쳐 가는 것을 물끄러미 보고 있다가 문득 생각난 듯 무심히 중얼거렸다.

얘가 혼절을 했겠구나.

어머니는 늦잠을 잤다. 언니와 작은오빠가 학교에 간 지도 꽤 오랜 참이었다. 지분이 얼룩진 얼굴에 햇빛이 닿자 어머니는 숙취로 부석부석 부어오른 얼굴을 손등으로 가리며 돌아누웠다.

늘 그렇듯 오빠가 돌아앉아 소리 높여 영어책을 읽기 시작하자 나는 어머니의 머리맡을 돌아 방을 나왔다.

마을의 어귀, 읍으로 나가는 길의 반대쪽에 구멍가게가

있었다.

내가 문간에 서서 두릿두릿 가게 안을 들여다보노라면 치마를 걷고 앉아 부채질을 하거나 파리채로 뚜덕뚜덕 파리를 잡고 있던 젊은 아낙네는 말없이 입이 넓은 유리병의 꽃 모양으로 오그린 양철 뚜껑을 열고 사탕을 두 알 꺼내 주었다. 때로 무표정한 얼굴로 병 밑바닥에 수북이 떨어진 굵은 설탕 가루를 한 줌 덧쥐여주는 선심도 썼다. 나오기가 귀찮은지 쪽유리로 흘깃 내다보고는 게으르게 하품을 하며 돈 거기 놓고 꺼내 가거라, 말하기도 했다. 그녀는 늘 내 주머니 속의 돈이 꼭 사탕 두 알 값이라는 것을 알고 있었고, 나는 이제껏 사탕 외에 다른 것을 산 적이 없기 때문이었다.

그럴 때면 나는 사탕을 두 개 꺼낸 뒤에도 곧 뚜껑을 닫지 않고 머뭇거렸다. 이쪽을 내다보는 기척이 없으면 재빨리 한 개를 더 꺼내 주머니에 넣고 돈 여깄어요, 크게 소리치고 나오는 것이었다. 소눈깔만 한 사탕을 입에 물면 볼이 미어지게 튀어나왔다. 나는 그 두 알의 사탕으로 점심때가 훨씬 기울 때까지 견디는 방법을 알고 있었다. 그것이 다 녹을 때까지는 집에 들어갈 수 없기도 했다.

나는 어슬렁어슬렁 신작로를 따라 걸었다. 길 옆 옥수수 이파리는 흙먼지를 보얗게 뒤집어쓴 채 축축 늘어지고 수염이 노랗게 바래지고 있었다.

나는 사탕의 단맛을 아껴 되도록 천천히 빨며 먼지가 풀

풀 이는 길을 걸었다. 쿵, 쿵, 먼 데서 대포 소리가 들려왔다. 멀리 보이는 몇 개의 겹쳐진 능선 너머에서 들리는 소리라고 사람들은 말했다. 나는 자주 멈춰 서서 입안의 사탕을 꺼내 눈앞에 들어 올려 작아진 정도를 살피고는 주머니에 넣었다. 열 발자국 정도를 걸어 입안에 남은 단맛이 말끔히 가신 후에야 다시 사탕을 빨았다. 때문에 손가락들은 끈끈한 사탕기로 물갈퀴처럼 달라붙어 잘 떨어지지 않았다.

신작로의 끝에 언니가 다니는 학교가 있었다. 나지막한 단층 목조 건물이었다. 운동장을 두른 탱자나무 울타리가 드티어진 교문 앞에서는 솜사탕 장수가 틀, 틀, 틀, 틀, 구름 같은 솜사탕을 피워 올렸다. 깔때기 모양의 함석통 안에 흰 가루를 한 줌 넣고 가느다란 막대를 꽂은 뒤 발틀을 돌리면 막대에는 솜이 한 겹씩 감기고 금세 목화꽃처럼 하얗게 반짝이며 피어올랐다. 그것을 보는 일은 언제까지나 싫증이 나지 않았다. 한참을 서서 다섯 개, 열 개로 자꾸자꾸 불어나는 솜사탕을 물끄러미 바라보고 있으면 솜사탕 장수는, 먹고 싶으냐, 먹고 싶으면 돈 갖고 와 사 먹어라, 하고는 보아란 듯 열한 개째의 솜사탕을 탁 꽂았다. 콜타르로 검게 칠한 낡은 목조 건물의 열린 창에서 쨍쨍히 노랫소리가 들려왔다.

학교 뒤 야산 중턱, 철조망이 쳐진 곳은 고아원이었다. 철조망 안에는 창고처럼 높직이 유리창이 달린 판잣집과 두 동의 군용 천막이 세워져 있었다. 공사를 하려는지 각목과 벽돌도 군데군데 쌓여 있었다. 햇빛이 쨍쨍하고 그늘이 없어 계집애들은 각목을 엇갈려 세운 틈의 좁은 그늘에서 머리를 맞대고 서로 이를 잡아주었다. 웃통을 벗은 사내애들은 물지게로 물을 길어 날랐다.

작은오빠는 늘 그 애들을 부러워했다. 못으로 날선 칼을 만들고 상처의 피쯤이야 쓱 혀로 핥고 밤마다 서너 명씩 패를 지어 달아나면 또 그만한 숫자의 다른 아이들이 어디선가 잡혀 온다고 했다. 언니는 그런 얘기를 들으면 진저리를 쳤다. 갈 때 보자, 나지막이 잇새로 내뱉는 그 애들의 말을 무서워하지 않는 애들이란 오빠의 반에서 단 한 명도 없다고 했다. 그러한 경고를 들은 뒤, 집으로 돌아가는 으슥한 길목에는 영락없이 그 애들의 패거리가 기다리고 있기 때문이라는 것이다. 맘만 먹으면 변소에 거꾸로 처넣는 것쯤이야 식은 죽 먹기라는 것이다.

우유 가루를 핥아 먹던 계집애가 철조망 가까이 다가왔다.

먹고 싶니, 좀 줄까?

나는 손을 내밀었다. 그러자 그 애는 손바닥에 조금 남은 우유 가루를 내 눈에 대고 훅 불어 날렸다.

빨리 없어져, 이 뚱보야.

판잣집 앞에 세운 산소통이 땡땡땡땡 여러 차례 울렸다.

배고프다 땡땡땡.

밥 먹어라 땡땡땡.

아이들은 재빨리 일어나 머리채를 흔들며 다투어 안으로

사라졌다.

나는 나머지 사탕을 입에 넣고 왔던 길을 되짚어 마을을 지나 읍내로 갔다.

장이 안 서는 날이라 한산한 한낮의 저잣거리에 땅, 땅, 대장간의 망치 소리만 생생히 울렸다.

나는 거리의 끝까지 느릿느릿 걸으며 두어 사람을 내려놓고 떠나는 완행버스 꽁무니를 따라가보기도 하고 죽은 듯 조용한 미장원과 술집·여인숙 골목을 기웃거리기도 했다.

이 거리를 지나가노라면 늘 아버지 생각이 났다. 아버지가 전투복을 입은 사람들에 의해 트럭에서 끌어 내려진 곳은 여기서 얼마쯤 떨어진 곳일까. 흐린 기억으로도 우리는 아버지를 내려놓은 곳에서 그다지 멀리 와 있는 것 같지 않았다.

대장장이는 이글이글 타는 참나무 숯불에 쇠를 달구고 힘찬 망치질로 날을 벼리었다. 망치를 내리칠 때마다 겨드랑이 안쪽의 살이 푸르륵푸르륵 부풀어 올랐다. 대장간 앞에 드러누워 벌겋게 익은 얼굴로 잠든, 농기구를 손보러 온 농부들 곁을 지나치다가 나는 걸음을 멈추었다. 그들 중에 눈에 익은 연장 망태를 베고 모로 꼬부려 누운 안집의 외눈박이 목수가 있었기 때문이었다.

해가 훨씬 이울었을 때야 나는 집으로 돌아왔다. 어머니가 읍내로 나갈 시간이었다.

동생을 업고 텃밭에서 서성이던 언니가 애써 웃음을 숨기고 비쭉 입을 내밀었다. 뭔가 좋은 일이 있다는 암시였다.

망할 년, 어딜 그렇게 쏘다니니.

우물가에서 돌절구를 씻다가 할머니가 한마디 핀잔을 주었다. 방 안의 오빠는 책을 읽으면서도 바깥의 동정을 낱낱이 살피고 있었던 듯 씻긴 절구를 단숨에 부엌으로 들어 날랐다.

찜통같이 덥고 어두운 부엌에는 이미 불 피운 화덕이 들어와 있고 물이 김을 내며 설설 끓었다. 무슨 일이 있는가는 이제 확실해졌다. 나는 벙긋벙긋 자꾸 웃음이 번지는 얼굴로 부엌과 뒤꼍을 들락거리다가 할머니에게 머리를 쥐어박혔다. 화장을 마치고 나가는 어머니에게 할머니가 은근하게 말했다.

에미야, 저녁은 꼭 집에서 먹어라.

할머니가 또 임자 없는 닭을 잡아온 것이다. 할머니의 빨래 함지는 빨랫거리에 비해 엄청나게 컸다. 그리고 가끔 그 큰 함지 속에는 커다란 묵은 닭이 다리를 꺾고 앉아 눈을 뒤룩거리고 있곤 했다. 동네에서 떨어진 채마밭을 어정거리는 닭을 잡아온 것이다. 할머니는 끝내 임자 없는 닭이라고 우겼다.

할머니가 그 닭의 목을 죽지 속에 파묻은 후 돌절구에 넣고 공이로 찧으면 닭은 단 한마디의 비명도 없이 죽었다.

옷이 척척 들러붙게 더운 날인데도 할머니는 부엌문을 닫아걸고 흘러드는 땀에 눈을 섬벅이며 닭 털을 뽑았다.

우리는 방문을 굳게 닫고 땀을 뚝뚝 흘리며 뜨거운 닭국을 먹었다.

할머니는 우리의 손이 닿기 전 먼저 닭의 다리와 똥집을 오빠의 밥 위에 얹었다.

뒤처리도 재빨랐다. 바람에 날리지 않게 재에 버무린 닭털을 오빠는 마당 구석 깊숙이 묻고 부엌 바닥의 검게 엉긴 피도 흙을 뿌려 쓸자 감쪽같았다.

할머니는 또 살이 말끔히 발린 닭 뼈를 눈에 안 띄는 찬장 뒤에 놓았다. 지네를 잡아 약에 쓴다는 것이다.

우리는 기름기 번질한 입술을 손등으로 문지르며 방문을 열고 툇마루에 나앉았다.

처음 우리가 이사 왔을 때 동네에서는 자꾸 닭이 없어진다는 소문이 돌고, 닭 임자는 잃어버린 닭을 찾아 우리 방 쪽을 기웃거렸다. 외지에서 들어온 피난민들의 소행이 분명하다고 사람들은 수군거렸다. 그러나 할머니가 정작 커다란 빨래 함지를 이고 나가기 시작한 것은 1년이나 지난 다음부터였다. 어차피 우리는 거지나 다름없는 뜨내기 피난민이었던 것이다.

오빠는 처음엔 닭을 입에 대지도 않았다. 자기 몫의 국을 보아란 듯 뜨물통에 쏟아 우리를 경악게 했다. 그러나 한참 자랄 나이의 왕성한 식욕을 오랫동안 외면할 수는 없었다.

할머니는 동생에게는 소다를, 내게는 호렴을 한 줌 먹였다. 안 먹던 음식을 먹고 체하면 큰일이라는 것이다. 호렴은 짜고 썼다. 목구멍을 넘어갈 때는 따갑고 쓰라렸다.

한밤중, 타는 듯한 갈증으로 잠을 깬 나는 잠든 몸들을 더듬더듬 타 넘어 방문을 열었다.

소금 먹은 놈이 물켠다더니.

그때까지도 잠들지 않고 있었던 듯 어머니는 술내를 풍기며 후후 웃고, 오줌만 싸봐라, 키 씌워 동네조리를 돌릴 테니, 할머니가 으름장을 놓았다.

우물은 깊었다. 둥그렇게 내려앉은 어두운 하늘은 두레박줄을 한없이 한없이 빨아들이고 방심하고 있던 어느 순간 마침내 철버덕 수천 조각으로 깨어져 흐트러졌다.

이슬이 자디잔 유리 파편처럼 반짝이며 축축이 내리고 있었다. 한 차례 물을 마시고 발등에 쏟아붓고 나는 다시 끝없이 두레박줄을 풀어내며 우물 속을 들여다보았다. 우물 속은 고요하고 알 수 없는 소리로 가득 차 있었다. 그 속에서 어쩌면 탄식과도 같은 누군가의 숨소리가 섞여 들리는 듯도 했다.

부네의 방, 툇마루 밑에서 쥐가 한 마리 재빠르게 달아났다. 마루의 벌어진 틈 사이로 달빛이 깊숙이 스미고 있었다. 나는 다가가 마루 밑을 들여다보았다. 마루 밑에는 방금 쥐가 장난을 치던 것인 듯 구두가 한 짝은 모로, 한 짝은 엎어진 채 있었다. 나는 그것을 꺼냈다. 흙먼지가 가득 속을 메운 구두는 굽과 코가 칼날처럼 날렵하게 빠진 뾰족 구두였다. 나는 흙을 털어내고 손바닥으로 문질러 반짝 윤을 내고는 가만히 젖은 발을 집어넣었다. 발목이 꺾일 듯 휘청 앞으로 고꾸라졌다. 나는 신을 벗어 댓돌 위에 나란히 놓은 뒤 방문에 눈을 갖다 대었다. 안은 어두워 촘촘한 문살 사이로 아무것도 눈에 잡히지 않았다. 이상하게도 여느 때의 두려움은 느껴지지 않았다.

붉은 물이 들기 시작한 감이 가끔 생각난 듯 툭툭 떨어져 굴렀다.

한밤중에 이렇게 나와 앉아 부네의 방을 바라보면, 너무 조용하기 때문일까, 낮의 일들이 꼭 꿈속의 일처럼 아주 몽롱하고 멀게 느껴지는 것이었다. 밤마다 술 취해 오는 어머니, 더러운 이불 속에서 쥐처럼 손가락을 빨아대는 일 따위가 한바탕의 긴 꿈만 같이 여겨졌다. 진짜의 나는 안타까이 더듬어 보는 먼 기억의 갈피짬에서 단편적인 감각으로 남아 있는 것이 아닐까. 아버지처럼. 아버지는 키가 몹시 컸다. 아니 그것은 덩치 큰 오빠를 향해 하던, 아버지를 쏙 빼었다는 할머니의 말에서 비롯된 연상인지도 몰랐다.

저녁을 먹은 후 바람이 서늘해지면 아버지는 나를 어깨 위에 태우고 밖으로 나갔다. 아버지의 무등을 타면 어찌나 높던지 나 자신 풍선처럼 공중에 둥실 떠오르듯 눈앞이 어지러이 흔들렸다.

곧 동생이 태어날 거다. 아버지는 내 넓적다리를 꽉 쥐며 노래 부르듯 말했다. 엄마 배 속에 아기가 들었단다.

꼭 잡아. 아버지의 말에 따라 아버지의 머리를 잡으면 손에 찐득찐득한 머릿기름이 묻어났다.

아버지는 내게 연약한 넓적다리나 발목을 잡던 악력, 막연히 따스하고 부드러운 것, 보다 커다란 것, 땀으로 젖어 있던 등허리로 남아 있었다. 그러나 이 모든 기억 역시 내 상상이 꾸며낸 더 먼 꿈속의 일은 아니었을까.

전쟁이 끝나면 아버지가 돌아온다. 두 해가 지나도록 소식이 없었지만 할머니는 끈기 있게 기다렸다. 그러나 아버지에 대한 정다운 기억, 기다림에도 불구하고 아버지가 돌아온다는 사실에 우리는 모두 얼마쯤의 불안과 두려움을 갖고 있었다. 매일 술 취해 돌아오는 어머니를 향해, 아버지가 돌아오시면 뭐라고 하실까요, 차갑게 협박하는 오빠까지도.

우리가 임자 없는 닭의 맛에 길들여지듯, 어머니의 지갑을 더듬는 내 손길이 점차 담대해지고 빼내는 돈의 액수가 많아지듯, 할머니가 단말마의 비명도 없는 도살屠殺의 비기秘技를 익혀가듯, 그리고 종내는 눈의 정기만으로도 닭들이 스스로 죽지 밑에 고개를 묻고 널브러지듯 아버지 역시 달라져 있을 것이다. 아버지가 우리를 떠나 있던 그 긴 시간의 갈피짬마다 연기처럼 모호히 서린 낯섦은 새로운 전쟁으로 우리 사이에 재연될 것이기에 차라리 그립고 정답게 아버지를 추억하며 희망 없는 기다림으로 우리 모두 아버지가 영영 돌아오지 않기를 바라거나 돌아오지 않을 사람으로 치부하고 있음을 변명하고 용서를 구하는 것이나 아니었는지.

멀리 산등성이 너머에서부터 들려오는 대포 소리는 고즈넉이 가라앉은 이 마을에 문득 전쟁을 상기시켰고, 드문드문 흘러드는 피난민들은 아직도 바깥에서는 전쟁이 계속되고 있다고 말했다.

빨간 고추잠자리 한 마리가 장독대 위를 날았다. 낮잠을 자는 사이 비가 그쳤나 보았다. 따가운 볕에 청명한 바람기가 숨어 있었다.

일년초가 심긴 장독대 주위는 가을꽃으로 붉었다. 저녁답이었다.

물이 괸 장독 뚜껑에 엷게 햇빛이 떠 있고 잠자리는 앉을 듯 말 듯 망설이며 뱅뱅 돌았다.

할머니는 개울에서 아직 돌아오지 않았는지 보이지 않았다. 이맘때면 우물가에서 쌀을 씻는 안집 여자도 기척이 없었다.

나는 빗물이 질척하게 괸 고무신에 발을 꿰고 툇마루에 앉았다. 멍하니 부네의 방 쪽을 바라보았다.

가을 해는 짧았다. 어느새 부네의 방문은 엷은 햇빛에 눅눅히 잠겨들고 있었다. 나는 물에 잠기듯 잦아드는 부네의 방을 보면서 이유를 알 수 없는 서러움이 가슴에 차오르는 것을 느꼈다.

불현듯 닫힌 방문의 안쪽에서 노랫소리가 들리는 듯했다. 어쩌면 약한 탄식 같기도, 소리 죽인 신음 같기도 했다.

아아아아아아—

아아아아아아 —

어느 순간 방문의 누렇게 찌든 창호지가 부풀어 오르고 그 안쪽에서 어른대는 그림자를 얼핏 본 것도 같았다.

아아아아아아 —

그 소리는 다시 들리지 않았다. 분가루처럼 엷게 떨어져 내리는 햇빛뿐이었다. 내가 들은 것은 환청인지도 몰랐다. 그러나 입 안쪽의 살처럼 따뜻하고 축축한 느낌이 내 몸을 둘러싸고 있음을, 내 몸 가득 따뜻한 서러움이 차올라 해면처럼 부드러워지고 있음을 느낄 수 있었다. 그것은 떠돌던 고추잠자리가 잠깐 물에 스치듯 꽁지를 담갔다 뺀 순간이었을까.

달라진 것은 아무것도 없었다. 햇빛이 사위었다는 것뿐.

부네의 방은 박명 속에 어슴푸레 잠겨들었다. 햇빛은 이제 우리 방 서쪽 창에만 조금 남아 있을 뿐이었다. 맴돌던 고추잠자리는 담장 너머 피마자 이파리로 옮겨 앉았다.

나는 방으로 들어와 옷을 벗고 거울 앞에 섰다. 거울 속의 불룩 튀어나온 배와 작고 주름진 가랑이를 물끄러미 보며 나는 흐득흐득 흐느꼈다.

깊은 밤, 안채에서 느닷없이 곡성이 터졌다.

딸이 죽었댄다. 혀를 물고 자살을 했대. 약을 달여 들어가니 글쎄 벌써 죽어 있더라지 뭐냐.

나갔다 들어온 할머니가 쉬쉬하며 수군거렸다.

그럼 정말 딸을 가둬두고 있었나요?

어머니가 남포에 불을 붙이고 일어나 앉았다.

다음 날 아침, 우리는 마당에서 들리는 소리에 잠을 깼다.

부네의 늙은 아비가 대패질하는 소리였다.

널은 뭘 하러 짜오. 거적에 말아 저잣거리에 내다 묻소. 오가는 사람 발길에 밟히게시리.

안집 여자가 꽉 잠긴 목소리로 말했지만 외눈박이 목수는 묵묵히 대패질을 했다. 옹이가 박힌 곳은 몇 번이고 힘들여 다시 밀었다. 읍내 대장간에서 벼리어온 톱과 망치, 대팻날은 첫 물인 듯 날빛을 내며 매끄럽게 나뭇결을 가다듬었다.

우리는 눈곱 낀 눈을 섬벅이며 빙 둘러서서, 송진이 묻어나는 덜 마른 소나무의 속살이 한 꺼풀씩 벗겨지며 더욱 희어지는 것을 바라보았다. 마르지 않은 생나무의 향기가 독하게 코를 찔렀다. 목수의 얼굴은 술에 취한 듯 붉었고 손등과 이마에 지렁이처럼 굵은 힘살이 불거졌다. 대팻밥은 얼마든지 나와 금시 우리의 발밑에 수북이 쌓였다.

저녁 무렵 널에 못 박는 소리가 꽝꽝 들렸다. 그리고 부네는 어둡기를 기다려 기진한 안집 여자의 흐느낌 속에 차일도 휘장도 술도 국수도 없이 집을 빠져나갔다. 저녁 내내 우리는 방에 갇혀 있었다. 할머니는 연신 문구멍으로 눈을 갖다 대는 언니의 뒷덜미를 잡아채고 머리통을 쥐어박았다.

애들이 일찍부터 흉한 꼴을 보면 팔자가 세어져.

자물쇠는 벗겨졌지만 부네의 방문은 여전히 굳게 닫혀 있었다.

부네의 죽음은 소나무 속살의 희디흰 향기로 남아 오래도록 떠나지 않았다.

남들이 뭐라는 줄 아세요?

하얗게 닦아 세워둔 고무신에 마악 발을 꿰려는 어머니의 앞을 오빠가 가로막았다.

뭐라고들 하든?

어머니는 치맛자락을 거머쥐고, 오빠는 바라보지 않고 건성 되물었다.

갈보래요, 늙은 갈보.

어머니의 눈가가 순간 확 붉어졌으나 곧 태연히 대꾸했다.

실컷 떠들라지.

아버지가 오시면 뭐라고 하실까요.

글쎄다.

오빠는 문을 박차고 나갔다. 부엌에서 바깥의 동정을 살피며 전전긍긍 발소리를 죽이던 할머니가 불안한 표정으로 슬쩍 얼굴을 내밀다가 다시 들어갔다.

다녀오겠어요.

어머니는 입술을 깨물고, 먼지 하나 묻지 않은 흰 고무신에 공연히 걸레질을 하는 시늉을 하고는 짐짓 아무 일도 없었다는 얼굴로 나갔다.

요즘 들어 어머니는 술을 덜 마시는 대신 안 돌아오는 밤이 잦았다. 오빠는 걸핏하면 언니를 때려 코피를 터뜨렸다. 죽은 듯 엎드려 얌전히 매질을 당한 언니는 코피가 멎을 때까지 고개를 젖혀 눈물 가득한 눈으로 하늘을 바라보곤 했다. 어머니와 오빠 사이의 긴장은 베일 듯 날로 위태롭게 팽팽해졌다.

여름이 지나자 읍내 저잣거리는 장이 서는 날 외에는 한결 쓸쓸하고 스산해졌다. 우리를 밤마다 알 수 없는 흥분과 열기로 들뜨게 하고 모여들게 하던 여름이 지나간 것이다.

가을의 끝 무렵, 도회지에 나가 있던 목수의 작은딸, 부네의 동생인 서분이가 돌아왔다.

영어 공부하니?

집으로 돌아온 첫날 그녀는, 들창으로 불룩한 가슴까지 들이밀며 오빠에게 스스럼없이 물었다. 오빠는 목덜미까지 시뻘게졌다.

멋을 부려, 반짝이는 헝겊으로 파마머리를 질끈 묶고 얼굴에 보얗게 분가루가 얹힌 서분이는 열여덟 살이었다.

순 한국식 발음이다, 얘.

그녀는 깔깔 웃었다. 어머니는 서분이가 미국인 집의 식모라고 우리에게 일러주었다.

서분이의 말에 오빠의 얼굴은 또다시 홍당무가 되었다.

내가 있는 집, 해리슨 씨 말야. 너 같은 애 여럿 미국 보냈어. 영어 공부 열심히 해라. 내가 말해줄게. 그 사람들, 너같이 불우하고 의지 강한 애들을 참 좋아해. 어떡허든 도와주려고 애쓴단다.

오빠의 눈이 기대에 차서 반짝였다.

서분이는 스스럼없이 우리 방을 드나들었다. 오빠는 거센 목소리로 묻는 말에나 더듬더듬 대답하고 곧잘 얼굴을 붉혔으나 서분이의 때 없는 내방을 그다지 싫어하지 않았다.

서분이는 멋쟁이였다. 밤마다 엉덩이를 흔들고 다니는 읍내 처녀들에 비할 바 아니었다. 집에서도 꼭 끼는 스커트에 환히 살이 비치는 양말을 신고 굽 높은 구두를 신었다. 서분이는 우리에게 껌과 초콜릿을 주고 어머니에게는 냄새 독한 향수를 주었다.

어쩌면 손도……

할머니는 서분의 분결 같은 손에 감탄했다. 물론 '식모를 한다면서'라는 뒤엣말은 목 안으로 삼키고서였다.

일도 별로 없대요. 빨래도 기계로 하고 청소도 기계로 한다나요.

안집 여자는 자랑스럽게 말했다.

처음부터 신임을 얻기는 어려워. 일단은 다 도둑놈으로 보려 하거든. 처음엔 시험을 한단다. 우선 좋은 날씨군요/행복한 아침입니다/나는 절대로 훔치지 않았습니다/나는 거짓말쟁이가 아닙니다라는 말만 할 수 있으면 돼.

해리슨 씨가 제일 싫어하는 것은 도둑질과 거짓말이라고

했다. 서분이는 근 보름 동안이나 집에 머물러 있었다. 그동안 오빠는 그녀에게서, 자신을 고용할지도 안 할지도 모르는 해리슨 씨의 성품·취미·가족 상황·식성 따위를 낱낱이 익혔다. 우리는 미군 문관인, 좀 비대한 중년의 백인 사내가 아침에는 홍차를 마시고 피가 흐를 듯 말 듯 슬쩍 익힌 비프스테이크를 즐긴다는 사실까지 알게 되었다.

오빠는 해리슨 일가에 관한 한 무엇이든 서분이의 말에 열심히 귀를 기울였다. 해리슨 씨가 반드시 자기를 고용하리라는 자신은 없었지만 그녀의 큰소리대로 불원간 미국인 집에 가게 될 것이고 모든 미국인은 친절한 해리슨 씨에 다름 아니었으므로.

우리 역시 곧 오빠가 미국에 가게 되리라고 생각했다. 그리고 성공해서 돌아올 것이다.

서분이는 정말 오빠에게 친누이나 되는 것처럼 허물없이 굴었다. 오빠가 긴 장대로 익은 감을 따면 그녀는 스커트를 벌려 감을 받고, 때로는 주르르 감나무로 기어올라 가지 사이에 다리를 벌리고 걸터앉아 감을 따서 오빠에게 던지며 깔깔거렸다.

엉덩이에 바람이 잔뜩 들었어.

할머니는 혀를 차며 못마땅해했다. 밤이면 읍내 저잣거리에 나가는 대신 오빠는 그녀와 함께 어디론가 사라지고 밤 깊어 마른풀 내를 풍기며 소리 없이 들어와 누웠다. 보름간의 휴가를 마친 서분이는 곧 연락을 하겠노라는 약속을 남기고 해리슨 씨의 집으로 떠났다.

아임 낫 라이어.

아임 어니스트 보이.

오빠는 미국인과의 생활에 꼭 필요하다는, 새로 익힌 몇 개의 문장을 열심히, 되도록 부드럽게 혀를 굴려 외웠다.

감은 대풍大豊이었다. 서너 그루의 늙은 감나무는 마지막의 엷인 듯 쇠잔한 기력을 모아 화려하고 풍성하게 열매를 익혔다. 뒤뜰은 붉게 익은 감들이 지천으로 구르며 썩어가고, 부네의 죽음으로 넋이 나간 안집 여자는 우리가 감을 주워 먹어도 말없이 멀거니 바라보기만 할 뿐이었다. 가으내 우리는 굳은 똥을 누느라고 애를 쓰고 이불이며 옷에 불그죽죽한 감물을 들여 할머니에게 혼이 났다. 안채에는 가끔씩 낯선 노파가 드나들었다. 사람을 놓아 사윗감을 물색한다는 소문이 쉬쉬하며 입에서 입으로 전해졌다.

가을이 깊어지고 날씨가 퍽 차가워졌다. 댓돌 위에 벗어 둔 고무신은 밤새 쇠처럼 차갑게 굳어지고, 아침에 선하품을 깨물며 방문을 열면 안채 지붕과 마당에 서리가 하얗게 내린 것을 볼 수 있었다.

곧 부러질 듯 앙상한 감나무 꼭대기 가지에는 홍시 두어 개가 찬 서리 속에 터질 듯 밝은 홍색으로 익어 아침마다 까치가 날아들었다. 쪼아 먹은 자리는 낮 동안 햇빛과 바람으로 거무스레 말라가고 다음 날 아침이면 또다시 아파아파 생살을 보이며 붉게 물크러졌다.

죽은 지 100일이 되는 날, 부네는 청홍의 비단실로 묶은 사주단자를 받고 시집을 갔다.

저물 무렵, 화문석 깔린 대청마루에 떡시루가 놓이고 모처럼 진솔의 비단옷을 차려입은 안집 여자는 치마를 벌려 청·홍·황·백·흑, 다섯 가지 빛깔의 채단을 받았다. 신랑 자리는 지난해 여름 뱀에 물려 죽은, 산 너머 마을 묘위답 마름이었다. 지체가 기울어 색시 쪽에서 마다했다는 소문도 있었다.

마당에 차일이 쳐지고 안집 여자는 시종 옷고름으로 눈물을 찍어대며 술과 국수를 날랐다. 그녀의 많은 딸들은 하나도 모습을 보이지 않았다.

뭐 좋은 일이라고……

안집 여자가 말끝을 흐리며 눈물을 찍어내자 사람들도 그럴싸한 표정으로 고개를 끄덕였다. 혼례에 쓸 요량으로 중돝을 잡았기에 사내아이들은 돼지 오줌통에 물을 넣어 종일토록 김장걷이 끝낸 빈 밭에서 공을 찼다.

밤이 깊어 마당의 화톳불이 사위어지자 신방이 차려졌다. 녹의홍상으로 꾸민 부네와 신랑은 나란히 이불 속에 누웠다. 신방의 불이 꺼질 때 그때까지도 화톳불가에 모여 술잔을 돌리던 사람들은 문득 조용해졌다. 그러고는 약속이나 한 듯 청

사초롱불을 밝혀 드리운, 활짝 열린 대문께를 바라보았다. 등줄기로 서늘히 지나가는 것은 차가운 바람의 한 자락일까, 뭉텅이 내리는 흰 무서리일까.

안집 여자의 소리 죽여 흐느끼는 소리가 밤새 들려왔다. 외눈박이 목수는 술에 취해 초저녁부터 인사불성이었다.

이상한 일이야. 글쎄 아침에 신방에 들어가보니 지푸라기 인형 둘의 다리가 얽혀 있더란다.

아무렴, 그럴려구요.

아니다. 아무리 처녀로 죽은 딸년, 혼백이나 제대로 보내자고 하는 짓이라도 섬뜩해서 신랑한테서 좀 떨어져 뉘었는데도 이불을 들춰보니 바짝 붙어 다리가 얽혔더라고 쥔여편네, 그 경황에도 기함을 하고 넘어가더라.

아침 상머리에서 할머니와 어머니가 목소리를 낮춰 수군거렸다.

왜 짚각시 다리가 꼬이지?

언니가 고개를 갸우뚱하며 말참견을 했다.

어린애들은 알 거 없다.

할머니가 말했으나 언니는 알 만하다는 듯 사팔눈을 만들어 오빠를 흘깃 바라보았다. 오빠는 벌게진 얼굴로 바삐 숟갈질을 했다.

첫날밤을 치른 신랑 각시는 바람을 피해 야산의 골진 곳에서 불에 태워졌다. 첫날밤의 원앙금침과 녹의홍상도 태워졌다. 초겨울의 차갑고 맑은 날씨였다.

햇빛에 불꽃은 투명하게 흔들리고 구천에서 외롭게 떠돌던 혼백들은 검은 연기로 흐트러지며 어우러지며 가뭇없이 사라졌다.

다시는 짐승으로도 인간으로도, 몸을 받아 이승에 나오지 마라.

안집 여자는 소롯이 남은 재 위에 술을 뿌리며 울었다.

먼 하늘로 사라지는 한 줄기 연기 됨의 까닭을 알 리 없는 아이들은 야산 등성이에서 돼지 오줌통을 높이높이 차올리며 와아와아 몰려다녔다.

가을이 다 가고 겨울이 되도록, 곧 연락을 보내마던 서분이에게서는 아무런 소식이 없었다. 해리슨 씨에게는 오빠를 데려갈 의사가 없는 모양이었다.

어머니가 아무 연락 없이 이틀째 돌아오지 않자 사흘째 되는 날 오빠는 언니의 코피를 터뜨렸다. 고스란히 엎드려 맞던 이제껏과는 달리 언니는 고개를 빳빳이 들고 소리쳤다.

그 바람둥이년, 거짓말을 한 거야. 난 오빠가 그 계집애하고 무슨 짓을 했는지 알아. 그 더러운 짓을 안단 말야.

한쪽 벽에 버티어 선 거울은, 줄줄이 피를 흘리고 있는 버짐투성이의 메마른 계집애를, 슬픔과 증오와 수치심으로 비참하게 일그러진 열여섯 살 사내아이의 초라한 모습을 비추며 오연히 번쩍였다. 오빠는 참담한 얼굴로 거울을 노려보다가 발길로 걷어찼다. 삽시간에 방은 발 디딜 자리도 없이 자디잔 거울 조각으로, 번득이며 튀어 오르는 빛으로 가득 찼다. 저녁마다 화장을 하던 어머니의 얼굴이 천 조각 만 조각으로 깨어졌다. 오빠는 그 천 조각 만 조각의 얼굴에 결별을 고하듯 슬프고 초라하게 어깨를 늘어뜨리고 물끄러미 바라보았다.

산등성이 너머에서는 여전히 대포 소리가 들려왔으나 전쟁이 곧 끝날 거라는 소문이 돌고 피난민들은 하나둘 이 마을을 떠나기 시작했다.

다른 피난민들처럼 훌훌히 이 마을을 떠날 수 없었던 우리는 춥고 긴 겨울을 방 안에 갇혀 지냈다.

사방이 산으로 둘러싸인 분지인 탓에 겨울은 유독 춥고 길었다. 해가 지면 곧 밤이 왔다. 저녁을 먹고 나면 우리는 화로를 끼고 앉아 내복을 벗어 화로 위에 팽팽히 펴놓았다. 그러면 옷 솔기에 숨었던 이가 더운 기운에 게으르게 기어 나오고 우리는 그것을 손쉽게 주워 화로에 떨어뜨렸다. 저녁내 방에서는 이를 태우는 누린내가 가시지 않았다.

밤에 옷을 벗어 마루에 내놓고 자면 이들은 밤 추위에 발갛고 탱탱하게 얼어 죽었다.

겨울이 다 갈 무렵 우리는 이웃 동네로 이사를 했다. 부네의 부모가 딸들이 살고 있다는 도회지로 가기 위해 집을 팔았기 때문이었다.

때늦은 함박눈이 퍼붓는 날이었다. 나는 눈 위에 또박또박 찍힌 발자국이 펄펄 내리는 눈에 덮여 사라지는 것을 아쉽게 돌아보며 짐 실은 달구지를 따라 걸었다.

이사하는 날 눈이 오면 부자가 되고 복받는단다.

파편에 다친 발이 동상으로 덧나 심하게 절룩이며 할머니가 말했다.

글쎄요.

어머니는 씁쓸히 웃었다.

왜들 그러지 않든? 시집가는 날에도 눈이 오면 좋다고. 지난 일이 눈 속에 다 묻히니 왜 안 그렇겠냐.

할머니는 강요하듯 안타깝게 또 말했다. 어머니는 대꾸 없이 삭막한 얼굴로 읍내 저잣거리께를 바라보았다. 화장기 없는 어머니의 푸르스름한 얼굴은 퍽 늙고 지쳐 보였다.

저잣거리를 바라보던 어머니의 눈길이 우리가 트럭을 타고 왔다는 도회지로 가는 신작로, 그리고 멀리 겹쳐 보이는 능선 위로 옮겨가며 아득해졌다.

새로 세 들어간 방앗간집 안마당에는 손쉽게 두레박을 끌어 올릴 수 있는 도르래가 장치된 크고 깊은 우물이 있었건만 할머니는 여전히 빨래 함지를 이고 개울로 나갔다.

지난겨울의 혹독한 추위로 얼어붙은 도르래가 움직이지 않고 역시 방앗간에 일이 없는 철이라 주인이 수리를 서두르지 않았던 것이다. 때문에 할머니가 빨갛게 곱은 손을 오그라뜨리고 돌아올 때까지 나는 방에 갇혀 동생을 돌보아야 했다.

양지바른 앞마당에 파릇이 풀이 돋기 시작할 때도 우리가 살고 있는 북향의 사랑채 뒷문 밖은 두꺼운 얼음에 덮여 있었다. 꽃샘바람이 불고 그 두꺼운 얼음이 녹기 시작할 무렵 방앗간 주인은 겨울 동안 등겨 먼지와 거미줄에 묻힌 방아 기계를 털어내고 우물의 도르래에 기름칠을 했다. 나는 비로소 방에서 풀려날 수 있었다. 고깔 모양의 모자를 씌운 동생을 업고 할머니는 삐그덕삐그덕 도르래를 돌려 물을 긷고 우물가에서 빨래를 했다.

방에서 풀려난 나는 또다시 어슬렁어슬렁 돌아다니기 시작했다. 내 발길이 마지막으로 닿는 곳은 대개 먼저 살던 동네였다.

부네의 집 안채에는 낯선 사람들이 들어와 살고 있었다. 마당에서 소꿉놀이를 하던 계집애들은 대뜸 경계하는 눈빛이 되어 나를 노려보았다.

우리가 살던 방은 허물리고 있었다. 지신地神이 들떠 변소와 헛간을 옮겨 짓는다고 했다. 아직 남아 있는, 벽에 끄적거린 우리들의 낙서와 남몰래 만들었던 흠집들, 오빠의 책궤가 놓였던 창은 사라졌다. 오빠는 언제부터인가 더 이상 영어책을 읽지 않았다.

빈방은 엄청나게 작았다. 그처럼 작은 방에서 우리 모두가 어떻게 살 수 있었을까 이상하게 느껴졌다.

집의 새 주인은 삿자리를 걷어내고 방바닥의 흙을 파내기 시작했다. 우리가 살았던 자취는 어디에고 없었다. 나는 사내의 힘찬 삽질에 의해 점차 깊어지는 방 가운데의 구덩이를 보며 알 수 없는 부끄러움과 서러움으로 눈물이 돌았다. 새 주인의 삽질에 의해 뜰의 어느 구석에서인가 재 묻은 닭 털이 끌려 나오고 부서진 거울 조각들이 흙과 뒤섞일 것이다.

4월이 되자 나는 할머니 손에 이끌려 언니가 다니는 학교에 입학했다. 바람 불고 흙먼지 이는 날에도 솜사탕 장수는 틀, 틀, 틀, 틀 솜사탕을 피워 올렸다.

어머니가 읍내 정육점 사내와 정분이 났다는 소문이 동네에 짜아하게 퍼졌다. 그 사내의 마누라에게 머리채를 잡혀 읍내를 몇 바퀴 돌았다던 날 밤 할머니는 처음으로 어머니를 다그쳤다.

새끼들 다 팽개치고 달아날 셈이냐. 이젠 얼굴 들고 다닐 수가 없구나.

오빠는 우리를 모아놓고 단호하게 말했다.

우린 이제 헤어지는 거다. 너희들은 고아원에 가 있어라. 내가 성공해서 데리러 오겠다. 구두도 닦고 신문도 팔겠다. 도둑질도 하겠다. 미국엘 가서 어떻게든 성공하겠다.

그러나 어머니는 여전히 저녁마다 읍내 밥집에 나가고 오빠는 봄내 여름내 저잣거리에서 살다시피 했다.

오빠는 이제 혀를 떨며 외롭게 하모니카를 부는 대신 차부의 조수들처럼 후익후익 멋지게 휘파람을 불었다. 나는 어머니의 지갑에서 점차 더 많은 액수의 돈을 꺼냈다.

여름이 오고 전쟁은 끝이 났다. 그때까지 남아 있던 피난민 두 가족이 마지막으로 마을을 떠났다.

여름이 다 가도록 아버지는 돌아오지 않았다.

늦여름의 아침, 손바닥만 한 거울을 창틀에 기대놓고 머리를 빗던 어머니가 할머니를 돌아보았다.

어젯밤 이상한 꿈을 꾸었어요. 머리를 빗는데 보리톨같이 시커멓고 굵은 이가 자꾸 떨어지지 뭐예요.

할머니의 낯빛이 대번에 달라졌다.

머리를 푼 건 나쁘다만 꿈에 이를 보면 좋다는데…… 암튼 무슨 소식이 있을라나 보다. 에미가 한번 올라가봐라. 죽었는지 살았는지……

할머니가 쇠잔한 목소리로 말했다.

어머니의 눈꺼풀이 잠깐 푸르르 떨렸다.

노랑눈이는 학교 안 가니?

침울하게 가라앉은 분위기에 덩달아 심란한 얼굴을 짓고 책보 싸던 손을 놓아버린 내게 할머니가 호통을 쳤다.

나는 얼른 허리에 책보를 두르고 뛰어나왔다. 해는 벌써 높다랗게 솟아 불볕을 쏟아붓고 있었다.

시작종을 친 지 오래인 듯 운동장에 아이들의 모습은 보이지 않았다.

달 달 무슨 달

쟁반같이 둥근 달

우리 반의 열린 창문으로 여럿이 소리를 합해 국어책 읽는 소리가 들려왔다.

뚱보야, 오늘은 안 사 먹니?

솜사탕 장수가 불러 세웠지만 나는 대답하지 않고 운동장으로 뛰어 들어갔다. 그때 첫 시간 끝나는 종소리가 땡땡 울렸다.

마지막 수업인 넷째 시간은 미술이었다. 우리는 미술 교본에 있는 대로 화분에 심은 튤립을 그렸다.

초에 물감을 섞어 만든 크레용은 잘 칠해지지 않았다. 자꾸 동강동강 부러져나갔다. 아이들은 고개를 숙이고 코를 훌쩍대며 열심히 색칠을 했으나 나는 멍청히 앉아 앞에 앉은 아이의, 머리털이 뽑힐 듯 단단히 땋은 머리를, 팽팽히 당겨진 머리털 밑 흰 피부에 송송 맺혀 반짝이는 땀방울을 아무런 생각 없이 바라보았다.

햇빛이 부옇게 칠판을 비추어 분필 글씨가 잘 보이지 않았다. 무더운 날씨였다. 나는 주머니 속에 손을 넣어 돈을 만지작거리며 괜한 걱정이라는 것을 알면서도 집에 갈 때까지 교문 앞에 솜사탕 장수가 있어줄 것인지를 생각했다.

창밖으로 내다보이는 신작로, 뙤약볕 아래 맥고모자를 쭈그려뜨려 쓴 남자가 거렁뱅이처럼 다리를 끌며 지나갔다. 더

위 때문인가, 아니면 낮술에 취해 있는 걸까, 벌건 얼굴에 키가 훌쩍 큰 남자였다. 어느 순간 나는 그와 눈이 마주친 것 같기도 했다. 그는 줄곧 무엇인가 찾아내려는 듯 열린 창문마다 찬찬히 살피며 걷고 있었던 것이다.

자, 시간 됐다. 다 그린 사람은 갖고 나와.

선생님이 교탁을 자막대기로 딱딱 두들겼다.

나는 그제야 비로소 코를 훌쩍 들이마시고 하얀 채로 남아 있는, 반도 못 그린 그림에 빨강색과 초록색의 크레용을 문질렀다.

끝나는 종이 울릴 때 늙은 급사가 쪽지를 들고 교실로 조심스럽게 들어왔다. 선생님이 나를 불렀다.

교장 선생님이 부르신다. 어서 가봐.

나는 급사를 따라 복도 맨 안쪽의 교장실로 들어갔다.

교장 선생님은 때마침 손님을 배웅하고 있던 차였다.

6학년 김정님이 동생이지?

손님을 보내고 돌아온 교장 선생님의 물음에 나는 조그맣게 대답했다.

아버지가 오셨다. 집을 몰라 학교로 언니를 찾아오셨어. 교문 밖에서 기다리신다니 어서 모시고 집에 가거라.

햇빛이 교장 선생님의 안경을 가로지르고 그 뒤 흑판에 아아아아아아 떨며 금을 긋고 있었다.

아버지가 돌아오셨다. 모시고 가거라.

교장 선생님의 말을 나는 아무 뜻 없이 곱씹어 중얼거렸다.

내 눈길은 크림을 씌운 케이크 두어 조각이 담긴 접시가 놓인 탁자에 박혀 떠나지 않았다. 그 주위로 파리가 끈끈히 날고 있었다. 교장 선생님, 곧 회의가……

늙은 급사가 문간에 서서 우물우물 말했다. 교장 선생님은 더 무슨 말을 할 듯 잠깐 내 어깨에 손을 얹었으나 어서 아버지에게 가보렴, 한마디 남기고는 앞서 방을 나갔다.

교장 선생님이 나가자 나는 얼른 탁자 위의 단 케이크를 한 조각 입에 욱여넣었다. 급히 삼키는 바람에 목이 메었다. 눈물이 쑥 빠져나왔다. 나는 나머지 한 조각을 재빨리 주머니에 집어넣고 교장실을 나왔다. 그러고는 복도를 빠져나왔다.

*

변소의 창으로 거위처럼 두 팔을 휘저으며 운동장을 가로질러 뛰어가는 언니의 모습이 보였다. 사내애들은 손가락 사이에 면도날을 끼워 계집애들이 팽팽하게 마주 잡고 있는 고무줄을 끊고 계집애들은 욕설을 퍼부으며 흙을 집어 뿌렸다. 그 애들을 헤치며 언니는 달려가고 있었다. 교문 밖에서 아버지가 기다리고 있는 것이다. 탱자나무 울타리 위로 솜사탕이 구름송이처럼 둥실 떠올랐다.

나는 이러한 광경을 보며 주머니 속의 케이크를 꺼내 베어 물었다. 그것을 다 먹고 났을 때 갑자기 욕지기가 치밀었다. 참을 수가 없었다. 나는 꾸역꾸역 토해냈다. 단 케이크는 한없이 한없이 목을 타고 넘어왔다. 까닭 모를 서러움으로 눈물이 자꾸자꾸 흘러내렸다.

나는 다리 사이에 머리를 박고 구역질을 하며 똥통 속을 들여다보았다.

어두운 똥통 속으로 어디선가 한 줄기 햇빛이 스며들고 눈물이 어려 어룽어룽 퍼져 보이는 눈길에 부옇게 끓어오르는 것이 보였다. 무엇인가 빛 속에서 소리치며 일제히 끓어오르고 있었다.

포스트잇

한국전쟁이 시작된 직후부터 끝날 때까지 약 3년 동안 벌어진 일을 다룬 이 소설에는 여러 명의 여성이 등장한다. '노랑눈이'라고 불리는 주인공과 초등학생인 그의 언니 김정님, 두 사람의 어머니, 봉지라는 이름을 가진 그들의 할머니, 안집에 사는 외눈박이 목수의 딸 부네, 부네의 동생 서분이를 비롯해 등장인물의 다수가 여성이다. 피난을 떠나 낯선 마을에 주저앉은 노랑눈이의 가족을 중심으로 저마다 다른 연령대와 여건에서 살아온 여성들이 성장하고 생존하고 좌절하며 그 속에서 자신들의 욕망을 확인하는 이야기를 담고 있다.

가부장제의 틀에 갇혀 살아왔던 여성들은 전쟁이라는 극한의 혼란에 휘말리면서 가부장과 분리되거나 일시적 부재를 경험한다. 그러나 그렇다고 해서 그 힘과 구조로부터 자유로운 것은 아니었다. 노랑눈이의 큰오빠는 전쟁에 징집된 아버지의 부권을 계승하기라도 한 것처럼 여동생에게 폭력을 휘두르고, 안집에 사는 목수는 아버지인 자신의 허락 없이 집을 나간 딸 부네를 찾아 개처럼 끌고 돌아와 골방에 감금한다. 가부장제의 덫은 때로 시신이 되어야 벗어날 수 있을 정도로 잔혹하고 완강하다. 그 굴레 속에서도 여성들의 욕망과 생명력은 살아남는다. 작가는 또래 어린이보다 성숙하고 예리한 관찰자인 노랑눈이의 시선을 통해서 거대한 아버지의 흔들림을 포착하고, 그 손아귀 틈으로 비어져 나와 기어이 자신의 등뼈를 세우고 마는 여성들의 모습을 보여준다.

작품의 서두에는 노랑눈이의 어머니가 시집올 때 해 왔다는 등신대等身大의 거울이 등장한다. 이 거울은 어떤 폭력도 훼손할 수 없고 통제에도 굽히지 않으려 하는 여성의 독립적 자아를 상징한다. 어머니는 그 거울을 매일 닦음으로써 자신이 누군가의 부속물이 아니라 한 사람의 인간임을 스스로 확인한다. 거울에 어떤 흠도 없도록 온전하고 훌륭하게, 나날이 새로 번쩍일 수 있게 닦아서 방에 잘 세워두는 것이다. 그러나 이런 어머니도 정작 자녀를 키울 때는 아들인 노랑눈이의 오빠에게만 기대를 집중하며 가부장제의 한계 안에 머물러 있음을 드러낸다. 온 식구가 추운 곳에서 잠자게 되더라도 아들만은 공부를 시키겠다고 각오하지만, 정작 노랑눈이의 오빠는 세 해째 똑같은 책을 읽고 있다. 뿐만 아니라 여동생을 단속하겠다며 매질을 거듭한다. "떨어진 감에 손가락만 대봐라, 손목을 잘라버리겠다"라는 말은 여동생의 외출을 금지하는 말이기도 하지만, 읍내에 일하러 다니는 어머니를 포함해 이 집안의 여성들을 겨냥한 것이기도 하다. 아버지를 대신해 집안의 통제권을 자신이 행사하겠다는 선언이기도 한 것이다. 그러나 노랑눈이의 눈에 비친 오빠는 늘 침울했고 태도도 자연스럽지 못했으며 엉뚱한 대목에서만 잔인한 인물이었다. 부권 계승에 대한 과도한 집착이 그 자신의 삶 또한 옭아맨 것이다.

가부장의 대리인이 제아무리 포효를 한들 언니의 밤 외출은 막을 수 없고 어머니는 취중 귀가하거나 외박하는 날이 늘어간다. 그리고 이 집에는 봉지라는 이름을 가진, 젊어서는 꽃봉지라고 불렸던 노랑눈이의 할머니가 있다. 그는 곤궁한 중에도 위축되지 않는 여성의 생명력을 보여준다. 고령에도 둥글고 풍요한 몸을 지녔으며 난리 통이지만 목욕을 거르지 않는다. 남의 집 닭을 몰래 가져오고서도 임자 없는 닭이라고 우기면서 허기진 손주들에게 고기를 삶아 먹이는 생활력 강한 인물이기도 하다. 그러나 그도 손자와 손녀를 공평히 대하는 것은 아니다. 야뇨를 지닌 데다 원인 모를 붓기로 늘 고생하는 손녀 노랑눈이의 건강을 걱정하기보다 "고추가 아깝지"라면서 막내 손자의 밥상을 먼저 챙긴다. 닭다리와 똥집이 밥상에 오르면 손녀들이 젓가락을 대기도 전에 손자들의 밥 위에 얹어준다. 가족들은 아버지의 귀환을 은근히 두려워하지만 할머니만큼은 사위가 돌아오기만을 하염없이 바란다. 그가 가부장에서 벗어나지 못하고 구습을 옹호하는 것은 그 삶이 아닌 다른 삶의 가능성을 모르고 살아왔기 때문이기도 할 것이다.

안집 딸 부네는 스스로 목숨을 끊고서야 감금되었던 골방에서 놓여 나온다. 목수인 아버지는 널빤지로 딸의 관을 짠다. 그러더니 죽은 딸의 넋을 지푸라기 인형에 담아 산 너머 마을의 뱀에 물려 죽은 남자와 혼백끼리의 결혼을 시킨다. 이러한 사후혼死後婚의 풍습은 미혼으로 죽은 사람은 정상적인 조상이 될 수 없다고 믿는 습속에서 온 것이다. 이 소설에서 나오는 것처럼 한 쌍의 지푸라기 인형을 만들어 신방을 차려주기도 하고, 지푸라기 인형을 앉혀놓고 가족들이 나란히 결혼사진을 찍기도 한다. 결혼은 죽은 이후에라도 치러야 하는 일생의 의례라고 여기는 것이다. 부네의 엄마인 안집 여자는 이 혼례를 준비하는 내내 흐느끼면서 "다시는 짐승으로도 인간으로도, 몸을 받아 이승에 나오지 마라"라고 애통해한다. 부네의 죽음과 혼백 결혼 과정을 통해 결혼은 여성을 가부장제의 일원으로 포함시키는 절차였으며, 그 절차를 통과하지 않은 여성은 독립된 인간으로 여겨지지 않았다는 것을 알 수 있다. 부네가 죽음에 이를 때까지 핍박을 받은 이유는 가부장제가 인정하는 틀을 벗어나 홀로 살아가겠다는 결심을 행동에 옮겼기 때문이다.

이 소설은 전쟁이 끝나면서 아버지가 집에 돌아오는 것으로 마무리된다. 수업이 끝나고 교장 선생님에게 불려가 아버지가 찾아왔다는 소식을 들은 노랑눈이는 교장실 탁자 위에 놓여 있던 케이크를 들고 나와 변소에서 꾸역꾸역 베어 먹다가 구토를 하고 만다. 아버지의 부재 속에서도 건재하던 가부장제를 목격했던 노랑눈이가 이제부터 아버지가 있는 삶이 시작되는 것에 대한 모종의 불안을 느끼는 것일 수도 있겠다. 그러나 작가가 이 작품을 통해 단지 제도에 굴복하는 여성들의 무력감을 나타내고자 한 것이 아니라는 점은 "무엇인가 빛 속에서 소리치며 일제히 끓어오르고 있었다"라는 마지막 문장에서 짐작해볼 수 있다.

생각의 타래

1. 어머니가 아무 연락 없이 이틀째 돌아오지 않자 사흘째 되는 날 노랑눈이의 오빠는 언니의 코피를 터뜨린다. 이는 무엇을 의미하는 것일까?

2. 오빠가 어머니의 일로 언니를 때리자 그동안 고스란히 엎드려 맞던 언니가 고개를 빳빳이 들고 오빠가 서분과 무슨 짓을 했는지 다 알고 있다면서 소리친다. 언니가 오빠의 매질에 반항을 결심한 까닭은 무엇일까? 언니의 감정을 짐작해보자.

3. 소설의 후반부에서 오빠는 거울을 발길로 걷어차 깨뜨린다. 이에 대해 작가는 "저녁마다 화장을 하던 어머니의 얼굴이 천 조각 만 조각으로 깨어졌다"라고 표현한다. 이렇게 표현한 이유는 무엇일까?

4. 이 소설에 나오는 여성들은 대부분 정확한 이름이 없다. 그러나 노랑눈이의 언니는 '김정님'이라는 이름을 가졌음이 밝혀진다. 여성에게 이름이란 어떤 의미를 지니는 것일까? 작가가 굳이 김정님의 이름을 밝혀서 작품 안에 기록해둔 이유는 무엇이었을까?

5. 부네의 삶과 죽음의 진행 과정을 통해서 가부장제가 여성을 통제하는 방식을 분석해보자.

박완서

겨울 나들이

나는 온천물에 몸을 담그고 기분 좋아하기 전에, 이 온천물이 진짜일까 가짜일까, 고작 이런 주접스러운 생각부터 했다. 이류 여관 특실의 평범한 타일 욕조에 달린 냉수 온수 두 개의 수도꼭지와 샤워기는 여느 허름한 목욕탕과 조금도 다르지 않았다. 빨간 동그라미 표시가 있는 수도꼭지에서 쏟아지는 더운물이 수돗물 데운 게 아니고 땅에서 솟은 진짜 온천물이란 증거가 어디 있냐 말이다.

꼭 온천물에 몸을 담가야 할 만한 특별한 지병持病이 있는 것도 아니요, 또 이러쿵저러쿵 떠들어대는 대로의 온천물의 효험 따위를 믿어온 바도 없거늘 나는 그런 트집이라도 잡아 나를 더더욱 처량하게 만들고 싶었다. 처음부터 재미있으려고 시작한 여행은 아니었다. 무엇인가 어긋난 데서 시작된 여행이고 보니 끝내 어긋나 종당엔 엉망진창이 돼버려라, 뭐 이런 심보였다.

상업적으로 날리는 화가는 아니었지만 꽤 개성 있는 특이한 자기 세계를 고집하고 있어 그런대로 알려지고 평가도 받고 있는 중견 화가인 남편은 요즈음 세번째 개인전을 앞두고 그 준비 때문에 집에 들어오지 않고 시내에 있는 아틀리에에 묵는 일이 많았다. 남편의 건강이 염려돼 나는 가끔 먹을 것을 해가지고 나가보고, 남편은 옷을 갈아입으러 집에 들르곤 하는 정도였다. 어제도 나는 시내에 나갔다가 로스 고기를 좀 사가지고 아틀리에에 들렀다. 출가한 딸이 와 있었다. 남편은 출가한 딸을 모델로 그림을 그리고 있었다. 극도로 단순화, 동화화한 풍경이나 동물을 즐겨 그릴 뿐, 인물이 남편의 그림에 등장하는 걸 거의 본 적이 없는 나는 적이 놀랐다. 그리고 그 인물화는 남편의 종래의 화풍과는 전연 다른 끔찍하도록 섬세하고 생생하고 사실적인 그림이었다. 그렇게 똑같이 닮게 그린 그림이 좋은가 나쁜가는 둘째고 나는 울컥 혐오감부터 느꼈다. 혼까지 옮아 붙은 영정影幀을 보는 느낌이었다. 더욱 질린 건 모델인 딸과 화가인 남편이 이루고 있는 미묘한 분위기였다. 부드럽고 따습고 만족한 교감은 사랑하는 부녀 사이의 그것으로서 이해할 수 있었으나, 부녀 이상의 비밀스러운 무엇인가가 있었다. 둘이만 친하고 싶은 눈치가 역력했다. 둘은 나를 예의 바르게 반겼는데도 나는 밀려난 것처럼 느꼈다.

출가해서 3년째, 갓 돌 지난 첫애를 두고 있는 딸은 처녀 때와는 또 다른 윤택하고 기품 있는 아름다움으로 소파에 단정히 앉아 있었다. 한창때구나 하는 찬탄과 동시에 섬광처럼 눈부시게 어떤 깨달음이 왔다. 그렇지, 꼭 저맘때였겠구나! 남편이 난리 통에 첫번째 아내와 생이별한 게 꼭 첫번째 아내가 지금 딸만 한 나이 때였겠구나 하는 깨달음은 나에게 얼마나 충격적이었던가. 더군다나 딸은 내 친딸이 아니고 남편과 첫번째 아내와의 사이에서 난 딸이었다. 딸은 엄마를 닮는 법이다. 남편은 딸을 통해 이북에 두고 온 당시의 아내의 모습을 되살렸음에 틀림없다. 나는 그 여자보다 훨씬 손아래지만 지금

옆에서 볼품없는 꼴로 늙어가는데 그 여자는 남편의 가슴속에 지금의 딸의 모습처럼 빛나는 젊음과 아름다움으로 간직돼 있었구나 싶자 질투가 독사 대가리처럼 고개를 드는 걸 느꼈다. 여자의 질투를 위해선 휘어잡을 머리채가 마련돼 있어야 하는 법이다. 그러나 나는 지금 누구의 머리채를 휘어잡을 수 있단 말인가. 나는 점잖게 예사롭게 굴 수밖에 없었고, 그건 여간만 고통스러운 게 아니었다. 발산시키지 못한 질투심은 서서히 여직껏 산 게 온통 헛산 것 같은 허탈감으로 이어졌다.

사느라고 열심히 살았건만— 이북에 노부모와 아내를 남겨두고 어린 딸 하나만 업고 내려온 빈털터리, 게다가 나이는 나보다 열두 살이나 더 많고 직업도 불안정한 무명 화가를 불쌍해하다가 그만 사랑하게 돼서 결혼까지 하고, 홀아비와 어미 없는 어린것의 궁기를 닦아내고, 사랑하고, 섬기며 살아온 게 큰 허탕을 친 것처럼 억울하게 여겨졌다. 속아 산 것 같은, 헛산 것 같은 기분은 씹으면 씹을수록 고약해서 나는 얼굴을 찡그렸다. 어디가 아프냐고 남편과 딸이 근심스러운 듯이 물었다. 나는 속상하는 일이 좀 있는데 어디로 훨훨 혼자 여행이나 떠나고 싶다고 했다.

"하필 이 겨울에 혼자서 여행을?" 남편이 놀라다 못해 신기해했다. 요 며칠 혹독한 추위가 계속되고 있었다. 문득 아틀리에의 창을 통해 해골 같은 가로수와 인적이 드뭇한 얼어붙은 보도가 내려다보였다. 나는 이런 을씨년스러운 도시의 겨울 풍경에 느닷없이 뭉클한 감동을 맛보았다. 그리고 그냥 투정처럼 해본 여행 소리가 비로소 현실감을 갖고 다가왔다. 정말 당장 떠나리라 마음먹었다. 서울을 떠나보고 싶다거나 남편 곁을 떠나보고 싶다거나 하느니보다는 여직껏 악착같이 집착했던, 내가 이룩한 생활을 헌신짝처럼 차버리고 훨훨 자유로워지고 싶었다. 여직껏 산 게 말짱 헛것이었다는 진실을 가르쳐준 게 바깥의 황량한 겨울 날씨였던 것처럼 나는 무턱대고 어느 먼 곳의 겨울 풍경에 그리움을 느꼈다. 나는 남편과 딸이 의아해하건 놀라워하건 상관하지 않고 당장 떠나겠다고 보챘다.

"당신이 히스테리 부릴 때가 다 있으니 원."

남편은 그 정도로 날 이해하고 제법 두둑한 여비를 주면서 겨울이니 온천장으로 가는 게 좋을 거라는 조언을 했다. 소중하게 움켜쥐었던 보물이 가짜였다는 걸 알았을 때 소중해했던 것만큼이나 정나미가 떨어지면서 우선 내던져놓고 보는 심리로 나는 남편 곁을 떠났다. 교통이 편한 대로 온양으로 왔다. 고속버스에서 낯선 거리에 내리자마자 추위와 고독감이 엄습했다. 눈앞의 풍경에 울먹울먹 낯가림을 했다. 훨훨 자유롭다는 기분조차 이 온천장 거리만큼이나 생소하고 싫었다. 그런 기분에 도저히 익숙해질 것 같지가 않았다. 그런 중에도 몸만 떠나왔다 뿐 마음은 오랫동안 몸에 밴 내 나름의 생활의 관습에 얽매인 나를 발견하고 고소를 머금었다. 두둑한 여비를 갖고도 관광호텔 앞까지 갔다간 돌아서서 허름한 이류 여관을 찾고 참기름을 살 때의 버릇으로 온천물이 진짠가 가짠가를 심각하게 의심하고, 여관비에서 목욕값이라도 뺄 양으로 피곤을 무릅쓰고 목욕을 또 하고 또 했다. 다음 날 반찬이 열다섯 가지쯤 되는 여관의 아침상을 받자 두번째 받는 상인데도 허구한 날 약비나게 그것만 먹었던 것처럼 울컥 비위에 거슬려왔다. 집을 떠난 지가 오래된 것 같은데도 실상은 하룻밤밖에 안 잤다는 게 서러워서 눈물이 핑 돌았다.

여관에서 일하는 소년이 오늘 떠날 거냐 하루 더 묵을 거냐를 물어왔다. 하루 더 묵겠다면 소년이 나를 불쌍해할 것 같아 곧 떠나겠다고 했다. 조그만 여행 백을 챙겨가지고 거리로 나온 나는 여관에선 소년에게, 집에선 남편과 딸에게 쫓겨난 것처럼 느꼈다. 이 고장도 혹독한 추위는 서울과 마찬가지였다. 낮고 어둡게 흐린 하늘과 매운바람은 여직껏 산 게 말짱 헛산 것 같은 허망감을 쓰디쓰게 되새김질하기에 아주 알맞았다.

온천장 거리는 손바닥만 했다. 열 번을 넘어 돌아도 한 시간도 안 걸렸다. 관광호텔 커피숍에 들러 커피도 한잔 마셨다. 남편에게 관광호텔에서 묵은 척하려면 그곳 내부 사정을 좀 알아두어야겠기에 그렇게 했다. 호텔 건너편에 차부가 보였다. 생소한 이름의 행선지를 써 붙인 고물 버스들이 지친 듯이 부르릉대며 손님을 부르고 있었다. 나는 뭔가 좀 숨통이 트이는 것 같았다. 아무나 붙들고 이 근처에 어디 구경할 만한 명승고적이 없냐고 물었다. 막 움직이기 시작하던 버스에서 차장이 뛰어내리더니 미처 내가 뭐랄 새도 없이 나를 자기 버스에 짐짝처럼 쓸어 넣었다. 나는 앞으로 고꾸라지면서 버스에 탔다. 내부는 손님이 여남은도 안 돼서 휑했다. 비닐 시트가 빙판처럼 찼다.

"이게 어디 가는 건데?"

버스가 속력을 내자 나는 겁먹은 소리로 물었다.

"가다가 호수에서 내려드리면 되잖아요."

내가 언제 저더러 호수까지 데려다 달랬던 것처럼 차장은 당당했다.

"호수?"

"네, 호수요. 이 근처에서 경치 좋은 곳은 거기밖에 없어요. 겨울만 아니면 거기까지 가는 손님이 얼마나 많다구요."

5분도 안 돼서 차장은 나에게 버스값을 재촉하더니 호수 다 왔다고 나를 밀어냈다. 과연 호수는 있었다. 낮고 헐벗은 산에 둘러싸인 얼어붙은 호수는 찌푸린 하늘이 그대로 내려앉은 듯 암울하고 불투명해 보였다. 별안간 호수의 빙판을 핥으며 휘몰아쳐 온 암상스러운 바람이 모진 채찍처럼 뺨을 때렸다. 나는 황급히 버스에 다시 올라타려 했다. 그러나 이미 다음 정거장을 향해 흙먼지만을 남기고 떠난 뒤였다. 심한 낭패감으로 울상이 된 채 우선 모진 바람을 피해서 호숫가의 상지대商地帶로 뛰어들었다. 겨울이 아닌 철엔 호경기를 누렸던 듯 무슨무슨 유원지란 간판이 상지대의 입구 아치형의 문 위에 제법 크고 높게 달려 있었다. 그러나 지금은 식당도 다방도 잡화상도 선물 가게도 빈지문을 굳게 닫아 인기척이라곤 없는데, 퇴색한 간판들만 바람이 불 때마다 을씨년스럽게 덜컹대 황량한 느낌을 한층 더했다. 노천 탁구장의 탁구대엔 언제 적 내린 눈인지 녹지도 않고 먼지만 첩첩이 뒤집어쓰고 있어 흡사 더러운 홑이불을 펼쳐놓은 것처럼 궁상스러워 보였다. 인기척이 있는 집은 한 집도 없는 것 같았다. 나는 너무 막막해 이게 꿈이었으면 했다. 상지대를 한 바퀴 돌자 다시 눈앞에 얼어붙은 호수가 펼쳐졌다. 꽁꽁 얼어붙은 호수엔 배를 띄울 수도 없지만 몸을 던져 빠져 죽을 수도 없겠거니 싶자 그게 조금도 다행스럽지 않고 두렵게 여겨졌다.

나는 다시 허둥지둥 딴 골목을 찾아들었다. 역시 인기척이라곤 없는 골목 저만치 대문이 열리고 문전이 정갈한 '여인숙'이란 간판이 붙은 집이 보였다. 대문간엔 연탄재가 쌓여 있고 안마당 빨랫줄엔 흰 빨래가 이상한 모양으로 비틀어진 채 얼어붙어 있었다. 나는 떨리는 목소리로 주인을 찾았다. 50대의 정갈한 아주머니가 안채에서 반색을 하며 나타났다. 나는 그 아주머니를 보자 내 집에 온 것처럼 마음이 놓이고 어리광이라도 부리고 싶어졌다. 참 묘한 분위기를 지닌 아주머니였다. 솜옷처럼 너그럽고 착하고 따뜻하게 사람을 감싸는 무엇이 있었다. 나는 마치 오랫동안 잊고 있던 무엇인가가 다시 나에게 찾아드는 것처럼 느꼈다.

"좀 녹여 가고 싶은데 따뜻한 온돌방 있어요?"

아주머니는 얼른 줄행랑처럼 붙은 손님방 중 한 방으로 먼저 들어가 아랫목에 깔아놓은 다후다 포대기 밑에 손을 넣어보더니 따뜻하긴 한데 외풍이 세어서 어쩌나 하면서 어쩔 줄을 몰라 했다. 내가 되레 안돼서 내가 그렇게 추워 보여요? 하면서 웃으려고 했지만 뺨이 얼어붙어서 제대로 웃어지지가 않았다.

"네, 꼭 고드름 같아 보여요. 참 안방으로 들어가십시다. 구들도 따뜻하고 난로도 있어요."

그러더니 친동기간처럼 스스럼없이 나를 안채로 잡아끌었다. 난로가 있는데도 뺑 둘러 방장을 쳐놔서 안방은 마치 동굴 속처럼 침침하고 아늑했다. 처음엔 아무도 없는 줄 알았는데 차츰 어둠에 눈이 익자 아랫목에 단정히 앉았는 한 노파를 볼 수 있었다. 미라에다 옷을 입혀놓은 것처럼 바싹 마른 노파는 무표정하게 나를 바라보며 고개를 좌우로 저었다. 나를 거부하는 몸짓 같아서 나는 어색하게 멈칫댔다. 그러나 아주머니는 한사코 나를 아랫목으로 끌어다 앉히고 손을 노파가 깔고 있는 포대기 밑에 넣어주었다. 노파의 입이 조금 웃었다. 그러나 고개를 저어 도리질을 하는 것은 멈추지 않았다. 아주머니는 나에게 우리 시어머니예요, 하고는 노파에겐 손님이에요, 하도 추워하시길래 안방으로 모셨어요, 했다. 그것으로 노파와 나와의 인사 소개는 끝났으나 노파는 여전히 도리질을 해쌓았다. 아주머니는 노파의 도리질에 대해 나에게 아무런 설명도 하지 않았다.

노파는 수척했으나 흰머리를 단정히 빗어 쪽 찌고, 동정이 정갈한 비단 저고리에 푹신한 모직 스웨터를 걸치고 꼿꼿이 앉았는 모습에 특이한 우아함이 있었다. 그것은 지극히 비현실적인 우아함이기도 했다. 도리질도 처음 내가 봤을 때보다 훨씬 유연해져 꼭 미풍에 살랑이는 것처럼 보였다. 아마 저러다가 멎으려니 했으나 아무리 기다려도 멎지는 않았다. 몸이 녹자 잠이 오기 시작했다. 누가 죽인대도 우선 한잠 자놓고 볼 일이다 싶게 꿀 같은 잠이 덮쳐왔다.

"이제 어지간히 몸도 녹았으니 아까 그 방에서 한잠 잘까 봐요. 참 온천장으로 나가는 버스는 몇 분만큼씩이나 있나요?"

"몇 분은요, 겨울엔 아침나절에 두 차례, 저녁나절에 두 차례밖에 안 다니는데, 타고 들어오신 게 아침나절 막차니까 이따 4시 반에나 있을걸요. 그리고 저어 점심은 어떡허시겠어요. 준비할 테니 드시고 가셨으면—"

오로지 졸리다는 생각뿐 밥 생각 같은 건 전연 없었으나 그렇게 하라고 했다. 아주머니는 몇 번이나 고맙다고 했다. 나는 그까짓 밥 한 상 팔아서 얼마나 남겠다고 저렇게 굽실대나 싫어 속으로 측은했다. 손님방으로 내려온 나는 따끈한 맨바닥에 다후다 포대기만 하나 덮고 깊은 잠 속으로 빠져들었다.

깨어나자마자 웬일인지 도리질하던 노파 생각이 먼저 났다. 꿈에서 봤던가, 현실에서 봤던가 그것조차 아리송한 채 메마른 노파가 고개를 젓던 모습만 선명히 떠올랐다. 졸음 때문에 미루었던 궁금증이 서서히 고개를 들었다. 시계를 보니 아직 2시도 채 안 된 시간이었다.

"손님, 아직도 주무세요? 시장하실 텐데."

미닫이 밖에서 아주머니의 나직한 소리가 들렸다. 나는 인기척을 내며 미닫이를 열었다. 행주치마를 두른 아주머니가 내가 이 집에 찾아들었을 때 반가워했던 것과 똑같은 모습으로 내가 잠에서 깬 걸 반가워해주는 것이었다. 너무 반가워해서 아주머니 혹시 나를 약이라도 먹고 영영 잠들려는 손님으로 오해했던 게 아닌가 하는 생각까지 들었다.

곧 점심상이 들어왔다. 장에 삭힌 깻잎이나 풋고추, 더덕 등 짭짤한 솜씨의 밑반찬과 김치, 깍두기, 뭇국 등은 조금도 영업집 밥상 같지 않고 시골 친척집에 들러서 받는 밥상 같아서 흐뭇했다. 그러나 입속은 칼칼하고 식욕도 일지 않았다. 뭇국만 훌쩍대는 걸 보고 아주머니는 더운 뭇국을 또 한 대접 갖고 들어왔다. 나는 같이 좀 들자고 아주머니를 내 옆에 붙들어 앉혔다.

"원 별말씀을요. 저는 어머니 모시고 벌써 먹은걸요."

아주머니가 먼저 노파 얘기를 꺼냈기 때문에 나는 자연스럽게 노파의 이상한 도리질에 대해 물을 수가 있었다.

"할머니께서 제가 몹시 못마땅하셨나 보죠? 말씀은 안 하셨지만 제가 안방에 있는 내내 고개를 젓고 계셨어요."

"벌써 25년 동안이나 그러고 계신걸요."

"25년 동안이나!"

나는 기가 막혀서 벌린 입을 못 다물었다.

"네, 25년 동안이나 허구한 날, 자는 시간만 빼놓고—"

나는 아주머니의 눈이 젖어오는 것처럼 느꼈으나 말씨는 침착하고 고즈넉했다.

그녀의 시어머니는 25년 동안을 자는 시간만 빼고는 허구한 날 도리질을 하는 게 일이란다. 건강과 기분이 좋을 때는 미풍에 살랑이는 것처럼 보일 듯 말 듯 유연하게, 건강이 나쁠 때는 동작이 크고 힘들게, 마음이 불안하거나 집안이 뒤숭숭할 때는 동작이 좀더 크고 단호하게, 마치 "몰라 몰라, 정말 모른다니까" 하고 발악이라도 하듯이 죽자구나 도리머리를 어지럽게 흔든다. 그것 때문에 없는 돈, 있는 돈 긁어모아 한약도 많이 써보았고 용하다는 침도 많이 맞아봤지만 허사였다. 먼저 지친 것은 그녀 쪽이었고 시어머니는 마치 죽는 날까지 놓여날 수 없는 업보처럼 그 짓을 고통스럽게, 그러나 엄숙하게 감당하고 있는 것이었다.

그것은 6.25동란 통에 발작한 증세였다. 동란 당시 젊은 면장이던 그녀의 남편은 미처 피난을 못 가서 숨어 살아야 했다. 처음엔 집에 숨어 있었지만 새로 득세한 패들의 기세에 심상치 않은 살기가 돌기 시작하고부터는 집에 숨겨놓는다는 게 암만 해도 불안했다.

어느 야밤을 타 그녀는 남편을 집에서 20리쯤 떨어진 광덕산 기슭의 산촌인 그녀의 친정으로 피신을 시켰다. 시어머니와 그녀만이 알게 감쪽같이 그 일은 이루어졌다. 어떻게 된 게 세상은 점점 더 못되게만 돌아가 이웃끼리도 친척끼리도 아무개가 반동이라고 서로 고자질하는 짓이 성행해, 피비린내 나는 끔찍한 일이 이 마을 저 마을에 하루도 안 일어나는 날이 없었다. 끔찍한 나날이었다. 이렇게 되자 그녀는 시어머니까지도 못 미더워지기 시작했다. 어리숙하고 고지식하기만 해 생전 남을 의심할 줄 모르는 시어머니가 행여 누구 꼬임에 빠져 남편이 가 있는 곳을 실토하면 어쩌나 싶어서였다. 시어머니 같은 사람이 살 세상이 아니었다.

그녀는 공부 못하는 아이에게 구굿셈을 익혀주듯이 끈질기게 허구한 날 시어머니에게 '모른다'를 가르쳤다.

"어머님은 그저 모른다고만 그러세요. 세상없는 사람이 물어도 아범 있는 곳은 그저 모른다고 그러셔야 돼요. 난리 나던 날 집 나가고 나선 어떻게 됐는지 모른다고 딱 잡아떼셔야 돼요. 입 한번 잘못 놀려 사람 목숨이 왔다 갔다 하는 세상이에요. 큰댁 식구들이나 작은댁 식구들이 물어도 그저 모른다고 그러셔야 돼요. 이쁜이 할머니가 물어도, 개똥이 할머니가 물어도 그저 모른다고 그러셔야 돼요. 아무도 믿으시면 안 된다구요. 네, 아셨죠, 어머님?"

그녀는 힘차게 도리질까지 곁들여가며 거듭거듭 이 '모른다'를 교습했다. 시어머니는 늘상 겁먹고 외로운 얼굴을 해가지고 혼자 있을 때도 "몰라요, 난 몰라요" 하며, 역시 도리질까지 해가며 열심히 연습을 하는 것이었다.

난리가 났다고는 하지만 순박하던 마을 사람들이 무슨 도척의 영신이라도 씐 것처럼 서로 죽이고 죽는 것 외에는 대포 소리 한 번 제대로 난 적이 없던 마을에 별안간 비행기가 날아와 기총소사와 폭탄을 쉴 새 없이 퍼붓고 앞산 뒷산에서 총소리가 며칠 계속해 콩 볶듯이 나더니만 이어서 죽은 듯한 정적이 왔다. 집 속에 쥐 죽은 듯이 처박혔던 마을 사람들이 하나 둘 조심조심 고개를 내밀었다간 재빨리 움츠러들었다. 아직은 서로의 대화를 꺼리고 있었다. 빨갱이가 물러갔다는 증거도 안 물러갔다는 증거도 없었다. 그쪽에 붙어서 세도 부리던 패거리들의 모습은 안 보였지만 인민위원회가 쓰던 이장집 마당 깃대꽂이엔 아직도 그쪽 기가 펄럭대고 있었으니 말이다.

이런 어중간하고 모호한 때에 벌써 성질이 급한 남편은 야밤을 타서 집에 돌아와 있었다. 서울이 이미 수복됐는데 제까짓 것들이 여기서 버텨봤댔자 며칠을 더 버티겠느냐는 거였다.

텃밭엔 이미 김장 배추를 간 뒤였지만 울타리엔 기름이 잘잘 흐르는 애호박이 한창 잘 열 찬바람 내기였다. 아침 이슬을 헤치며 뒤란으로 애호박을 따러 나갔던 시어머니가 별안간 찢어지는 소리를 냈다.

"몰라요, 몰라요. 정말 난 모른단 말예요."

소름이 쪽 끼치고 간담이 서늘해지는 처참한 비명이었다. 그녀도 뛰어나가고 그녀의 남편까지도 엉겁결에 뛰어나갔다. 잠깐 아무도 분별력이 없었다. 저만치 뒷간 모퉁이에 패잔병인 듯싶은 지치고 남루한 인민군이 서너 명 일제히 총부리를 시어머니에게 겨누고 있었다. 그들도 놀란 것 같았다. 그들은 처음부터 누굴 해치려고 나타났다기보다는 그냥 시어머니와 마주쳤거나 마주친 김에 옷이나 먹을 것을 달랄 작정이었는지도 모른다. 그런데 그들이 무슨 말을 걸기도 전에 시어머니는 그 자리에 꼼짝도 못 하고 못 박힌 채 고개만 미친 듯이 저으며 "몰라요, 난 몰라요"를 딴사람같이 드높고 새된 소리로 되풀이했다. 패잔병 중 한 사람의 눈에 살기가 번뜩이는가 하는 순간 총이 그녀의 남편을 향해 난사됐다. 그녀의 남편은 처참한 모습으로 나동그라지고 그들도 어디론지 도망쳤다. 이런 일은 일순에 일어났다.

그 후 거의 실성하다시피 한 시어머니를 오랫동안 극진히 봉양한 끝에 어느 만큼 회복은 됐지만 그때 뒷간 모퉁이에서 죽길 기를 쓰고 흔들어대던 도리질만은 그때 같은 박력만 가셨다 뿐 멈출 줄 모르는 고질병이 되고 말았다. 그래서 도리도리 할머니라는 이 동네 명물 할머니가 됐다.

아주머니는 이런 얘기를 조금도 수다스럽지 않고 담담하고 고즈넉하게 했다.

"이젠 고쳐드려야겠다는 생각보다 도와드려야겠다는 생각뿐이에요."

"도와드리다니요? 어떻게요?"

"당신 임의로는 못 하시는 일이고, 얼마나 힘이 드시겠어요. 삼시 잡숫는 거라도 정성껏 잡숫게 해드리고 몸 편케 보살펴드리고, 뭐 그런 거죠. 대사업을 완수하시고 돌아가시는 날까지 그거야 못 해드리겠어요."

치매가 된 채 허구한 날 도리질이나 해대는 걸 '대사업'이라고 하는 아주머니의 농담에 웃으려다 말고 입을 다물었다. 아주머니의 태도가 조금도 농담 같지 않아서였다. 정말 대사업을 힘껏 보필하는 이의 사명감과 긍지로 아주머니의 얼굴이 은은히 빛나 보이기까지 했다. 나는 어쩌면 이 아주머니야말로 대사업을 하고 있는 게 아닌가 하는 생각이 들면서 등골에 전율이 지나갔다.

점심값과 방값이 도합 800원이라고 했다. 나는 천 원을 내주면서 그냥 넣어두세요, 했다. 아주머니는 내가 불쾌할 만큼 굽실굽실 고마워했다. 아까 점심을 시킬 때도 그랬지만 통틀어 천 원인데 몇 푼 떨어지겠다고 저렇게 비굴하게 구나 싶었다. 아주머니의 비굴한 태도가 싫은 건 그만큼 내가 아주머니를 아끼고 좋아하기 때문일지도 몰랐다. 그러고도 그 아주머니의 비굴한 태도는 몸에 배지 않고 어색하게 겉돌아 더 보기 흉했다.

아주머니는 내가 준 돈 천 원을 소중하게 스웨터 주머니에 넣고 나더니 지극히 안심스럽고 감사한 얼굴을 하고는 또 한 번 이상스러운 소리를 했다.

“이걸로 노자 해가지고 서울 갈 겁니다. 오늘요.”

“서울을요? 왜요? 하필이면 이 추운 날.”

나는 나중 이 추운 날 소리를 하고는 내가 여행을 떠난다고 할 때 남편이 놀라면서 나에게 하던 말과 똑같은 말을 내가 했구나 생각했다. 문득 남편이 서럽도록 보고 싶어졌다.

“우리 아들이, 외아들이 서울에서 대학에 다니고 있어요. 그때 즈이 아버지가 그 지경 당하는 걸 내 등에 업혀서 무심히 보던 녀석이 벌써 그렇게 자랐거든요. 군대도 갔다 오고 3학년인데 아주 착실하고 좋은 애죠.”

“그렇지만, 지금은 겨울방학 중일 텐데요.”

“네, 그렇지만 학비라도 보탠다고 아이들을 맡아 가르치고 있어 못 내려오죠. 여기서 내가 제 학비쯤은 실컷 벌 수 있는데 글쎄 그 녀석이 그런답니다. 겨울 동안만 여기가 이렇게 쓸쓸하지 봄부터 가을까지는 여기 장사도 꽤 괜찮거든요. 관광 철에 공일이라도 낀 날은 방이 모자라 법석인걸요. 새 학기

등록금이랑 하숙비까지 다 해서 꽁꽁 뭉쳐놓았답니다. 겨울날 양식이랑 밑반찬도 넉넉하구요. 딴 영업집들은 이렇게 벌어놓으면 겨울엔 문을 닫고 집에 가서들 쉬죠. 우린 여인숙이고 또 여기가 살림집이기도 해서지만 늘 한두 방쯤 불을 때놓고 손님을 기다리죠. 돈 벌자고가 아녜요. 가끔 손님처럼 멋모르고 호숫가를 찾는 이에게 더운 방을 내드리는 게 그저 좋아서요. 정말이에요. 그럴 땐 돈 생각 같은 건 정말 안 한다니까요. 그야 몇 푼 주시고 가면 어머님 고기라도 사다 드리면 좋긴 하지만요. 근데 오늘은 그게 아니었어요. 돈 계산부터 츱츱하게 하면서 손님을 기다렸답니다. 손님이 안 드셨으면 어쩔 뻔했을까 모르겠어요. 손님, 고마워요."

이번에는 굽실대는 대신 내 손을 꼬옥 잡았다. 굽실대는 것보다 훨씬 기분이 좋았다. 그러나 영문을 모르긴 마찬가지였다.

"어제 글쎄 서울서 이상한 편지가 왔답니다."

"아드님한테서요?"

"아뇨, 아들이 하숙하고 있는 주인집 아주머니한테서요. 벌써 일주일이 넘도록 아들이 하숙집에 들어오지를 않는다는군요. 평소 품행이 허랑한 학생 같으면 이만 일로 고자질 같은 건 않겠는데 하도 착실한 학생이었던지라 만의 하나라도 무슨 일이 있는 게 아닌가 싶어 알리는 거니 어머니가 한번 올라와 수소문을 해보는 게 어떻겠느냐는 사연이었어요. 허랑한 학생 아니더라도 제 집도 아니고 하숙집이것다 나가서 친구 집 같은 데서 며칠 자고 들어올 수도 있는 일 아니겠어요? 그만 일로 편지질을 해서 사람을 놀라게 하는 하숙집 주인도 주인이지만 나도 나죠, 괜히 온갖 방정맞은 생각이 다 나지 뭡니까. 어젯밤에 한잠도 못 자고 뒤척이면서 온갖 주접을 다 떨다 미신을 하나 만들어냈는데, 글쎄 그게……"

"미신이라뇨?"

"네, 주책이죠. 오늘 우리 여인숙에 손님이 들어 그 돈으로 노자를 해갖고 서울 가면 아들의 신상에 아무 일이 없을 게고, 꽁꽁 뭉쳐논 돈을 헐어서 노자로 쓰게 되면 아들의 신상에 좋지 않은 일이 있을 게고, 뭐 이런 거랍니다. 이렇게 정해놓고 손님을 기다리려니 어찌나 초조하고 애가 타는지 혼났어요. 그런데 손님이 내가 만든 미신의 좋은 쪽 점괘가 돼주신 거죠. 정말 고마워요."

아주머니는 또 한 번 고마워했다. 나는 그런 기묘한 방법으로 외아들의 신상에 대한 크나큰 근심을 달래려 들었던 이 과부 아주머니에 대한 연민으로 가슴이 찐했다. 내가 점괘가 됐다는 게 조금도 언짢지 않았다.

"그럼 곧 떠나시겠네요."

"네, 준빈 다 됐어요. 이웃 사람에게 어머님 부탁도 해놨구요. 이제 곧 온천장으로 나가는 4시 반 버스만 오면 돼요."

"동행하게 됐군요."

“참 그렇군요. 4시 반 버스로 온천장으로 나가신댔지……”

“아뇨, 서울까지 동행할 거예요.”

오늘 안으로 서울로 가리라는 결정을 나는 순식간에 내렸고, 그러자 마음이 그렇게 편안해질 수가 없었다. 아주머니가 시어머니에게 다녀오겠다는 인사를 하러 들어갈 때 나도 따라 들어갔다. 고부간의 비슷하게 늙은 손이 서로 꼭 맞잡았다.

“어머님, 저 서울 좀 다녀오겠어요. 물건 살 것도 좀 있고 방학인데도 공부 핑계로 안 내려오는 태식이 녀석도 보고 싶고 해서요. 어머님은 뒷집 삼순이가 잘 보살펴드릴 거예요. 아무 걱정 마시고 진지 많이 잡수셔야 돼요.”

알아들었는지 못 알아들었는지 노파는 여전히 고개만 살래살래 흔들었다. 나에겐 그 도리질이 “몰라요 몰라요”가 아니라 “며늘아, 태식이 녀석에겐 아무 일도 없어, 글쎄 아무 일도 없다니까. 우리가 무슨 죄가 많아서 그 녀석에게까지 무슨 일이 있겠니” 하는 것처럼 보였다.

나는 불현듯 아직도 마주 잡고 있는 고부의 손 위에 내 손을 포개보고 싶어졌다. 남남끼리이면서 가장 친한 두 손, 대사업의 동업자끼리이기도 한 이 두 손 사이를 맥맥이 흐르는 그 무엇을 직접 내 손으로 맥 짚어보고, 느끼고, 오래 기억해두고 싶었다. 마치 이 세상 온갖 것 중 허망하지 않은 단 하나의 것에 닿아볼 수 있는 처음이자 마지막 기회라도 되는 듯이 나는 감지덕지 그 일을 했다. 거칠지만 푸근한 두 손 위에 내 유약

한 한 손이 경건하게 보태졌다.

“할머니, 안녕히 계세요.”

노파는 고개만 살래살래 흔들었지만 나는 노파가, “너는 결코 헛살지만은 않았어. 암, 헛살지 않았고말고” 하는 것처럼 느꼈다.

포스트잇

이 소설은 전쟁과 여성의 삶, 여성들의 연대에 대해서 말한다. 소설이 발표된 1975년은 한국전쟁이 발발한 지 25년이 되는 해로, 작가는 이 글에서 전쟁이라는 터널을 지나온 여성들이 각자 어떤 삶을 꾸려가고 있는지를 보여준다. 제1차 세계대전이 끝나고 제2차 세계대전이 발발하기 직전인 1938년에 출간된 버지니아 울프의 『3기니』와 나란히 읽어 보면 좋은 작품이다.

『3기니』는 반전단체에 기부를 요청하는 한 남성 변호사의 편지에 대해 답장 형식으로 쓴 에세이다. '기니'는 영국의 옛 화폐 단위로, 1기니는 당시 신참 남성 변호사가 첫 번째 소송을 처리한 대가로 받는 수수료 정도에 해당되는 금액이었다. 버지니아 울프는 이 1기니를 남성이 사회에 영향력을 끼치기 시작하는 순간에 비유했다. 남성에게는 그리 큰돈이 아닐 수 있는 1기니와 대조적으로, 그 고학력 남성의 누이이거나 딸이기도 했을 여성들은 1기니의 42분의 1에 불과한 6펜스를 버는 것만으로도 커다란 감격을 느끼는 것이 현실이라고 울프는 비판한다. 자기 마음대로 쓸 수 있는 돈이 생긴다는 일은 여성에게 그만큼 의미를 지니는 일이라는 것이다. 그는 "귀하의 1기니에 저희의 6펜스"라는 표현을 통해 성별에 따른 사회경제적 격차를 비판하고, 성차별 속에서 여성들의 희생으로 이루어진 남성 엘리트 교육의 실패를 지적한다. 그리고 남성 중심의 국가가 벌이는 전쟁에 강력하게 반대한다.

울프는 자신의 3기니 중 1기니를 여성대학을 설립하는 데 기부하고, 또 다른 1기니는 못 배운 딸들의 취업을 지원하는 단체에, 마지막 1기니는 변호사가 기부를 제의한 반전 활동 단체에 보내겠지만 회원으로는 가입하지 않겠다고 말한다. 여성의 정체성을 버리고 '귀하'의 정체성에 묻어갈 수는 없다는 것이다. 그러면서도 "귀하와 저희는 같은 목적을 가지고 있습니다"라고 하면서 남녀를 막론하고 모든 인간이 한 명 한 명 정의와 평등과 자유라는 대원칙에 따라 존중받을 권리가 있다고 강조한다. 여성이 평등하게 배우고 일하게 되는 것이 평화와 직결된다고 말한다. 소설 「겨울 나들이」의 세 여성 인물은 저마다 다른 이유로 전쟁의 상흔을 감당해야 했다. 그러한 세 여성이 마음을 추스르고 일어나 힘을 모으는 마지막 장면은 강력한 반전의 메시지를 전달한다.

주인공은 중견 화가의 성실한 아내로 살아온 여성이다. 그의 남편은 전쟁 중에 첫번째 아내와 생이별을 했고 어린 딸만 등에 업고 남쪽으로 내려온 뒤 주인공과 결혼했다. 이 무명 화가를 사랑한 주인공은 '사느라고 살아보느라' 혼신의 힘을 다한다. 자기만의 방은커녕 자신을 돌볼 겨를도 없이 빠듯한 살림을 꾸리고 남편의 딸을 정성껏 키워 출가시킨다. 그런데 어느 날 남편의 화실에 들렀다가 남편이 그린 딸의 초상화를 보고 그동안 헛되이 산 것 같다는 절망적 감정에 휩싸인다. 그림 안에는 북에 남은 남편의 전처와 꼭 닮은 딸이 있었다. 그림에서 사선을 넘어온 부녀만의 견고한 사랑을 읽은 것이다. 순간 자신이 그동안 애써 매달려온 삶을 모두 벗어던지고 싶다고 느껴 온천장이 있는 마을로 혼자 겨울 여행을 떠난다.

결심을 하고 집을 나왔지만 몸은 길들여진 살림의 습관에 붙들려 있고 꽁꽁 얼어붙은 마음은 온천물에 몸을 담가도 풀리지 않는다. 서럽고 두려운 감정에 휩싸여 있을 때 우연히 찾은 여인숙에서 두 여성을 만나 뜻밖의 휴식과 평안을 얻는다. 여인숙을 운영하는 50대 여성은 "꼭 고드름 같아 보여요"라고 말하며 지친 주인공을 다정히 맞이해 따뜻한 구들이 있는 안방으로 안내한다. 방에는 치매에 걸린 그 여성의 시어머니가 있는데, 그는 한국전쟁에서 얻은 충격 때문에 25년간 고개를 좌우로 젓는 일을 멈추지 못하고 있었다. 남편이 숨은 장소를 들킬까 두려워 시어머니에게 단연코 모른다고 하라 했던 며느리는 회한이 많다. 시어머니는 군인이 들이닥치자 배운 대로 도리질을 하며 "모른다"를 연발했으나 결국 보는 자리에서 총격으로 아들을 잃어야 했던 것이다. 며느리는 그날의 트라우마로 시작된 시어머니의 도리질을 "대사업"이라고 부른다. 돌아가시는 날까지 대사업을 완수하도록 곁에서 아픈 마음을 보살피겠다고 말한다.

주인공과 여인숙의 주인아주머니, 그의 시어머니는 각기 다른 국면에서 전쟁의 희생양이었다. 한 사람은 전쟁으로 다른 여성이 잃은 딸을 대신 길렀고, 또 한 사람은 남편을 잃고서 홀로 아들과 남편의 어머니를 평생 돌보았으며, 나머지 한 사람은 살상의 소용돌이 속에서 아들의 죽음을 목격하고 정신의 일부를 놓아버렸다. 지배욕에서 비롯된 전쟁과 폭력은 약자를 겨냥하고 그들의 희생과 돌봄을 요구한다. '부서진 집' 뒤에는 시신과 함께 여성이 있으며 공백이 생기면 다음 여성이 그 자리를 대체한다. 주인공은 겨울 나들이에서 만난 두 여성의 뜻밖의 사연에 귀를 기울이면서 자신도 포함된 이 비극적 순환의 실체를 깨닫는다.

그럼에도 이 세 여성은 무기력에서 빠져나올 수 있도록 서로 돕는다. 여인숙의 주인아주머니는 주인공이 건넨 숙박비 천 원을 여비 삼아서 서울에 있는 대학생 아들을 보러 간다. 이 부분은 의미심장한 여성 연대의 장면이다. 흉흉한 시국에 아들의 안위가 확인되지 않아 노심초사하던 그는 주인공 덕분에 넉넉한 여비를 마련하고 고마워한다. 그는 손님 드문 겨울에 누구라도 여인숙에서 머무르고, 그 돈을 서울행 노자로 쓰면 아들이 무탈할 거라는, 기도와 같은 믿음을 갖고 있던 터였다. 준비된 우연처럼 두 사람은 동행이 된다. 빈집에 남을 시어머니는 여전히 고개를 젓는다. 주인공은 이를 "아무 일도 없다니까. (……) 무슨 일이 있겠니"라는 격려의 메시지로 읽는다. 출발을 앞두고 세 사람은 손을 포개며 "대사업의 동업자"가 된다.

버지니아 울프는 『3기니』를 통해 가부장적 사회 안에서 여성이 여성을 격려하고 지원하는 일의 중요성을 말했다. 여인숙의 주인아주머니와 그의 시어머니는 "대사업"이라는 말을 통해 서로의 삶에 새로운 의미를 부여한다. 숙박비 천 원은 많은 돈이 아니지만, 버지니아 울프가 기부한

1기니처럼 여성의 발걸음을 위해 소중하게 쓰인다. 남겨진 시어머니를 걱정 없이 돌봐주겠다고 나서는 뒷집의 삼순 씨는 보이지 않는 동료다. 이렇게 여성들의 연대는 전쟁의 비극을 끊어낸다. 박완서 작가는 이 소설을 통해서 '여성의 적은 여성'이 아니며 '여성을 돕는 것은 여성'이라는 점을 보여준다. 세 여성의 삶은 헛된 것이 아니며 그들의 맞잡은 손이 전후의 상처와 고통을 딛고 새로운 힘을 만들어낼 수 있을 것이라고 이야기한다.

생각의 타래

1. 버지니아 울프는 많은 여성들이 "남편의 전기의 행간에서 발견된다"라고 말한 바 있다. "아이들을 낳아 기르는 일, 살림하고 간병하고 가난하고 아픈 이웃들을 찾아다니"면서 돕는 것이 여성들의 일인데 이름도 없고 급여도 없는 그런 직업을 뭐라고 불러야 하느냐고 묻는다. 이 소설에서 주인공의 남편은 세번째 개인전을 여는 중견 화가이지만 아내인 주인공의 헌신적인 삶은 어디에도 기록되어 있지 않다. 그가 집을 떠나려고 할 때 남편은 "당신이 히스테리 부릴 때가 다 있으니 원"이라고 말한다. 남편이 아내의 여행을 히스테리라고 짐작한 것을 통해서 그가 아내의 삶을 그동안 어떻게 바라보고 있었는지 추론해보자.

2. 주인공은 여행을 독려하는 남편에게 정나미가 떨어지면서 "소중하게 움켜쥐었던 보물이 가짜"라고 느꼈다고 토로한다. 그 까닭은 무엇이었을까. 1번과 연관 지어 생각해보자.

3. 25년 동안 고개를 가로저었던 시어머니의 모습을 두고 여인숙 주인아주머니는 "대사업"을 하고 있다고 이야기한다. "대사업을 완수하시고 돌아가시는 날까지" 보살피겠다고 말하는 모습에서 주인공은 사명감과 긍지를 읽는다. 이것은 무엇에 대한 사명감과 긍지일까 생각해보자.

4. 여인숙 주인아주머니와 서울까지 동행하기로 결심한 뒤 주인공은 비로소 마음이 편안해지는 것을 느낀다. 왜 그랬을까? 여기서 '동행'이 의미하는 바는 무엇일까?

5. 여인숙을 떠날 때 주인공은 노파의 도리질을 보면서 "너는 결코 헛살지만은 않았어. 암, 헛살지 않았고말고"라고 말하는 것처럼 느낀다. 노파가 주인공을 격려하는 마음으로 도리질을 한 것이라면 그에게 '헛살지 않았다'라고 격려하는 이유에 대해서 짐작해보자.

6. 주인공이 여인숙 주인아주머니와 손을 포개면서 "남남끼리이면서 가장 친한 두 손"이라고 말한 까닭을 생각해보자.

최윤

하나코는 없다

폭풍이 이는 날에는 수로의 난간에 가까이 가는 것을 금하라. 그리고 안개, 특히 겨울 안개에 조심하라…… 그리고 미로 속으로 들어가라. 그것을 두려워할수록 길을 잃으리라.

로마에서의 일을 끝내자마자 그는 기차에 올라탔고 저녁 늦게 베네치아에 도착했다. 그리고 방향 잃은 김이 하얗게 서려오는 새벽의 어느 창가에서 그는 이 환상에 가까운 팻말을 보았다. 여전히 정리되지 않은 몽상을 헤매는 피곤한 꿈속에 서였다.

그러나 그것은 이탈리아에 도착한 이래 그가 읽은 여러 여행안내 책자 속의 단어들이 거의 무의식중에 조립된 것일 뿐.

그가 눈을 떴을 때 기차는 어두움 속에서 육지와 베네치아를 잇는 철로 다리 위를 달리고 있었다. 약간 설익은 어두움. 겨우 8시를 넘겼을 뿐이다. 이윽고 베네치아 산타 루치아라는 진짜 팻말이 어둠 속에 떠오르며 기차는 역 안으로 들어섰다. 기차에서 내리는 사람들의 흐름을 따라 역을 나왔을 때…… 그는 서른두 살의 생애에 그가 본 것 중 가장 놀랍고 이상한 도시 앞에 있음을 알아차렸다. 무거운 장식을 머리에 이고 있는 건물들이 물 위에 가득 떠 있는 도시, 그것은 침몰 직전의 거대한 유람선처럼 수로 위에서 흔들리고 있었다.

그러나 거기에는 난간도, 안개도 없었다.

숙소까지 태워다줄 작은 배에 오르면서 그는 서서히 여행 초기부터 그를 지배하던 이상한 최면 상태에서 깨어났다. 유령들처럼 말이 없는 승객들에 섞여 그는 혼자 중얼거렸다. 아, 이것이 베네치아군. 지금부터 여기서 뭘 한담?

이탈리아 거래처의 한 직원이 그의 부탁에 따라 예약해둔 여인숙은 이 물과 안개의 도시, 구시가의 중심에서 멀지 않은 리알토 다리 근처에 위치해 있다고 했다. 꼬불꼬불한 수로의 자락들, 그리고 누군가가 오래전에 그려놓아 색이 바래고, 시간이라는 습기에 침윤되어 낡아버린 건물들이 늘어서 있는 거리가 내려다보이는 작은 방. 거래처 직원은 한 번 그 여인숙에 머물렀던 적이 있다고 하면서 괜찮다면 예약하겠노라고 했다. 물론 그는 반대할 이유가 없었다.

그는 이렇게 비현실적으로 베네치아에 와 있었다. 이탈리아에 도착한 이래 점점 잦아드는 용기를 길어 올리기 위해, 혹은 그의 용기를 부추기는 무언가에서 도망하는 것처럼.

모든 일은 갑작스럽게, 우연히 이루어졌다. 일상의 자리를 떠난 지가 기껏해야 나흘밖에 되지 않았음에도 그 가까운 어제가 몇 년 전의 시간처럼 느껴지는 허구에 가까운 여행의 시간.

여행의 시간으로는 정확하게 잴 수 없는 어느 날, K의 전화가 있었다. 족히 5, 6개월은 되었던 것 같다. 그때 그는 먼 출장에서 돌아왔다고 말했다. 고등학교 때부터의 친구. 대학 시절의 크고 작은 악행의 공범자이자 사회에서의 동업자. 그 자신과 K, 그리고 서너 명의 고등학교나 대학 동창들은 최소한 한 달에 두어 번은 만나게 되어 있었다. 서로 할 말이 딱히 있지도 않고 그들 중 대부분은 서로 다른 일에 종사하고 있는 데다가 꼭 서로를 열렬히 그리워하는 것도 아니지만, 친구니까. 때로는 그들 친구들끼리, 주말에 만날 때면 너 나 할 것 없이 아이 한둘은 매단 채, 아내를 데리고. 건강식품 광고에 나오는 이상적인 가족 세트처럼. K가 출장에서 돌아왔다면 어찌 그에게 전화하지 않고 다시 일을 시작하겠는가. 그들은 물론 모자에 대해서 얘기했다. 그들의 사업 종목인 모자에 대해서. 모자에 대해서 얘기하면서 그들은 그 직업적 정보 속에 전달할 만한 것은 대충 다 전달한다. 하다못해 음담패설까지.

화학도 사회학도 모자와는 아무런 관계가 없었지만, 대학 졸업 후 취직한 한두 회사를 거치면서 그와 K는 각기, 어쩌다가, 아주 우연히 모자 전문가가 되었다. 그것이 고정적으로 만나는 그들 중에서 그와 K를 각별히 맺어주는 이유였다. 모자에 대해 얘기할 때 그들은 진지했다. 그들은 이제는 달리 할 말이 많지 않았기 때문에 제법 오랫동안 사업 얘기를 했다. 그렇지만 그 얘기가 조금 억지로 길어진다고 생각했던 것은 꼭 그 혼자 감지한 것은 아니었다. 그들은 그 정도는 서로를 잘 알고 있는 것이다. 그리고 K가 갑자기 말했다. 마치 우연히 생각이 났다는 듯이.

"하나코…… 말이야."

"……?"

“누구한테 들었는데 하나코가 이탈리아에 있다는군.”

“그래? 그런데?”

“그냥 그렇다는 거지. 혹 네가 궁금해할 것 같아서.”

“왜 꼭 나야?”

“그래, 다들 궁금해하고 있을 거야. 조금쯤은.”

누가, 언제, 어디서, 무엇을 하고 있는 하나코를 보았다는 것인지. 그런 자세한 내용을 그가 K에게 묻지 않은 것처럼, 그 소식을 전달한 사람이 누구든, K 또한 자세한 질문을 틀림없이 피했으리라. 그들의 차가운 우아함은 이런 식의 예절을 잘도 배치할 줄 알고 있었다. K와 그 사이에 잠깐 어색한 침묵이 흘렀지만 그는 상큼한 농담을 끝으로 적당히 전화 통화를 끝냈다. 그리고 며칠 뒤에 있은 술자리에서 K는 그 전화에 대해서 그에게는 물론 다른 친구들에게도 더 이상 한마디도 언급하지 않았다. 그도 그 전화 건을 까맣게 잊어버린 것처럼 굴었다. 그러고 나니 정말 잊어버린 것 같은 느낌이 들었다. 그러고는 정말로 그 작은 전화 건을 잊어버렸다.

늘 그렇듯이 그들은 술자리에서 토론이 되면 곧바로 세상이 바뀌기라도 할 것처럼, 잘못 돌아가는 세상의 이모저모를 들추어대며 잠시 열을 올렸다. 술자리의 열기가 식어간다는 징조였다. 그들은 더 이상 젊지 않았고, 조금씩, 견고한 사회에서 겁을 먹기 시작했고 갑자기 삶이 즐거울 수 있는 확실한 대책이 없었으며…… 그래서 그들은 자주 만났다.

하나코. 그것은 그들만의 암호였다. 한 여자를 지칭하기 위한 그들 사이의 암호.

한 여자가 있었다. 물론 그 여자에게도 이름이 있었다. 그 이름은 그들의 도시적 감성에는 그다지 매력적으로 다가오는 이름이 아니었다. 그렇다고 그 때문에 암호를 사용한 것은 아니다. 그리고 하나코 앞에서 그녀를 별명으로 부른 적도 없다. 그들끼리만 모였을 때, 지루하고 전망 없는 하루 저녁 술자리에서 그녀를 지칭하느라 우연히 튀어나온 농담조의 이 별명이 암호가 되었다. 그들은 암호를 만들기를 좋아하는 삶의 그리 밝지 못한 단계를 지나고 있었다. 약간씩의 차이는 있지만 그들은 대충 스물너덧 정도의 나이를 먹고 있었고 모두들 대학 졸업을 앞둔 상태였다.

어느 날 그들 무리 중의 하나가 비슷한 나이 또래로 보이는 한 여대생을 소개했다. 키가 유난히 작고, 낮은 목소리로 그들의 대화에 무리 없이 끼어들고, 이마를 왼쪽으로 기웃하면서, 가끔 논리를 벗어난 그들의 객기에 대해 진지한 표정으로, 아주 심각하게 질문을 던지던 여자.

"왜 그렇게 생각하죠?"라든지,

혹은, 약간 우울한 눈을 하고,

"아마 우리가 모두 젊기 때문에 그럴 거예요. 어떻게 그 젊음을 써야 할지 모르기 때문에 말이죠."

이 같은 말을 해서 그들 모두를 당황케 만들던 여자가 하나코였다.

그러나 이제 와서는 많은 것이 불분명하다. 그게 정확하게 언제였던지, 어떤 모임이 계기가 되었던 것인지, 그녀를 그들에게 소개한 것이 P였던지 Y였던지 아니면 그도 저도 아닌, 지금은 그들에게서 멀어진 그 시절에 알고 지내던 어떤 누구였던지……

그래, 그녀는 코가 아주 예뻤다. 그녀의 용모가 그다지 눈에 띄지 않는 어떤 분위기를 전달하는 반면, 그녀의 코 하나는 정말 예뻤다. 정면에서 보건, 옆에서 보건 일품인 코를 가진 여자. 그래서 붙여진 별명, 하나코. 그러나 이 암호는 그들이 어울려 다니던 시절에 만들어진 것은 아니었다. 그리고 이 별명이 붙여지기 전에, 그녀를 생각하면서 맨 먼저 떠올리는 것이 그녀의 코는 분명 아니다. 그녀의 별명이 하나코가 된 데는 숨기고 싶은 그들 모두의 실수가 있었다. 아무도 꼼꼼히 되돌아보고 싶지도 않으며, 더욱이 인정하기 싫은 취기 속에서 일어난, 많은 사실들을 숨기고 있었던 작은 실수. 이렇게 별명으로 불러야 마음이 편한 상대를 누구나 한 명쯤 숨겨가지고 있다면 그들에게 이 대상은 하나코였다.

대부분 고등학교 때부터의 동창인 그들은 취직 시험을 앞둔 대학 마지막 해에는 거의 매일 만나 같이 취직 공부를 했으며, 사회 초년생 시절에도 분주하게 핑계를 만들어 자주 모였다. 가끔, 한 달에 한두 번쯤, 그들 중의 누군가가 하나코에게 전화를 걸었고, 그녀는 혼자 혹은, 이 세상에 하나밖에 없는 것 같던 늘 똑같은 여자 친구 한 명을 대동하고 그들의 모임에 합세하곤 했다. 지금은 이름조차 기억나지 않는 하나코의 친구에 대해 남는 기억은, 그녀가 한 번도 모임의 끝까지 남은 적이 없었다는 정도가 다였다. 집이 멀다든가 하는 이유로 모임의 분위기가 무르익으려고 하면 그녀는 하나코의 귀에 몇 마디 말을 던지고는, 그녀가 타는 지하철이 호박으로 변할 것을 두려워하는 신데렐라처럼 황급히 자리를 떴다. 이상하게도 어느 누구도 비록 빈말이라도 그녀를 붙잡지 않았다. 그들의 관심을 끈 것은 말이 없던 그녀보다는 가끔 재치 있는 농담도 하고, 모든 대화에서 가끔 오호! 하는 감탄사까지를 유발시키는 발언을 나직나직한 목소리로 할 줄 아는 하나코였다.

그들은 모임에 분위기 쇄신이 필요할 때라든가, 각자 사귀고 있던 여자와의 까다로운 심리전에 지쳐 있을 때, 또는 그렇고 그런 각자의 얼굴에 조금은 싫증이 나지만 안 볼 수 없는 관성 때문에 만나서 술잔이나 기울이게 되는 그런 모임이 있을 때 하나코에게 전화를 걸었다. 전화를 받으면 그녀는 늘 흔쾌히 그들과의 만남을 수락했으며, 기억하건대 한 번도 설득되지 않을 만한 이유로 그들의 제안을 거절한 일이 없었다. 뭐 생리통이라든가, 고향 친구가 와 있다거나 하는 어쩔 수 없는 이유들이었다. 그것이 진짜건 가짜건 무슨 차이가 있겠는가. 그녀의 어조는 늘 진지했고 박물관에나 넣어둘 만한 그 진지함을 재미있게 생각했으며 예상외로 잘 설득되었다. 사회 초년생이 되면서 그들은 더 자주 만났다.

그들은 그녀에 대해 아는 것이 거의 없었다. 어떤 대학에서 미술을 전공했다는 것 외에 그녀가 그림을 그리는지, 조각을 하는지, 혹은 이런 모든 것을 다 하는지 알지 못했던 것이다. 그들 주변에는 이 방면에 정통한 사람이 없었기 때문에 가끔 그녀가 밝힌 사항들은 그들에게 매우 막연하게 들렸다. 그들은 마티에르라는 단어를 알고는 있었지만 대학을 졸업하고 난 다음까지 왜 돌과 흙과 나무를 그렇게 중요하게 구분해야 하는지 깊게 알고 싶지 않았다. 그녀의 집안에 대해서는 더 말할 것도 없이, 그들이 알고 있는 것은 단지 그녀의 전화번호와 가끔 도착하는 편지 봉투에 적힌 주소뿐이었다. 그들이 그녀를 알고 지내던 몇 년 동안에도 그녀의 주소는 여러 번 바뀌었거나 아니면 그녀는 동시에 여러 군데 주소를 가지고 있었다. 한번은 기숙사였고 때로는 ×××씨 댁이었고, 한번은 ○○아틀리에…… 이런 식이었다.

조금 이상하게 느껴질 수도 있었던 이런 그녀의 일상사는 어쩌면 한 번도 그들의 궁금증을 자극하지 않았다. 오히려 그런 것이 하나코에게는 아주 자연스럽게 보여 궁금증을 표현하기가 멋쩍어졌다고나 할까.

그들의 모임에 여성이 끼어드는 것은 하나코가 처음은 아니었지만 하나코만큼, 모임의 균형을 깨지 않으면서 오래, 지

속적으로 만나게 되는 여성은 많지 않았다. 왜 그랬을까. 아마 그녀가 마치 공기나 혹은 적당한 온기처럼 늘, 흔적 없이 그들 옆에 있다가는 사라져버렸기 때문이었을까. 그 일이 일어나 그녀가 아주 그들의 모임에서 사라져버리기까지. 그래 그때까지 그녀는 그렇게 늘 없는 듯 있었고, 어느 누구도 그녀가 어느 날 그들의 부름에 대답하지 못할 미지의 곳으로 사라져버리리라고는 한순간도 생각해본 적이 없었다.

그는 역 근처에서 지도를 한 장 사들고 이탈리아인 동업자가 적어준 여인숙의 위치를 찾았다. 바포레토라고 불리는 배를 타고 리알토에서 내려 다리를 건너지 말고 왼쪽으로 왼쪽으로 도십시오…… 그는 하루 종일을 기차 안에서 보낸 터여서 지칠 대로 지쳐 있었다. 이탈리아에 도착한 이래 쉴 시간이 없었거니와, 서울을 떠나던 당시의 조금은 탐닉적인 구석이 없지 않은 우울이 어디를 가든 질기게 쫓아다녔다. 그는 정거장에 배가 도착할 때마다 밧줄을 능숙하게 풀었다가 되감는 멋진 옆얼굴의 청년 옆에 서서 물 위에 떠 있는 건물들을 멍하니 바라보았다. 따뜻한 오렌지 빛깔의 조명에 비추어진 건물들의 내부가 초가을의 습기 찬 대기를 더욱 스산하게 만들고 있었다.

대체 이 생판 모르는 나라, 생판 모르는 도시에서 이틀 동안이나 무엇을 한담. 관광? 야, 아무리 바빠도 베네치아는 꼭 다녀오라구. 먼저 거래선을 트고 이탈리아를 다녀갔던 K의 말이었다. 그렇지. 누구나 한 번 정도는 베네치아에 가고 싶어 한다. 특히 사랑에 빠진 남녀나 신혼부부가 가장 가고 싶어 하는 도시 중의 하나라는 베네치아. 그의 입가에 씁쓸한 미소가 떠올랐다 사라졌다. 마치 모든 것이 서서히 바다에 빠져들 것만 같은 느낌을 주는 이 도시에서 그가 상상할 수 있는 것은 아주 어두운 것들뿐이었다. 그렇지만 그가 새롭게 튼 이탈리아 거래처와의 일의 첫 단계를 마무리하자마자 베네치아행을 결정했다면 그것은 K의 조언 때문만은 아니었다. 그의 목적지는 이 도시가 아니었다. 이 도시에서 아주 가까운 또 다른 도시의 한 주소였다.

다리를 건너지 말고, 왼쪽으로 돌고, 또 돌면…… 이후 이틀 동안 지루할 정도로 보게 된 낡은 4층짜리 건물에 이틀 밤이 예약된 여인숙, 펜치오네 알베르고 게라토. 거기에는 다리 저는 여자가 이탈리아어 영어 불어 3개 국어를 자유자재로 구사하면서 무섭도록 커다란 개를 한 마리 데리고 근무를 하고 있었다.

그 여인이 안내해준 방은 3층의 7번. 상사 사람의 말대로라면 그 여인숙의 방에서는, 낮에는 색색의 과일과 야채상이 늘어서서 볼거리를 제공해준다는 아담한 거리가 창문 밑으로 내려다보일 것이었다. 좀더 멀리에는 중앙 수로와 약간 숨어서 부분만이 내보이는 불 밝혀진 리알토 다리도. 한적한 밤 시간, 거리는 완벽히 비어 있었다. 멀리서 한두 번 젊은 웃음소리가 투명하게 울렸다가는 여운 없이 사라졌다. 그리고 아주 가까이에서는 배가 지나가면서 물살을 가르는, 이상한 외로움을 자극하는 평화로운 소리. 저처럼 부드러이, 곤두선 삶의 비늘들을 쓸어줄 얼굴이 있다면. 왜, 이렇게, 어디를 가나 무너지는 소리뿐이람. 서른 살이 넘어 갑자기 방문한 감상에 그는 확실히 당황하고 있었다.

그들은 하나코의 신상에 대해 아는 것이 많지 않았다. 대학을 졸업하기 전에는 동급생들과 함께 미술 학원에서 아이들을 가르친 적이 있다는 것 외에, 정확히 생계를 어떻게 꾸려가고 있는지, 혈액형이라든지 형제가 몇이나 되는지…… 이런 것들을 한 번도 그녀에게 터놓고 물어본 적이 없는 것이 이상했다. 설령 그 비슷한 일이 화제에 오를 때면 꼭 일부러 그랬던 것처럼 그녀는, 자신의 일로 시간을 소비해버리기가 아깝기라도 한 것처럼, 자연스럽게 다른 방향으로 말머리를 돌리기도 했다.

그러고 보니, 한 번쯤 그녀의 전공이 조각이라는 정도의 얘기를 들은 적이 있는 듯하다. 그렇다고는 해도 그저 명성 있는 조각가 밑에서 조수로 일을 도와주고 있는 정도라고 웃으며 덧붙이던 얼굴도 생각난다. 자신의 키보다 서너 배가 더 큰 돌덩이와 씨름한다고. 사실 그녀의 키는 유아처럼 작았기에 어느 누구도 그녀의 이 드문 신상 발언을 상상 속에서나마 구체적으로 떠올리지 않았다. 3년 남짓한 그들의 교류 기간 동안 그녀가 자신에 관계된 일로 그들 모임에서 주의를 끈 적은 없었다. 늘 동일한 표정. 내털리 우드의 코를 꼭 닮은 그녀의 코가 돋보이도록 약 45도 각도로 허공을 향해 비스듬히 치켜든 얼굴. 그것이 다였다.

자그마한 방. 이탈리아에 도착한 이래 자주 보게 된, 모퉁이에 부조가 새겨진 높은 천장, 그는 잠시 전화기 앞에서 망설였다. 수화기를 들고 잠시 윙 하는 소리를 듣고 있다가 다시 놓았다. 지구의 저쪽 편은 아마도 대낮. 그리고 그만큼이나 거리가 나버린 아내와의 삶. 4년이라는 시간이 무색할 정도의 가속도로. 처음에는 제법 진지한 대화도 있었다. 실존이니, 가치관이니, 공유니 하는 단어들을 섞은 고상한 공방전은 아주 빨리 적나라한 언쟁이 되었다. 시시껄렁한 물건 구입이나 중간부터 치약을 짠다든지, 또는 늘 조금은 연기가 풍기게 담배를 비벼 끄는 그의 일상의 습관 같은 사소한 일을 두고 생겨나는 말다툼이 단번에 두 사람의 온 존재를 부정하고 뿌리에서부터 뒤흔든다.

모든 단어들이 어디론가 증발해버린 것처럼, 서로가 굳건히 지키는 침묵이 트집이 된, 그들 사이의 마지막 불화는…… 완전한 침묵 전야의 고함처럼, 격렬하고도 길게 계속됐다. 그 일이 아니었더라도 얼마든지 찾아질 수 있는 다른 원인들. 서로를 부정하기 위해 필수불가결한 정기적인 말다툼. 그러고도 세상에 대한 연극은 계속된다. 부부 동반으로 친척을 방문하고, 모임에 참가하며, 극이 끝나면 다시 냉전에 들어가는 나날들.

만약 그런 불화가 없었더라도, 아무것도 아닐 수 있는 가장 진부하고 지루한, 서로의 약점이 가장 비하되어 드러나는 그런 불화가 없었더라도 그는 이탈리아 출장을 서둘러 맡았을까. 아침에 출근한 그 차림으로, 집에는 알리지도 않고, 몰래 도망치듯이 엉성하게 채워진 여행 가방을 들고 출장을 떠났을까. 그는 작게 고개를 흔들었다. 만약 그랬더라도 그는 하나코의 소식을 기억해냈을까. 그리고 아주 비밀스럽게, 그가 알고 있던 그녀의 친지를 수소문하고, 여러 날, 여러 사람을 거쳐서 그녀의 이탈리아 주소를 알아냈을까.

그는 절대 비밀문서를 손에 넣기라도 하듯이 단계적으로, 하나코의 현재 주소를 수소문하는 데 바쳤던 시간을 약간은 흔쾌한 기분으로 다시 생각했다. 만약 아내가 그의 이탈리아 출장의 진의를 알게 되었을 때의 표정을 떠올리며. 그렇지만 그다지 강한 보상의 느낌은 아니었다. 그런 상상으로 기분이 전환되기에는 그들이 상대편에게 가지고 있는 무감각의 악의가 너무 두터웠다. 상대편과의 말다툼은 하나의 구차한 핑계일 뿐, 어느 누구도 이렇게 어긋난 관계가 수시로 만들어내는 불안과 불화에 능숙하게 대처하지 못한다. 하고 나서 후회가 될 만큼.

대체 여기서 무엇을 하고 있는 거지. 이곳에서의 이틀을 무엇을 하고 보내야 한담. 그는 시큰둥하게 중얼거리면서 안내 책자를 여행 가방에서 꺼내 들고 침대에 누웠다. 더 공허하게 높아지는 천장. 더 멀어지는 지구의 저쪽. 그는 서서히 잠이 들었다. 이렇게 최소한 몇 시간 정도는 탈 없이 지나가겠지.

이튿날 아침의…… 창밖은 온통 소란스러운 안개였다. 여행 안내서에 쓰인 바로 그대로. 그리고 거래처의 직원이 설명해준 바로 그대로 창문 바로 밑의 길 양편에는 어느새 아침 야채 시장의 좌판이 촘촘히 들어차 있었다. 그는 창문을 열어놓은 채로 식당으로 내려갔다. 이른 시간이어서인지 식당 안에는 서너 명만이 낮은 목소리로 속살거리면서 아침 식사를 하고 있을 뿐이었다. 미국 젊은이들로 보이는 그들은 날씨에 대해 얘기하던 중이었던지, 낮이면 날씨가 맑을 거라고 그들을 안심시키는 주인 여자의 건조한 목소리가 들렸다. 커피 두 잔, 토스트 한 장. 그의 주문은 간단했고 식사를 마치자 이상한 피곤감으로 그는 서둘러 다시 방으로 돌아왔다. 아침 8시. 마음 속의 서울은 어두운 무늬 가득한 날짜 없는 한밤중.

그는 여행안내 책자의 펼쳐진 면에 커다란 활자로 인쇄된, 산마르코 광장, 토르첼로, 살루테…… 같은 단어들에 멍하니 시선을 주었다. 혼자 하는 여행은 질색이군, 그는 생각했다. 어쩌면 그가 한 출장 여행 중 이렇게 이틀간의 공백이 온전하게 생겼던 것은 이번이 처음이다. 마치 일부러 그런 것처럼.

대체 그가 혼자 하는 여행이 이번이 처음이 아니던가. 늘 공무였고, 그렇지 않으면 몰려서 하던 여행이었다. 빠르게 머릿속에 떠오르는 얼굴들, 아내, 친구, 동료 어느 누구의 얼굴도 그가 바라는 가상의 여행 동반자의 모습으로 1초 이상 뇌리에 머무르지 못했다. 먼 그림자처럼 어두운 강변을 걷는 하나코의 뒷모습이 역광으로 슬쩍 스쳐 지나갔다. 여행 시즌이 아닐 때, 베네치아만큼 관광 명소의 개장 시간이 맘대로인 데도 없더라구, 하나라도 더 보려면 아침을 이용해. 3시 이후면 다 닫히니까. 늘 정력적인 정보의 소비자인 K의 목소리가 바래져 귀에 울렸다.

그는 전화기를 들었다. 그리고 수첩에서, 방심한 듯이 아무렇게나 쓰인 전화번호가 적혀져 있는 면을 펼쳐 들었다. 서울의 전화번호가 아닌 하나코의 전화번호.

그냥 사업차 왔다가 그녀 소식을 들었다고 하지. 그때 있었던 그 작은 불편한 사건, 그런 정도의 일은 지금쯤 아마 다 잊었을 거야.

처음으로 그는 하나코가 이 지구 반대편의 나라에서 무엇을 하고 있을까 하는 가벼운 궁금증이 일었다. 그의 기억으로 하나코가 이탈리아에 친척이나 친구가 있다거나 그들이 좀더 젊었을 때 이 나라 말을 배웠다거나 하는 말은 들어본 적이 없었다. 하기는 자신도 그런 이유로 이 나라에 와 있는 것은 아니지만. 그는 최소한 네 명의 사람을 거치면서 하나코의 주소와 전화번호를 수소문할 수 있었다. 물론 그는 더 빠른 방법을 택할 수도 있었다. 그러나 그의 신원을 구태여 밝히면서 그녀의 소재를 파악하기 싫었고, 그러느라 정작 하나코의 연락처를 알려준 그녀의 동창이라는 불친절한 목소리의 남자에게 그녀의 근황에 대한 솔직한 질문을 던질 수가 없었던 것이다.

전화번호는 베네치아에서 약 한 시간 정도 기차로 가야 하는 작은 도시의 지역 번호를 달고 있었다. 아주 작은 도시라는데, 그녀는 거기서 뭘 하는 걸까. 왜 그는 그 순간 수도원이나 혹은 그 비슷한 정적의 공간이 뇌리에 떠올랐는지 알 수가 없었다. 골목만 바꾸어도 모습을 드러내는 무수한 성당들 때문일까. 꼭 수녀는 아니라고 해도 그 비슷한 어떤 모습의 그녀. 그렇지만 그 그림의 자리에 구체적으로 떠오르는 하나코의 얼굴이 들어섰을 때 그는 작은 불편함을 맛보았다. 예전에 여러 번 느껴본 그런 느낌이지만 생소하기는 여전히 마찬가지였다. 기분이 슬쩍 구겨지고 짜증이 뒤섞이는 그런 생소함.

그는 수화기를 들고 외부로 연결되는 번호를 누르고…… 이후 단번에 일곱 개의 번호를 재빨리 눌렀다. 신호가 가고…… 신호가 계속되고…… 아마도 빈 공간에 울리고 있을 그 신호음에서 어떤 전언을 해독하려는 사람처럼 그는 그 반복적이고 규칙적인 리듬에 귀를 기울였다. 아무도 전화를 받지 않았다. 너무 이른 시간인가. 시계는 8시 반을 넘고 있었다. 그는 슬며시 수화기를 내려놓았다. 마치 미루고 싶은 숙제를 연기하고 난 사람의 가벼운 마음으로.

그는 생각했다. 리알토에서 산마르코 광장까지 아무에게도 길을 묻지 않고 걸어가야겠다. 미로같이 얽힌 골목에서 방향을 잃더라도 아무에게도 길을 묻지 말아야지. 그는 여인숙의 이름과 전화번호가 인쇄된 명함을 하나 들고 밖으로 나왔다. 열린 카페의 커다란 유리벽 저쪽에서 선 채로 카푸치노를 마시고 있는 사람들, 고급 의류 상점이나 가죽 제품 상점들의 진열장을 닦는 점원, 바쁘게 장바구니를 들고 상점들이 늘어선 좁은 거리를 지나가고 있는 사람들에게서 그는 막연히 하나코를 닮은 누군가를 찾고 있었다.

이처럼 강박적으로 하나코에 대한 기억이 떠오르는 것은 이상한 일이었다. 강박적? 그보다는 고집스럽게라고 말하는 편이 낫겠군, 하고 그는 중얼거렸다. 그녀가 산다는 곳에서 멀지 않은 곳까지 와 있기 때문일까, 아니면 안개와 미로 같은 짧고 좁은 길과, 길을 따라가다 보면 어김없이 한끝이 드러나는 물 때문일까. 그렇지. 이상하게도 하나코 하면 물이 연상되었었다. 그래서 모두 마지막으로 자연스럽게 그 강변으로의 여행을 생각했는지도 몰라.

그들의 모임과는 별도로, 하나코가 가끔 그들 중의 하나와 따로 만나기도 한다는 것을 각자는 막연히 알고 있었다. 우선 그 자신부터 그러했으니까. 그렇지만 대체로 이에 대해서는 어느 누구도 일언반구 말하지 않았다. 어떻건 그녀와의 연락이 두절되기 이전에는 그러했다. 다른 친구들하고는 어쨌는지 모르지만 그로 말할 것 같으면 하나코와 만날 때는 늘 예식처럼 일정한 절차를 밟았다. 그가 하나코를 따로 만날 때, 그녀는 무리들과 만날 때 들르는 다방이 아닌 다른 장소를 택했다.

"아주 편한 소파가 있는 기분 좋은 카페를 알고 있는데 가볼까요?"라고 하면서.

아, 기분 좋은 장소에 대해서라면 서울에서 편안하고도 그들의 마음의 상태에 잘 맞는 장소를 그녀만큼 잘 고를 줄 아는 사람은 아마도 없을 것이다. 그녀가 택하는 장소는 다방이건 술집이건, 어떻게 지금까지 이곳을 발견하지 못했을까 하는 생각이 들 정도로 그들이 자주 지나치는 거리의 아주 평범한 곳에 위치해 있었다. 그러나 꼭 인상에 남을 만한 한 가지 특징들을 가지고 있는 곳. 기억에 남을 정도로 편안한 등받이가 있는 좌석이라든지, 각별한 장식이나 혹은 독특한 모양의 찻잔…… 그녀는 그런 것을 잊지 않고 지적했고, 그 방면에 다소간 둔감한 그 같은 사람도 얼마 후에는 말을 거들 정도는 되었다. 이렇게 해서 평범한 듯한 장소는 인상에 남는 추억의 실내로 변신하는 것이다. 그녀는 꼭 서울의 숨어 있는 명소의 목록을 다 준비해 가지고 다니는 사람처럼, 그와 만날 때 그 장소가 어느 동네에 있건, 슬그머니, 자기 집에 초대하듯이 그런 기분 좋은 장소로 안내하곤 했다.

그렇게 만나 잠시 얘기를 나누다가 그들은 거리를 걷는다. 그리고 간단한 식사를 한다. 참 이상한 일이었다. 학생 시절에야 그렇다고 해도 취직을 하고 난 후에도 하나코에 관한 한 그들은 스스로 생각해도 잘 이해되지 않는 인색한 습관을 가지고 있었다. 그것은 그들이 경제적으로 제법 풍족해진 후에도 고쳐지지 않았다. 다른 여자들과 데이트할 때와는 달리, 하나코와 만날 때 주로 그가 택하는 식당은, 돈을 꼭 그가 낸 것도 아니면서, 아주 볼품없고 값싼 식당이었다. 식사 후에 그들은 탁구나 혹은 볼링을 한두 게임 한다. 다시 걸어서 그녀가 선택한 처음의 장소로 되돌아온다.

그러고는…… 이상한 힘에 이끌려, 마치 고해 성사라도 하듯이 어느 누구에게도 말할 수 없었던 구질하면서도 내밀한 자신의 얘기를 그녀에게 하는 것이다. 사귀고 있는 여자에 관한 얘기만 빼놓고는 모든 얘기를. 몇 살 때 자위를 시작했다든지, 자신이 은밀하게 가지고 있는 괴로운 습관 같은 것, 또는 하나코도 잘 알고 있는 가까운 친구들에 대한 숨겨진 불만 같은 것까지도.

그녀는 그 얘기들을 고개를 약간 갸웃이 쳐들고 듣는다. 얘기가 무르익을 때까지 그녀는 결코 그의 얘기를 중간에서 끊는 법이 없었다. 아무리 충격적인 얘기를 해도 그녀 입가에 깃들인 미소가 변질되는 일이 없어서 어쩌면 일부러 과장해서 그의 숨겨진 악을 스스로 고발한 적도 있었다. 그녀처럼 집중해서 그의 시시껄렁한 얘기를 들어준 여자를 그는 알지 못했다. 그러면서도 언뜻 그의 친구들 중의 누구와 동일한 장면을 연출할 그녀의 모습이 떠오르기도 했다. 그것은 조금만큼의 질투도 자극하지 않았다.

"하기 어려운 얘기였을 텐데 내게 해주어서 고마워요."

매번 그런 것은 아니었지만 그녀는 드물게 이런 식으로 피곤함을 전달하기도 했다. 그녀가 집에 돌아가고 싶다는 의사를 표시하는 말이었다.

늦은 시간에 밖으로 나와서는 그녀의 집 방향으로 가는 버스가 오는 것을 같이 기다려주지도 않고 그녀를 혼자 어두운 정류장에 놔둔 채, 그는 지하철 입구를 향해 걸어간다. 그녀 또한 그런 것에 대해 한 번도 반응하지 않았고. 어쩌다 뒤돌아볼 때의 그녀의 표정은 이미 다른 곳에 있었다. 왜 하나코에 관한 한 그들은 모두 최소한의 인내심과 배려가 부족했던 것일까.

갑자기 말라오는 목. 그는 유리창이 유난히 맑은 한 카페에 들어가서 남들처럼, 부드러운 생크림이 기분 좋게 입천장에 달라붙는 카푸치노를 한 잔 마셨다. 남들처럼 서서. 그들처럼 생생한 표정을 짓고. 산마르코 광장으로 가는 길이 어느 쪽이죠라고 묻고 싶은 것을 애써 눌렀다. 다시 밖으로 나와서 그는 화살표의 방향보다는 사람들이 많이 다니는 길들을 골라 수도 없는 골목과 수도 없는 작은 광장을 돌았다. 마치 이 도시의 매력에 매혹되지 않으려고 마음을 다잡아먹은 사람처럼 상의의 깃을 세우고 목 언저리를 여민 채, 놀랍도록 빠른 속도로 안개가 밀려가는 수로를 따라 작은 다리들을 건넜다.

그들 중에서 맨 처음으로 객기를 부린 것은 아마 J가 아니었던가. 그들 무리 중에서 제일 먼저 결혼을 했던 친구. 어느 날 자정이 넘어 J에게서 전화가 걸려왔다. 그는 침대 옆에 놓인 수화기를 살짝 놓고 다른 방으로 가서 전화를 받았다. 그리고 혹시 아내가 들을 것을 저어하여 침대 곁의 수화기를 다시 제자리에 얹어두는 것도 잊지 않았다. 술 취한 J가 하나코 얘기를 꺼냈기 때문이었다. 하나코와 그들 사이의 연락이 두절된 지 1년여가 넘은 다음의 일이었다. 늦은 전화에 궁금한 표정으로 올려다보는 아내에게 그는 대수롭지 않다는 듯 말했다.

"J야. 밤늦게 술주정을 하려는 모양이군."

J는 형편없이 취해 있었고 그런 상태에서 이어지는 횡설수설 헛소리는 그의 잠기를 싹 쫓을 정도로 그의 호기심을 자극했다. 넌 잘 모르지만 한때 상당히 망설였다구. 내가 멍청했지. 좀더 적극적으로 밀어붙여보면 어떻게 되었을 텐데 말이지. 괜찮아, 괜찮아. 이 사람은 친정 가서 있다구. 잠깐만 기다려라, 그 편지가 어디 있더라. 하나코가 답장으로 보낸 것…… 잠깐만. 좀 깊이 숨겨두었거든. 자 들어봐. 중요한 부분만 읽을게. J는 술 취한 목소리로 어조를 과장해서 낭독을 시작했다.

J씨는 늘 중요한 말을 장난같이 하는 습관이 있었지요오.

그렇다고 J씨의 진의를 내가 가볍게 일축한다는 뜻은 아닙니다아. 나는 당신이 꼭 그런 편지를 한 번쯤 쓰지 않으면 안 될 정도로 어려운 때를 보내고 있다는 것을 잘 이해해요오. 그렇지만 J씨, 한번 생각해보세요. 내가 정말 그런 편지의 적합한 수신자인지를 말이지요. 한 일주일이나 열흘 정도 어디로 한번 떠나보세요. 그리고 대답이 찾아지면…… 그때 우리가 할 얘기는 따로 있을 거예요오……

끝을 길게 늘이면서 편지의 내용을 엉망으로 만드는 J의 목소리를 들으면서 내심 그는 자신이 하나코의 입장이 되어, J가 앞에 있다면 당장 한 방 먹여주었을 정도로 신경이 거슬렸다. 그러나 숨겨진 호기심이 더 컸기 때문에 J에 대해 솟은 신경질은 오래가지 않았다. 너 하나코의 글씨체 생각나지. 내가 어떤 편지를 보냈는지 알면 너는 아마 까무러칠 거다. 나는 그러니까 그때 열렬한 구혼을 했던 거야. 그냥 꼭 그렇게 해보고 싶더라구. 그런 사실 너희들 전혀 몰랐지. 요즘 그냥 생각이 나서 말이야. 물론 일주일 후에 나는 결혼 날짜를 잡았다만 말이다. 이런 편지를 어떻게 버리냐. 아 생각난다, 하나코!

J는 정말 혀 꼬부라진 낭만적 회고를 하고 있었고 그는 적당히 그의 고백을 들어주었다. 그 자신도 예외는 아니었다. J의 경우와 다소간 달랐지만 그들은 모두 한두 장 정도의 편지는 간직하고 있었던 것이다. 그것이 무슨 전리품이라도 되는 것처럼. 그녀가 그들 모임에서 자취를 감춘 직후에, 그들 사이에

서는 주로 그들의 만남의 초기인 학생 시절에 가끔 주고받던 낡아버린 하나코의 편지를 서로에게 읽어주는 짧은 유행의 기간이 있었다. 그즈음에 마련된 한 술자리에서 그들은 그녀에게 하나코라는 별명을 붙여주었던 것 같다.

그들의 편지에 꼭 대답을 하던 하나코. 어쩌면 그녀는 세상의 모든 편지에 대답을 하기 위해서 태어났을지도 모른다는 생각이 들 정도로, 그것도 이유를 알 수 없게 가슴을 찡하게 하는 편지를 보내곤 했다. 그녀의 편지처럼 어딘가 깊은 것 같고, 어딘가 철학적이며 고상한 것 같은 편지를 주고받을 여자가 있다는 것이 그들을 조금은 우쭐대게 만들었다.

하나코는 세상에 태어나 처음으로 그에게 편지를 쓰고 싶은 욕구를 불러일으킨 여자였다. 아내와 연애하면서도 편지를 쓰고 싶다는 생각이 든 적은 한 번도 없었다. 한번은 어디서 읽은 시구를 베껴서 멋을 부려본 적이 있었는데 그녀는 그 편지의 대답에 "시 제목을 알아맞히는 수수께끼 놀이를 하자는 거지요?"라는 농담 어린 답장을 보냈다. 하나코와는 자존심이 상할 일이 없었다. 하나코와는 일이 덧나도 별 두려움이 없었다. 그 일이 있고도 그는 이렇게 출장을 핑계로 그녀를 찾아보려고 하지 않는가. 왜일까?

"우리는 친구잖아요."

언젠가 그의 실언 앞에서 그것을 무마하느라 하나코가 한 말이었다. 어떤 실수였는지는 물론 기억에 없었다. 그렇지만 그 말이 야기한 불편한 파장은 생생하게 기억에 남았다.

그 자신을 포함해 무리들 중의 누구도 하나코에게 자신들의 결혼 날짜를 알리지 않았다. 딴 친구들은 어떤 이유에서 그랬는지 알 수 없지만 그로서는 그저 단순한 부주의였다. 물론 그는 청첩장을 준비하던 때만 해도 그녀에게 보낼까 하고 생각했다. 그렇지만 분주한 일정에 밀려 그만 잊어버리고 말았다. 무의식적으로 계획된 건망증. 늦게 결혼을 한 친구들이야 이미 하나코와의 연락이 끊어져서 그랬다고 하지만 적어도 P와 J는, 그들이 하나코와 만나고 있을 즈음에 결혼했음에도 하나코에게 그 사실을 알리지 않은 게 분명했다. J의 결혼식 후에 그가 하나코를 만나 J 대신 사과를 했을 때, 그녀는 한마디 했을 뿐이었다.

"설마 결혼식 같은 것을 그토록 중요하게 생각하는 건 아니겠죠?"

멀리서 사진으로 본 산마르코 광장의 첨탑이 보였다. 일찍이 바닷가로 몰려나온 인파들이 광장에 가까이 온 것을 알려주었다. 바다를 향해 버티고 있는 두 마리의 금박 사자가 인파가 없는 텅 빈 광장에 서 있었더라면 어쩌면 그는 감격했을지도 모른다. 평소에 그는 인파를 좋아하는 편이었다. 그렇지만 거기에는 너무도 많은 사람과 상인과 유난히 살진 비둘기 떼들이 빈틈없이 몰려 있었다. 성당을 방문하기 위해 매표구에서 막 입장권을 받아들었을 때, 그는 카메라도 망원경도 모두, 여인숙에 두고 온 것을 알아차렸다. 일부러 구입한 성당 내부의 모자이크에 대한 설명 안내서까지. 그것이 그의 기분을 그만 순식간에 구겨버리고 말았다. 그렇다고 여인숙까지 되돌아가고 싶은 마음은 추호도 없었다.

사람의 대열에 밀려 안에 들어갔으나 모든 관광객이 입을 벌리고 감탄사를 내뿜으며 바라보는 둥근 천장과 벽, 그리고 기둥까지 빈틈을 남기지 않고 덮고 있는 금박 모자이크 장식은 화려한 색채와 뒤덮인 넓이에 대한 놀라움 외에는, 여행 준비를 서투르게 한 사람만이 맛볼 수 있는 심오한 지루함을 그에게 줄 뿐이었다. 전 세계인이 경탄해 마지않는 교회에 발을 들여놓고도 머릿속에서 하품하는 잡념은 다른 시간과 장소를 헤매고 있었다. 그는 의자 한 귀퉁이에 앉아 그가 알고 있는 성경의 지식을 모두 동원하여 모자이크로 그려낸 겨우 몇 장면만을 식별해냈다. 그는 오랫동안 그렇게 넋을 반쯤 놓고 게으르고도 지루하게 시간이 가기를 기다렸다. 주변을 스치는 수많은 언어들 사이에서 한국말을 하는 목소리가 들려오자 그 목소리에만 귀를 기울이면서 그는 고집스럽게 성당에 남아 있었다. 나이 많은 노인을 대동한 한 젊은 여자의 낭랑한 목소리가 그가 앉아 있는 바로 앞부분의 천장에 장식된 모자이크의 내용을 설명하고 있었다. 「출애굽기」의 한 장면. 다정한 부녀지간.

여기서 대체 무엇을 하고 있지? 그는 집에 두고 온 딸을 생각했다. 이제 겨우 두 살. 그는 자신을 엄습하는 답답함을 누르며 자리에서 일어섰다. 그가 앉았던 자리를 딸이 아버지에게 권했다. 출구는 입구 이상으로 붐볐다.

그는 부두 쪽으로 가서 심호흡을 했다. 부둣가에 띄엄띄엄 늘어선 공중전화 부스가 자꾸 그의 시선을 끌었다. 서울은 아마도 침침한 초겨울의 저녁나절. 바다의 안개는 완전히 걷혀 있었다. 그때 그가 서 있던 데서 그리 멀지 않은 곳에서 커다란 외침 소리가 들려왔고 갑자기 그 소리 주위로 군중이 몰려들기 시작했다. 그는 자신도 모르게, 순식간에 만들어진 둥근 원의 가장 안쪽에 서 있었다. 그곳에서는 이탈리아 말로 욕설을 퍼부으면서 세 명의 남자가 엉켜서 전문 복싱 선수 이상의 솜씨를 보이면서 서로를 두들겨 패고 있었다. 가만히 보니 2대1의 싸움이었는데, 그 주위로 몰려든 어느 누구도 말릴 생각 없이 그 자신처럼 눈을 동그랗게 뜬 채 구경만 하고 있었다. 그렇지만 혼자 대항하는 사내의 기세 또한 만만치 않았다.

원이 점점 커짐에 따라, 부두를 따라 지어진 고급 호텔의 테라스에서도 사람들의 얼굴이 싸움 구경을 위해 하나둘 나타나기 시작했다. 세 명 모두 가죽점퍼를 입은 건장한 젊은이였다. 그들은 가끔 내지르는 외마디 소리와 거친 숨소리 외에는 입을 앙다문 채 엎치락뒤치락을 계속했다. 아무래도 수적으로 강세인 두 남자는 막 바닥에 깔리기 시작한, 궁지에 몰린 적수가 힘이 빠진다고 생각하자마자, 집중적으로 발길질을 하기 시작했다.

그들이 어떤 의미로 침묵의 싸움을 벌였다면, 그와 반비례로 군중 속의 소란은 점점 커졌다. 이 나라 말을 모르는 그로서는 그들이 마치 씨름 경기라도 응원하는 것처럼 보였다. 그의 주먹도 부르르 쥐어질 정도의 격렬한 광경이 배가되고 있었다. 역시 아무도 그들을 말릴 엄두를 내지 못하고 있었다. 그는 두 사람의 공격자의 주먹과 발길질에 그의 흥분이 고조되고 있음을 알아차렸다. 자, 한 방만 더, 쳐라. 결정적인 한 방, 그러고 나면 끝이다…… 바로 그때 어디서 나타났는지 군중을 헤치고 경찰들이 우르르 몰려들어 순식간에 세 명을 모두 일으켜 세워 어디론가 끌고 사라졌다.

모여 섰던 사람들이 하나둘 흩어지고 다시 공중전화 부스가 드러났다. 그를 부르기라도 하는 것처럼. 그는 빠른 동작으로 전화번호를 꺼냈다. 지구 반대편이 아니라 바로 옆의 작은 도시에. 누군가 '여보세요'에 해당하는 이탈리아 말을 서너 번 반복하고, 그 뒤로는 그가 알아들을 수 없는 빠르고 긴, 고음으로 즐거운 기분을 전달하는 여자의 목소리가 들려왔다. 그는 서둘러서 영어로 하나코를 찾았다. 물론 그녀의 본명을 대고. 잠시 대기음이 들리고 다시금 즐겁고 부산스럽게 이탈리아 말을 하는 여러 음성들이 뒤섞이고…… 그리고 그에게 익숙한 밝은 목소리가 들려왔다. 하나코의 목소리. 이탈리아 말이 아닌 그리운 '여보세요.' 바로 그 순간에 부두에 도착한 바포레토가 한 무리의 승객들을 내려놓았다. 서로의 허리에 팔을 두르고 작은 갑판에 내려서는 젊은 남녀가 웃으면서 그가 서 있는 옆을 지나갔다. 그때까지 그를 사로잡고 있었던 조심성이 사라지는 것을 느꼈다. 그것은 꼭 갑자기 오른 취기와 같았다.

그는 자신의 이름을 대고 어색하게, 과장을 섞어 한바탕 웃었다. 그녀의 반응을 기다리지도 않고 그는 장황하게 설명을 붙이기 시작했다. 출장 여행 중이다. 계약서가 준비되는 동안 베네치아에 와 있다. 다시 로마로 돌아가야 한다. 그러기 전에 당신을 만나고 싶다. 당신의 거처와 연락처를 알아내는데 얼마나 힘이 들었는지 아느냐. 그는 이유도 없이 자주 크게 웃음을 섞으면서 상대편이 얘기할 틈을 주지 않고, 마치 무엇에선가 도망하듯이 빠른 말투로 떠들었다. 그리고 갑작스런 정전으로 마비된 라디오처럼 침묵했다. 그가 침묵했을 때에야, 그녀도 밝게 큰 목소리로 웃으며 말했다.

"반가워요. 오세요."

이어 그가 잘 기억하고 있는 낮고 침착한 그녀의 목소리가 천천히 이어졌다. 기차에서 내려야 하는 정거장의 이름, 사무실이 위치한 거리의 이름, 그리고 그녀가 디자이너로 고용되어 있다는 실내장식 사무실의 이름과 외양…… 같은 것을 그녀는 친절하게, 띄엄띄엄 말해주었다. 당신이 전화하고 있는 베네치아에 비하면 그다지 구경할 만한 도시는 아니라고 미안한 듯이 덧붙이면서.

그녀의 모든 것이 다 예전과 같아도 무언가가 달라져 있었다. 목소리도 아니고 어조가 덜 친절했던 것도 아니었는데…… 그녀는 정말 반가운 기색으로 그에게 말을 하지 않았던가. 그는 갑자기 힘이 조금 빠지는 것을 느꼈다. 그녀를 보러 기차를 타고, 그녀가 말해준 이름의 거리를 찾아 헤매고, 그녀가 일하는 사무실을 찾아 안으로 들어가고, 그녀의 책상 옆에 앉아 일이 끝나기를 기다려, 그녀의 생활 공간으로 초대되고, 이 나라에서 하듯이 집에서 준비한 식사를 하고 환담을 할 엄두가 나지를 않는 것이다. 그리고 더욱이 그녀가 결혼이라도 했다면, 난생처음 본 그녀의 남편이라는 사람과 또 예의를 차려서 얘기를 해주어야 하고……

그는 물었다. 능청스럽게. 지금 애가 몇입니까? 그녀는 웃고 그 물음에는 대답하지 않았다. 그녀의 목소리에서 무엇을 느꼈을까. 그녀에게 방해가 되지 않겠느냐고 물었을 때, 그녀는 대답 대신, 잠시 침묵한 후, 나를 그렇게 몰라요? 하고 반문했다.

전화 카드의 잔액이 다 되었음을 알리는 음이 들려오자 그녀는 덧붙였다.

"J씨처럼 전화만 하고 안 오는 것은 아니죠? 혹은 P씨처럼 차 한 잔도 제대로 마시지 않고 떠난다든가? 오세요. 정말 반가운데요."

마치 시간이라도 잰 듯이 그녀의 말이 끝나자 전화가 끊겼다. 그의 머릿속에서도 무언가 찰칵하는 소리가 들렸다. P가? J가?

그는 여행을 떠나기 전에 있었던 술자리를 떠올렸다. 그들에게까지 비밀에 부치고 훌쩍 떠나고 싶었던 그 출장 계획은 분위기가 무르익자 자신도 모르게 입 밖으로 튀어나왔었다. 그때 아주 오래간만에 모임에 합세한 누군가가 느닷없이 하나코 얘기를 꺼냈었다. 왜 꼭 왜색이 도는 그런 별명을 그녀에게 붙였지? 코하나가 더 낫지 않아. 대체 누가 붙여줬어, 그 별명? 알면 참 기분 나빠할 거야. 또 누군가가 말했다. 알 리가 없잖아. J도 P도 그 자리에 있었고 뭐라고 한마디씩 거들었던 것이 생각났다. 몇 달 전에 그에게 하나코의 소식을 전했던 K의 전화도 생생하게 기억이 났다. 어느 누구도 이탈리아에 사는 하나코의 소식을 제삼자를 통해 전해 들었다고만 했지 직접 만났다거나 통화를 했다거나 하는 말을 하지 않았던 것이다.

당장 가겠다고 호탕하게 대답한 것과는 달리, 그는 부두를 떠나 좁은 수로를 따라 나 있는 골목길을 걸었다. 겨울이어서 더욱 습기가 차 보이는 두터운 이끼에 덮인 채 물속으로 무너지는 듯한 벽들, 벽의 끝에 나타나는 작은 다리, 그리고 소꿉장난 같은 삶이 진행되고 있을 것만 같은 좁은 정면의 집들. 가끔 그곳에서는 음악 소리나 회한 없는 일상의 호들갑스러운 소음이 들려왔다. 마치 물속에 기우는 이 도시를 더욱 기울게 하기 위한 것처럼, 칠이 벗겨지는 이끼 낀 표면의 슬픔을 더욱 드러내려는 듯이.

수로와 골목과 다리들의 무한한 변주. 그는 그 변주에 흔들리는 걸음을 내맡겼다. 한번 우연히 시선에 잡힌 거리의 팻말은 그가 리알토 다리에서 점점 멀어지고 있는 것만을 알려주는 막연한 지표가 되었을 뿐이었다. 낯선 도시에서 지도 없이, 목적지도 없이 걷는 낙망한 자의 자유, 말할 수도, 이해할 수도 없는 이국의 말을 쓰는 나라에서 침묵으로 미로를 헤매는 자의 안식에 그는 음울한 미소를 지으면서 빠져들었다. 몇 번인가, 하나코, 아니 스코베니 회사 소속, 인테리어 디자이너, 장진자의 목소리가 가볍게, 이 도시의 배음처럼 울렸다. 그렇게 날 몰라요? 그렇게도? 그것은 함정이 많은 수수께끼처럼 점점 더 깊이 그를 미로투성이의 한 도시 속으로 이끌었다.

창밖으로 북쪽 도시행 기차 한 대가 막 떠나고 있었다. 이미 날이 저문 역 구내의 조명 속에서 그는 다시 한번 산타 루치아라고 쓰인 흰 간판을 보았다. 이제 곧 그가 탄 로마행 밤기차가 떠날 것이다. 아직 잠들기에는 이른 시각이라 좌석은 맨 위쪽만 올려져 침대로 바뀌어져 있었다. 그 말고 두 명의 승객이 복도 쪽의 창문으로 배웅 나온 사람들과 이야기를 나누고 있었다. 그는 일찌감치 자신에게 예약된 위쪽의 준비된 침대에 올라가 누웠다. 기차가 서서히 움직이기 시작하고 베네치아와 내륙을 잇는 긴 다리 모양의 철교 위를 달리기 시작했다. 올 때와 거의 비슷한 시각. 누워 있으므로 더 멀리 보이는 바다 위로 드문드문 오렌지색의 램프가 긴 곡선을 만들면서 행진하는 수도사들처럼 늘어서 있었다. 검은 테를 두른, 끝이 뾰족한 나무 둥치들이 합장하듯 모여 있는 수로 표시의 말뚝에 밤 뱃길을 알리기 위해 램프들이 걸려 있었다. 기차의 속력은 점점 더 빨라졌고 이내 바다는 시야에서 사라져버렸다. 공연히 무언가 아주 먼 곳에서 다시 한번 무너지는 느낌을 남기고서.

잠시 머무르다 떠나는 도시. 이제 기차는 불빛이 점점 드물어지는 인적 없는 어두운 풍경 속을 달리고 있었다. 아래 좌석의 승객들도 등받이를 올려 침대를 만드느라 부산하다가는 언제부터인가 갑작스런 침묵이 왔다. 복도의 소음도 점점 더 줄어들고 기차는 짙은 밤을 향해 전속력으로 달렸다. 여전히 세 개의 침대는 비어 있었다. 한밤중이나 새벽에 모두가 잠들어 있을 때 누군가가 어떤 이름 모를 역에서 예약된 자신의 침대를 찾아 올라오겠지. 볼로냐, 피렌체……

그 일은 대체 어떻게 일어났던 것일까. 그런데 그런 것도 사건이랄 수 있을까.

그들이, 갈대밭 근처의 늪지대같이 질퍽거리던 곳의 그 술집을 어떻게 발견했는지는 아무리 생각해보아야 알 수가 없었다. 그들 중의 두 명이 비슷한 때에 중고 자동차를 구입했던 것이 일의 발단이었던 것만은 틀림이 없다. 그들은 무려 일곱 명이나 몰려서 사흘간의 연휴에 서울을 떠난 것이 낙동강까지 왔던 것이다. 원래 그들의 목표는 마음에 드는 해변을 찾는 것이었다. 그러나 바다를 찾다가 그들은 강에 다다랐다. 그를 포함한 다섯 명의 친구와 하나코, 그리고 그녀의 여자 친구, 이렇게 일곱이 두 대의 중고차에 나눠 타고 운전 연습 겸 내려온 것이 낙동강 가까지 왔던 것이다.

회, 매운탕…… 이런 비슷한 간판이 언뜻 눈에 띄었었고 그 간판에서부터 좁은 흙길로 접어들어 한참을 달린 곳에 식당 하나가 나타났다. 너무 외따로 떨어져 있었던 식당이었음에도 그들은 그곳을 그날의 종착지로 삼기로 했다. 그 식당에 들어가기 위해서는 구두가 푹 빠지는 진흙 마당을 지나쳐야 했고 그 마당가에는 역겨운 냄새가 나는 풀꽃이 잡초처럼 무성하게 한구석을 채우고 있었던 것 같다. 늦가을이었던가. 아니면 초겨울. 지금처럼.

음식이 준비되는 동안, 세상의 끝이라는 느낌이 들 정도로, 시선이 닿는 한 사방에 아무 불빛도 보이지 않는 강가를 거닐다가 식당으로 돌아왔다. 음식과 술이 조금씩 들어가고 밤이 깊어짐에 따라 그때까지의 흥분되었던 여행의 분위기는 조금씩 우울하고 불안정한 것으로 변하기 시작했다. 세상에서 차단되어 당장이라도 늪에 가라앉아버릴 것 같은 개인 집을 방불하는 그 횟집의 건넌방에 들어앉자마자 그 이상한 분위기가 누구에게랄 것도 없이 그들 모두에게 퍼지기 시작했다.

운전대를 잡았던 W는 너무 멀리 온 것에 대해 후회하는 눈치가 역력했다. 그중의 하나는 서울에 전화를 걸어야 한다고 반복했고, 누군가는 다음 날로 예정된 중요한 거래처 사람과의 약속을 잊어버렸다고 불평했다. 연락처도 아무것도 가지고 오지 않았다는 것이다. 당시 그들 모두가 은근히 부러워하던, 부유한 집 딸과 결혼을 앞두고 있었던 P는 갑작스런 여행을 강력하게 주장했었음에도 누군가가 조심스럽게 꺼낸 숙박 문제에 대해 가장 신경질적인 반응을 보였다. 그로 말할 것 같으면, 조금은 굳은 표정으로 그들의 변화를 지켜보고 있는 하나코와 그 여자 친구에 대해 공연히 적개심이 솟았었다.

모두들 사회생활을 2, 3년 한 뒤에 생긴, 애써 감추어두었던 허탈감이 연휴의 여행 중에 무장 해제되었던 탓일까. 아니면 삶의 피곤과 술과 여행이 기묘한 화학 작용을 일으킨 돌이킬 수 없는 불안감. 누군가가 나갔다 오더니, 숙박 문제를 해결했으니 술이나 마시자고 했다. 은행에 들어간 이후로 그들의 모임에 조금 뜸해졌던 친구였다. 그는, 거금으로 주인을 매수해 방 두 개를 빌렸다고 연극조로 말했다.

그 뒤로는 순식간에 누구도 예상 못 한 방향으로 미끄러져버린 일이었다…… 일곱 시간 이상을 달려온 후라 이야깃거리가 고갈된 그들은 노래를 불렀다. 아니 악을 써댔다. 돌아가면서 돼지 멱따는 소리로. 그리고 이렇게 변질되기 시작하는 분위기 속에 당혹감을 숨기고 앉아, 조용히 술잔을 비우는 두 명의 여자에게 그들 모두가 집중적으로 노래를 강요하기 시작했다.

그것은 더 이상 놀이가 아니었다. 하나코가 그런 자리에서 노래라면 질색한다는 정도는 그들 모두가 알고 있었고 실제로 그녀는 노래 같은 것은 빵점이었다. 그것을 알고 있기 때문에 그들은 농담 반, 협박 반 노래를 요구했다. 하나코의 여자 친구가 일어났다. 모두가 입을 모아 하나코의 이름을 외쳐댔다. 하나코의 여자 친구는 그때까지만 해도 쑥스러운 미소를 지으면서 다시 자리에 앉았다. 그래도 하나코는 웬일인지 일어나지 않았다. 그녀의 얼굴 또한 조금은 변했던 것 같다.

누군가가 벌떡 일어섰다. 부르나 안 부르나 내기하자면서 하나코에게 다가갔다. 그의 악물어진 이가 드러났다. 동시에 하나코 건너편의 누군가가 그녀를 일으키느라 팔을 위로 잡아당겼고 그녀의 친구는 하나코를 거머쥔 그 손을 떼어놓으려고 엉거주춤 일어섰다. 그가 일어섰다. 뒤에서부터 하나코를 일으켜 세우기 위해서. 누군가가 술병을 벽에 던졌다. 또 누군가가 고함을 내질렀다. 아무런 뜻도 없는 고함. 그리고 누군가가 잡아당기는 바람에, 하나코도, 그녀를 일으켜 세우려고 몰려든 두 친구도 주저앉았다.

얼마 동안이나 이런 종류의 실랑이가 계속되었을까. 아무도 말리는 사람이 없었다. 말리다니, 단언컨대 모두들 즐거이 엉켜들고 있었다. 하나코의 노래 따위는 문제도 아니었다. 그녀의 친구가 지르는 고함 따위는 아무런 것도 막지 못했다. 게다가 고함이라야 겨우 방 밖을 나갈까 말까 한 크지 않은 우스꽝스러운 목소리였다. 그 엉켜든 실랑이 속에 나름대로의 일사불란한 질서가 지배하고 있기라도 한 것처럼, 각자가 맡은 바 역할을 잘하고 있는 것처럼 보이는 이상야릇한 아수라장이었다. 거친 몸싸움과 깨어져 나가는 유리 조각과 서로에게 짖어대는 그들의 고함. 그들은 그들끼리 걸고넘어지고 있었다. 적어도 그때까지 그들 중의 어느 누구도 진짜 취해 있지 않았다. 취기를 가장하고 있었다. 모두가. 어쩌면 하나코도.

얼마 전부터 일으켜 세워진 하나코와 그녀의 친구의 얼굴은 창백했고, 뒤로 올려진 하나코의 머리는 볼품없이 흐트러져 있었다. 그녀의 상의가 반쯤은 옆으로 돌아가 있었다. 누군가가 그녀의 그런 몰골을 손가락으로 가리키면서 웃음을 터트렸다. 그것은 순식간에 모두를 감염시켜서 조금씩 퍼지더니 얼마 지나지 않아 전반적인 광란의 웃음이 되었다. 일종의 벌을 받고 있던 두 명의 여자들에까지 퍼져, 그녀들 또한 웃음을 참을 수 없을 정도로. 그렇지만 그것은 웃음인지 울음인지 구별이 되지 않는 아주 찡그려진 표정의 웃음이었다.

하나코와 그 친구는 미친 듯이 웃으면서 가방을 집어 들었다. 그리고 벗어놓은 외투를 집어 들었다. 그리고 여전히 웃으면서, 한밤중의 역겨운 찬바람을 방 안으로 밀어 넣으면서 방문을 열었고, 이미 그사이 몇 배로 두터워진 어둠 속으로 걸어 나갔다. 그녀들이 그때까지도 웃고 있었는지는 기억에 없다. 마당 저쪽으로 긴 방죽 같은 것이 어슴푸레 보일 뿐이었고 빛이라고는 마당을 밝히고 있던 낮은 촉수의 불빛뿐. 그녀들의 멀어져가는 뒷모습이 점점 더 어둠 속에 검게 풀리고 더 이상 아무런 것도 구별되어 보이지 않았다. 가끔 바람에 뒤집히면서 언뜻 여린 빛을 반사하는 풀잎의 모서리 외에는.

모두들 시선을 그녀들이 사라진 어두움의 덩어리 쪽으로 두고 있으면서도, 어느 누구도 그녀들의 위험한 걸음을 되돌리려 뒤따라 뛰어나가지 않았다. 누구나가, 그녀가 인가를 찾을 때까지, 혹은 대로에 나설 때까지 오래 어둠 속을 걸어야 하는 것을 잘 알고 있었다. 그러나 광란의 웃음을 계속하도록 태엽이 감긴 장난감 악기처럼 그들은 웃음을 멈출 수가 없었다. 누군가가 문을 닫아버렸다. 모두가 침묵했고, 무슨 일이 일어났는지 알아차릴 정도로 정신이 깨었기 때문에 다시, 새벽까지 마셨던 것이다.

이튿날 둘, 셋으로 나누어 차를 타고 서울로 올라오는 길은 무겁고 조용했다. 하나코는 이렇게 해서 그들의 모임에서 사라졌다.

그 후, 그들 사이에서 그녀, 장진자가 언급될 때 그녀는 하나코로 명명되었다. 그녀에 대해 얘기하고 싶은 마음과, 그녀에 대해 얘기하는 것을 자제하고 싶은 두 가지의 상반된 욕구가 교묘하게 절충되면서 그런 별명이 붙여졌던 것이다. 가끔 그 별명으로 그녀가 술자리의 객담에 등장하는 일은 있어도, 그날, 모두가 낙동강 가로 표류했던 그날, 어둠 속으로 사라져 버린 그림자의 실상에 대해서는 굳건히 침묵했을 뿐이었다.

그날의 밤은, 생소해서 더욱 어두워 보이는 이 여행지의 밤만큼 속수무책이었던 것 같다. 그는 어둠을 등지고 무릎을 오므려 벽 쪽으로 돌아누웠다. 태평스러운 낮은 휘파람을 부르면서 누군가가 복도 쪽으로 빨리 지나갔다. 아래쪽의 좌석에서는 요란한 코 고는 소리가 들려오고, 침대는 여전히 세 개가 비어 있었다.

로마에 내리자마자 서울에 전화를 걸리라. 그의 마음은 예전에 비해 한 치도 바뀐 것이 없다고. 당신의 자리가 너무도 비어 있었노라고. 꼭 한번 아이를 데리고 베네치아에 같이 오자고. 그런 기약 없는, 확신 없는 전언을 전하기 위해 전화를 걸리라. 모든 것이 아주 쉽게 이루어지리라. 지금까지 그래 왔던 것처럼. 그렇지만 아내가 이렇게 말한다면. 이번에는 그렇게 할 수 없어요. 얘기를 합시다. 단 한 번만이라도 서로에 대해 솔직하게. 그는 양미간에 깊은 주름을 지으면서 잠이 들었다.

서울에서 그는 저녁 술자리를 마련했다. 그것은 여느 술자리처럼 사업 얘기와 세상 돌아가는 얘기와 이권이 있는 장소에 대한 점검……들로 이루어졌다. 그 또한 J처럼 혹은 P처럼 혹은 다른 누구처럼 이탈리아의 여행과 베네치아의 곤돌라—어쩌면 그토록 유명한 그 도시의 명물이 한 번도 그의 의식에 와닿지 않았을까—의 이국적인 아름다움에 대해 침이 마르게 칭찬했다. 그리고 모두들 취했고, 늘 그렇듯이 결론 조로 세상이 그런대로 그럭저럭 굴러가고 있으며, 아이들은 잘 크고 아내들과는 근본적인 마찰만 피하면 잘 지내며, 다음 날은 오늘보다 조금 덜 피곤할 것이며, 아마도 조금 더 풍족할 것이라는 정도로 요약되는 이야기들을 주절주절 늘어놓으며, 그들은 이튿날의 출근을 위해 흩어졌다.

"그렇게 날 몰라요?"라고 전화로 말하던 하나코의 음성은 가끔 유령의 목소리처럼 그의 귓가에 울리기도 했다. 그렇지만 그런 종류의 질문에 대답하기에 그의 삶은 너무 원대한 이유로 분주했다. 이탈리아 모자 원단 회사와의 거래는 끊임없이 번창했지만 그는 이후 한 번도 출장을 자청하지 않았다. 그의 욕구에 비해서는 늘 불충분했지만, 먹어가는 나이에 걸맞은 위치로 승진해 있었기 때문에 그런 종류의 출장 여행을 직접 할 필요가 없기도 했다. 그는 더 중요한 것을 결정하는 사람이 되었고 그런 일로 바빴다. 아내와 초등학교 입학을 눈앞에 둔 딸아이를 데리고 이탈리아 베네치아로 가족 여행을 도저히 할 수 없을 정도로.

거래가 활발해지기 시작한 이래, 이탈리아 상공회의소에

서는 매년 외국 바이어들을 위한 홍보 잡지 형식의 영어판 상업 정보지를 꾸준하게 그의 회사로 보내왔다. 그의 출장 여행에서 수년이 지난 어느 달에도.

그 달의 잡지에는 두 명의 동양 여자를 담은 커다란 사진과 함께 인터뷰 기사가 실렸다. '동양의 매력을 의자에 담는 한 쌍의 한국인 디자이너, 귀국 전야의 인터뷰.' 이런 제목이 붙은 기사를 대동한 사진 속의 한 명은 하나코의 얼굴이었고 그 옆에서 활짝 웃고 있는 얼굴은 지금은 이름조차 기억나지 않는, 하나뿐인 것 같던 그녀의 여자 친구였다. 거기에는 그들이 우연히 참여한 이탈리아 주최 국제인테리어디자이너대회에서 시작해, 촉망받는 독창성을 지닌 한 쌍의 디자이너로 독립하기까지의 과정이 대담 형식으로 쓰여 있었다. 바로 그들과 가까이 지내던 시절의 하나코, 하나부터 끝까지 생소할 뿐인, 그녀의 학창 시절의 약력도 소개되어 있었다.

언제, 어떻게 하나코는 그들도 모르는 사이 이렇게 살았던 걸까.

인터뷰 기사는 이 한 쌍의 여인이 의자 디자인만 고집하는 전문성에 대해, 신체적인 편안함과 감각적인 미를 동시에 조준하는 그들 디자인의 독특한 매력에 경의를 표했다. 나머지 부분은 그녀들이 고안한 의자 사진이 곁들여진 전문적인 내용으로, 이탈리아와 한국에 동시에 개점할 그녀들의 사업에 대한 구체적인 절차와 계획을 다루고 있었다. 이 두 여인에 대해 기사는 때로는 동업자, 때로는 동반자라고 썼다.

하나코의 얼굴은, 옆에서 웃고 있는 친구의 얼굴 쪽으로 반 정도 돌려져 있어서 오똑하게 돋아난 코가 더욱 부각되어 보였다.

포스트잇

한국 사회는 강력한 가족주의를 바탕으로 압축적 근대화를 이루어왔다. 김희경은『이상한 정상가족』에서 우리 사회를 일컬어 개인이 아닌 가족 단위로 사다리에 오르는 사회라고 말한 바 있다. 그 중심에는 치열한 외부 세계의 경쟁을 뒷받침하는, 돌봄에 헌신적인 여성이 있다. 가족 사회학자들의 연구에 따르면 남성은 제도적 부계 가족주의를, 여성은 정서적 가족주의를 내면화하는 경우가 많다. 예를 들어 "아버지 같은 선생님"에서 엄숙한 부권을 상상한다면, "어머니 같은 선생님"이라는 호칭에서는 희생적 포용을 기대한다. 이러한 가족주의의 영향력은 사회 곳곳에 닿아 있다. 회사가 신입 사원을 모집할 때 가족적인 사내 분위기를 장점으로 강조하는가 하면, 여성 소비자를 어머님이라 부르거나 식당에서 일하는 여성을 이모님이나 누님라고 말하는 일이 드물지 않다. 개별 여성의 이름은 제대로 호명되지 못하고 누구 엄마 같은 가족 간 호칭으로 흡수되기도 한다. 가족제도에서 튕겨져 나온 여성이라고 해서 존재 지우기에서 예외였던 것은 아니다.「하나코는 없다」는 남성들이 가족주의 바깥의 모처에 두고 내키는 대로 회상하려 했던 한 여성에 대한 이야기다.

이야기는 이탈리아 로마에서 베네치아 본섬으로 향하는 한밤의 기차 안에서 시작된다. 주인공은 모자를 만드는 회사에서 일하는 32세 남성으로 로마에 출장을 왔는데 업무 중 틈을 내어 베네치아에 왔다. 대학 시절부터 알고 지내던 여성인 하나코를 만나기 위해서다. 하나코와 만난 지는 꽤 오래되었다. 반면 한때 대학 동창이었고 요즘은 사업 이야기를 나누는 남성 친구들과는 정기적으로 얼굴을 본다. 모자업계 동료인 K를 비롯해, 이 동창 모임의 일원들은 음담패설까지 공유하는 막역한 친구들이다. 종종 "아이 한 둘은 매단 채, (……) 건강식품 광고에 나오는 이상적인 가족 세트처럼" 아내나 아이들을 모임에 데리고 나와 가족애를 드러내기도 한다. 그리고 그들은 하나코를 알고 있다는 공통점을 갖고 있다. 가족제도 안으로 편입되기 전 그들의 모임에는 늘 또래 대학생인 하나코가 동석했기 때문이다.

하나코는 그 여성의 본명이 아니다. 우연히 붙인 농담조의 별명이 그 여성을 부르는 호칭이 되어버렸다. 그들만의 대화에서 하나코의 실제 이름은 전혀 등장하지 않으며 "분위기 쇄신이 필요할 때라든가, 각자 사귀고 있던 여자와의 까다로운 심리전에 지쳐 있을 때"마다 어김없이 하나코에게 연락을 했다. 하나코는 그들이 주고받는 객기 어린 대화에 무리 없이 들어와 진지한 질문을 던져주곤 했다. 여러 해가 흘러 그 남성들은 가장이 되었고 가족과 함께하는 일상에 익숙해졌다. 반면 자신들이 이름조차 똑바로 불러주지 않았던 추억 속의 여성 하나코를 만나는 일은 "잦아드는 용기를 길어 올리기 위해" 일부러 베네치아행 열차를 탈 정도의 각별한 이벤트가 된다.

주인공과 K를 비롯한 모임의 남성들은 하나코의 일상에 거의 관심을 갖지 않는다. 하나코는 애당초 자신들처럼 사회에 진출하여 미래의 동료가 될 것으로 기대되는 사람이 아니었다. 자신들의 지루한 전망은 소중했지만, 하나코가 들려주는 구체적 계획은 굳이 귀 기울일 필요가 없는 막연한 것으로 취급되었다. 하나코는 그들을 향해 "우리는 친구"라고 말했지만, 정작 그들은 하나코의 존재를 없는 것으로 취급한 것과 마찬가지였다. 그럼에도 이 남성들이 하나코를 특별하게 기억하는 이유는, 하나코가 이른바 "가족 세트"에 속하기 위한 여성이 아니었다는 점과 관련이 있다. "가족 세트"에 편입될 여성의 그룹은 따로 있었고 그들은 시답지 않은 대화에 초대되지도 않았으며 별명조차 갖지 못한 채 가부장제라는 덩어리의 일부가 되었다. 아무개 엄마 같은 가족 호칭으로 불리며 이름이 묻힌 채 살아간다. 낭만적 회고의 장면에서조차 등장하지 않는 것이다. 하지만 여성을 한 사람의 독립적 존재로서 인정하지 않고 있다는 점에서 남성들이 하나코를 대하는 태도와 아내를 대하는 태도는 근본적으로 다르지 않다.

이 작품의 제목인 「하나코는 없다」는 중의적 의미를 갖는다. 남성들이 결혼 전후에도 회상의 상대로 끊임없이 소환한 하나코라는 미지의 여성은 사실상 없다는 의미가 그중 하나다. 그들은 "철학적이며 고상한 것 같은 편지를 주고받을 여자"로서 하나코를 그리워한다. 오직 그만큼이며 하나코에게 삶의 독자적 계획과 목적이 있을 것이라는 것은 상상하지 않는다. 남성들이 원하는 여성은 "공기나 혹은 적당한 온기처럼" 그들 곁에 머무르는 가벼운 여성이어야 했다. 그러나 하나코는 그보다 훨씬 무거운, 자신만의 포부를 지닌 사람이었다. 세월이 흘러 인테리어 디자이너 '장진자'로서 이탈리아의 한 사무실에서 일하고 있는 하나코를 직면하는 일은 그들의 마음속에 있지도 않았던 존재와 만나는 일이기 때문에 내키지 않는 일이 된다. 이 머뭇거림은 주인공의 것만은 아니다. 이탈리아까지 와서 하나코에게 전화만 하고 오지 않았던 J, 차 한 잔도 마시지 않고 떠났던 P는 모두 한 사람의 인간으로서 하나코와 마주 앉게 되는 것을 두려워했다. 하나코를 찾아 그 먼 곳까지 갔지만 하나코는 없었던 것이다.

하나코가 없다는 것의 또 다른 의미는 이 사회가 여성의 존재를 보란 듯이 지워버리는 것에 대한 비판이다. 가부장적 사회에서 여성은 누군가의 아내, 누구의 엄마와 같은 가족 관계 안에서만 설 자리를 얻었다. 주인공과 그의 친구들이 다른 여자들과 데이트를 할 때는 좋은 식당을 택하면서 하나코와 만날 때는 아주 볼품없고 값싼 식당을 택하는 것은 의미심장하다. 가족제도에 편입될 여성을 고를 때 가부장제는 그 여성들을 아주 신중하고 정중하게 대한다. 그러나 가부장제에 편입이 완료된 순간 그 여성들은 없는 존재가 된다. 주인공과 그 친구들의 아내들은 어느 누구도 이름을 가지고 등장하지 않는다. 아내의 존재란 친정 가서 없는 사이에 하나코의 편지를 찾을 여유를 주는 정도의, 가정을 지키는 가전제품과도 같은 존재다. 이 작품이 발표된 것은 1994년인데, 비슷한 시기 한 전자제품 회사의 광고가 크게 인기를 모은 적이 있다. 가전제품은 "또 하나의 가족"이라는 것이 광고의 핵심이었다. 바꾸어 생각해보면 가족이었던 아내는 주인공이나 K와 P에게 또 하나의 가전제품이었을 수도 있다. 그들이 베네치아에 하나코를 찾아가서 확인하고 싶어 하는 것은 남편의 존재나 "애가 몇입니까?" 같은 사항들이다. 이는 하나코가 가족에게 편입된 여성인지 확인하고 존재를 확실히 지우고 싶어 하는 것에 다름 아니다.

작가는 이 소설을 통해서 여성을 없는 존재로 치부

하는 남성 중심주의 사회의 현실을 비판한다. 그리고 하나코라고 불렸으나 장진자였던 자립적인 한 여성의 삶을 의존적인 가부장적 남성들의 무력한 모습과 견주면서 어떤 지워짐의 시도 속에서도 살아 있는 여성들의 존재를 입증한다.

생각의 타래

1. 주인공과 K를 비롯한 그의 친구들은 한결같이 하나코에게 자신들의 결혼 날짜를 알리지 않는다. 그 이유는 무엇이었을까?

2. 노래하기를 싫어하는 하나코와 하나코의 친구에게 집중적으로 노래를 강요했던 주인공과 그 친구들의 행위에 대해서 비판적으로 이야기해보자. 이 장면은 그들이 하나코를 어떻게 생각하고 있었는지가 노골적으로 드러나는 대목이다. 취기를 얹어 하나코를 몰아붙이는 그들의 행위는 어떻게 바라볼 수 있을까?

3. 주인공과 그의 친구들은 가족을 이루고 직장을 얻은 뒤 "더 중요한 것을 결정하는 사람이 되었고 그런 일로 바빴다"라고 말한다. 그리고 그들도 모르는 사이에 하나코가 디자이너로서 살아가고 있으며 약력을 가지고 있었다는 사실을 알고 생경하게 받아들인다. 이탈리아에 도착해서야 확인한 하나코의 약력이 새삼스럽게 낯설게 여겨진 까닭은 무엇일까?

4. 하나코는 자신을 향해 실언을 한 주인공에게 "우리는 친구"라고 말한다. 의외의 연서를 보내온 J에게는 자신이 그 편지의 적합한 수신인이 아니라고 말한다. 이렇게 말한 이유는 무엇이었을까?

5. 우리 주위에서 하나코처럼 이름이 지워진 여성의 삶이 있는지 살펴보고 그 삶을 복원하는 이야기를 적어보자.

한강

내 여자의 열매

1

아내의 몸에서 피멍을 처음 본 것은 늦은 오월의 일이었다. 관리실 옆 화단의 모란은 잘린 혀 같은 꽃이파리들을 뚝뚝 뱉어대고, 노인정 어귀의 보도블록에는 문드러진 흰 라일락꽃들이 행인들의 구두 밑창에 엉기던 봄날이었다.

정오가 가까웠다.

무른 복숭아살 같은 햇볕은 무수한 모래 먼지며 꽃가루들이 제 몸에 달라붙도록 내버려 둔 채 거실 바닥으로 물컹물컹 쏟아져 들어오고 있었다. 그 들큼하고 미지근한 볕을 흰 러닝셔츠 바람의 등짝으로 받으며, 아내와 나는 말없이 일요일 자 조간신문을 나누어 읽고 있었다.

지나간 한 주는 그 앞의 다른 주들과 마찬가지로 고단하였다. 휴일에만 허락되는 늦은 아침잠에서 나는 수분 전에야 눈을 뜬 참이었다. 모로 누인 노곤한 몸을 이따금씩 뒤틀어 편안한 자세를 만들어가며, 나는 가능한 한 가장 느린 속도로 활자들을 훑어 내려가고 있었다.

"참, 당신이 한번 봐줄 테야? 왜 이렇게 멍이 가시지 않는지 몰라."

아내의 이야기를 이해했다기보다는 단지 그 어디쯤에서 정적을 깨뜨리는 소리가 들려왔기 때문에, 나는 다소 방심한 시선을 그녀가 있는 쪽으로 쳐들었다.

나는 허리를 곧추세워 앉았다. 신문 갈피를 손가락 사이에 끼운 채 손바닥으로 눈자위를 비볐다. 러닝셔츠를 브래지어께까지 들추어 올린 아내의 등허리와 배에 제법 깊은 멍 자국이 있었다.

"어떻게 다친 거야?"

아내는 잠자코 상체를 외틀더니 주름치마의 뒷지퍼를 엉치뼈 있는 곳까지 내려 보였다. 갓난아이의 손바닥만 한 연푸른 피멍들이 마치 날염捺染한 듯 또렷이 얹혀 있었다.

"응? 어떻게 다친 거냐구?"

재차 다그치는 내 날카로운 목소리가 십팔 평 아파트 거실의 적요를 찢었다.

"몰라…… 나도 모르게 어디서 뒹굴었는지…… 괜찮아질 줄 알았는데 외려 멍이 점점 커져."

"아프지는 않고?"

아내가 마치 잘못을 들킨 아이처럼 황황히 눈길을 피했으므로, 꾸짖는 듯했던 좀 전의 내 태도가 약간 미안하게 생각되어 나는 말씨를 누그러뜨렸다.

"욱신거리거나 하지는 않는데, 멍든 부분에 감각이 없어. 그게 더 무섭지 뭐야."

죄스러워하던 조금 전의 표정은 온데간데없이, 이야기하는 내용에 걸맞지 않게 입가에 생글생글 미소를 띄우더니 아내는 "병원에 가볼까?" 하고 물었다.

문득 나는 서먹서먹한 마음이 되어 아내의 동안童顔을 찬찬히 뜯어보았다. 사 년째 한집에서 살아온 사람이라는 것이 실감되지 않는 낯선 얼굴이었다.

나와 세 살 터울이 지는 아내는 올해 스물아홉 살이 되었다. 결혼 전에는 함께 거리를 걷기가 부끄러울 만큼 어려 보였던—화장을 하지 않은 날에는 여고생으로 오해하는 이들도 있었다—아내의 얼굴에는 천진한 이목구비에 어울리지 않는 피로의 흔적이 역력했다. 이제 어디에 가도 여고생이나 여대생이라는 오해를 받을 것 같지 않았다. 오히려 나이보다 늙게 보는 사람도 있을 듯했다. 붉은 물이 오르기 시작한 풋사과 같던 아내의 뺨은 주먹으로 꾹 누른 것처럼 깊이 패었다. 연한 고구마 순처럼 낭창낭창하던 허리, 보기 좋게 유연한 곡선을 그리던 배는 안쓰러워 보일 만큼 깡말라 있었다.

마지막으로 밝은 곳에서 아내의 알몸을 본 것이 언제였던가 하고 나는 기억을 더듬어보았다. 올해가 아닌 것은 분명했으며, 지난해였는지도 확실하지 않았다.

하나뿐인 식구의 몸에 저만큼 깊은 멍이 든 것을 모르고 지냈을까. 동그랗게 올려 뜨고 있는 아내의 눈 옆에 가늘게 팬 주름들의 수효를 헤아려보다가, 나는 아내에게 옷을 모두 벗어보라고 말했다. 살이 빠진 탓에 흉하게 두드러져 보이는 광대뼈 언저리를 붉히며 아내는 항의했다.

"누가 보면 어쩌려고 그래?"

맞은편 아파트를 정면으로 마주 보고 있는 다른 집들과 달리 이 집의 베란다는 동부간선도로에 연하고 있었다. 간선도로와 중랑천 너머 가장 가까운 아파트 단지까지의 거리가 세 블록이니 성능 좋은 망원경이 아니고서야 이쪽을 훔쳐볼 수 없을 테고, 고속도로를 질주하는 자동차 안에서 십삼층 아파트의 거실을 들여다볼 수도 없을 일이었다. 그러니 "누가 보면 어쩌려고 그래?"라는 아내의 항의는 나에 대한 부끄러움 말고는 별 뜻이 없는 것이었다. 신혼 무렵의 휴일이면 다름 아닌 이 거실에서, 팔월의 무더위를 견디느라고 베란다의 안쪽 유리문과 바깥쪽 창문까지 죄다 열어젖힌 채 한낮에도 몇 차례씩 서투른 사랑을 나누다가 녹초가 되곤 하지 않았던가.

일 년쯤 지나자 우리는 더 이상 사랑에 서투르지 않게 되었으나, 녹초가 되도록 사랑하는 일에도 차츰 열중하지 않게 되었다. 아내는 초저녁잠이 유난스럽게 깊었다. 내 귀가가 늦으면 어김없이 먼저 잠들어 있곤 했다. 혼자서 열쇠로 현관문을 따고 들어와 손발을 씻고 불 꺼진 안방으로 들어가면, 잠들어 있는 아내의 고른 숨소리가 적막했다. 그 외로운 마음을 달래보려고 아내를 안으면, 잠에 흠뻑 취한 눈을 반쯤 뜬 아내는 거부하지도, 그렇다고 뜨겁게 되안아주지도 않은 채 내 몸의 움직임이 멈출 때까지 잠자코 내 머리털을 쓸어주고 있을 뿐이었다.

"전부 다? 다 벗으라구?"

터져 나오는 웃음을 간신히 참는다는 듯 잔뜩 찌푸린 얼굴로, 아내는 벗은 속옷을 둘둘 공처럼 말아 쥐고는 그것으로 음부를 가렸다.

참으로 오랜만에 밝은 곳에서 보는 아내의 알몸이었다.

그러나 나는 욕망을 느낄 수 없었다. 둔부뿐 아니라 옆구리며 정강이, 흰 허벅지의 안쪽 살에까지 연두색 피멍이 든 꼴을 보니 와락 화가 치밀었고, 화가 가시자 까닭 모를 쓸쓸한 마음이 들었다. 방심하기 쉬운 성격의 이 여자는 어느 밤거리에선가 초저녁잠에 취한 얼굴로 걸어가다가 서행하는 차에 부딪혔거나, 불 꺼진 아파트 비상계단에서 발을 헛디뎌 굴러떨어져놓고는 잠결에 그 기억마저 잃어버린 것이나 아닐지.

쏟아져 들어오는 늦봄 햇살을 등에 지고 두 손으로 음부를 가린 채 오두마니 서서는 "병원에 가볼까?" 하고 다시 자문을 구하는 아내의 모습이 그지없이 한심하고 가엾고 서글퍼서, 나는 참으로 오랜만에 애틋한 마음이 되어 아내의 깡마른 몸을 꼭 한번 끌어안아주었을 뿐이었다.

2

괜찮아질 줄 알았다. 그렇게 생각했기 때문에 그 봄날 아내의 마른 몸을 안으며 "통증이 없다니까 금세 가실 거야. 어디, 당신이 제 몸 못 가눠 여기저기 상처 내는 게 어제오늘 일이야?"라고 너털웃음 섞인 면박을 주었던 것이다. 제법 열기를 품은 바람이 키 큰 플라타너스 잎사귀들과 그 속에서 껌벅이는 가로등의 충혈된 눈들을 끈적끈적한 뺨으로 비벼대던 초여름밤, 식탁 맞은편에 앉아 늦은 저녁을 함께 먹던 아내가 소리 내어 숟가락을 내려놓을 때까지 나는 그녀의 멍을 까마득히 잊고 지냈다.

"아무래도 이상해서 그래…… 당신이 다시 한번 봐."

아내는 반소매 아래 드러난 앙상한 두 팔을 쳐들더니 티셔츠와 속옷을 한꺼번에 벗었다. 나는 짧은 신음을 뱉고 말았다.

지난봄만 해도 갓난아이 손바닥만 했던 피멍들이 이제 큼직한 토란잎처럼 부풀어 있었다. 게다가 멍의 색깔이 그때보다 진해졌다. 봄날의 연푸른 실버들 가지가 여름 들면서 짙게 푸르러진 것 같은 둔탁한 녹색이었다.

마치 타인의 몸을 만지듯이 떨리는 손을 뻗어 아내의 멍든 어깨를 쓸어보았다. 얼마나 아프게 다치면 이런 멍이 드는 것일까.

그러고 보니 이날 아내의 얼굴은 납물이 든 것처럼 푸르스름하게 지질려 있었다. 제법 윤기가 있었던 머리카락은 마른 시래기처럼 푸석푸석했다. 눈의 흰자위는 새하얗다 못해 엷은 쪽빛이 났는데, 그 때문에 유난스레 검어 보이는 눈동자가 물기를 머금고 번쩍이고 있었다.

“내가 요즘 왜 이럴까. 자꾸만 밖으로 나가고 싶고, 밖에만 나가면…… 햇빛만 보면 옷을 벗고 싶어져. 뭐랄까, 마치 몸이 옷을 벗기를 원하는 것 같아.”

기이해 보일 만큼 비쩍 마른 상체를 벌거벗은 아내가 맞은편 의자에서 일어섰다.

“그저께는 발가벗고 베란다로 나가서 빨래 건조대 옆에서 있어보기도 했어. 창피한 줄도 모르고…… 누가 볼지 모르는데…… 영락없이 미친 여자처럼 말이야.”

쥐고 있던 젓가락 두 짝의 모서리를 초조하게 만지작거리며, 나는 아내의 앙상한 몸이 나에게 다가오는 것을 바라다보고만 있었다.

“배도 고프지 않아. 물은 예전보다 많이 마시는데…… 하루에 밥은 반 공기도 못 먹어. 그렇게 안 먹으니까 위액이 잘 분비되지 않는 것 같아. 억지로 먹어도 소화가 안 되고, 자꾸만 아무 데서나 토악질을 해.”

아내는 허물어지듯 무릎을 접더니 내 넓적다리에 얼굴을 묻었다. 설마, 우는 것일까? 내 트레이닝복 바지가 미지근하게 젖었다.

“하루에도 몇 번씩 토하는 기분이 어떤 건지 알아? 맨땅 위에서 멀미를 하는 사람처럼, 허리를 펴고 걸을 수가 없어. 머리가…… 오른쪽 눈이 후벼 파는 것같이 아파. 어깨가 나무 토막처럼 딱딱해지고, 입에 단물이 고이고, 노란 위액이 보도

블록에, 가로수 밑동에……"

촉이 닳은 형광등이 벌레 우는 소리를 내고 있었다. 그 음음한 전등 빛 아래, 등짝에 피멍이 든 아내가 입술을 물어 흐느끼는 소리를 죽이고 있었다.

"병원에 가봐."

아내의 얼굴을 들어 올리며 나는 말했다.

"내일 당장 내과에 가봐."

아내의 얼굴은 볼썽사납게 젖어 있었다. 마른 시래기 같은 그녀의 머리채를 손갈퀴로 빗어 내리며, 나는 이를 드러내어 웃어 보였다.

"그리고, 제발 나다닐 때 조심 좀 해라. 다 큰 사람 몸에 이멍이 다 뭐냐? 어린애도 아니고."

눈물방울이 고여 있던 입술을 힘없이 벌리며 아내의 젖은 얼굴이 웃었다.

3

아내에게 원래 눈물이 많았던가? 그렇지 않았다. 상계동 아파트에 사는 건 싫어,라고 말하며 처음 눈물을 흘렸을 때 아내는 스물여섯 살이었다. 처녀 적의 아내는 웃음이 많았고, 목소리에도 언제나 나직한 웃음의 기운이 밝은 배경색처럼 깔려 있었다. 동안인 데 비하여 어른스럽고 차분한 그 목소리를 처음으로 떨며 아내는 말했었다.

인구 칠십만이 모여 산다는 거기서 천천히 말라 죽을 것 같아. 수백 수천 동 똑같은 건물에, 칸칸마다 똑같은 주방에, 똑같은 천장에, 똑같은 변기, 욕조, 베란다, 엘리베이터도 싫어. 공원도, 놀이터도, 상가도, 횡단보도도 다 싫어.

왜 갑자기 어린아이처럼 그래.

이야기의 내용보다는 그 목소리의 부드러움에만 가만히 귀를 기울이고 있다가 나는 어린아이를 달래듯이 말했었다.

살아보지도 않고서 왜 그런 말을 해. 사람이 많은 게 왜 싫다는 거야.

나는 약간 정색한 얼굴로 아내의 눈을 들여다보았다. 선한 눈이었다.

일부러라도 나는 번화가가 가까운 곳에서만 자취방을 얻곤 했어. 인파가 득시글거리고, 시끄러운 음악이 거리를 쾅쾅 울리고, 혼잡하게 도로를 메운 차들이 경적을 뱉어대는 곳으로만 옮겨 다녔어. 그러지 않고는 배겨낼 수가 없었어.

그 선한 눈에서 거짓말 같은 눈물이 굴러떨어졌다.

그러지 않고는 혼자서 버텨낼 수 없었다구.

아내는 그 눈물을 손바닥으로 닦더니, 계속해서 흘러나오는 눈물을 마치 세수하듯 두 뺨에 거푸 문질렀다.

……시름시름 앓다가 죽어갈 것 같단 말이야. 그 십삼층

에서 내려오지 못할 것 같단 말이야. 빠져나올 수 없을 것 같단 말이야.

왜 그렇게 끔찍한 소릴 해. 별나기도 하구나, 정말.

이곳 상계동 아파트에 집을 얻어 살기 시작한 첫해에 아내는 과연 자주 잔병을 앓았다. 산동네 자취방의 추위에 익숙해 있던 아내는 밀폐된 아파트의 중앙난방에 적응하지 못했다. 가파른 비탈길을 잰걸음으로 오르내리며 박봉의 출판사를 개근하느라 최대한으로 단련되어 있었던 그녀의 몸은 쉽사리 원기를 잃었다.

그러나 아내가 직장을 그만둔 것은 결혼 때문은 아니었다. 내가 구체적인 결혼 이야기를 꺼낸 것은 아내가 직장을 그만둔 지 얼마 되지 않았던 때였다. 아내는 그동안 저축했던 월급과 퇴직금, 그리고 주말에 두어 건의 과외 아르바이트를 뛰어 모아둔 돈을 죄다 털어서 이 나라를 떠날 생각을 해오던 참이었다.

떠나서 피를 갈고 싶어,라고 아내는 말했었다. 줄곧 가방에 넣어 가지고 다니던 사직서를 마침내 직속 상사에게 올렸다던 날 저녁이었다. 혈관 구석구석에 낭종囊腫처럼 뭉쳐 있는 나쁜 피를 갈아내고 싶다고, 자유로운 공기로 낡은 폐를 씻고 싶다고 아내는 말했다. 자유롭게 살다가 자유롭게 죽는 것이 어릴 적부터의 꿈이었다고, 여건이 되지 않아 줄곧 미루어만 왔지만 이제 얼마간의 돈을 모았으며 자신감도 생겼으므로 그것을 실현할 수 있게 되었다고 했다. 일단 떠나서 육 개월쯤 한 나라에 머물다가 다른 나라로 떠나고, 그곳에서 다시 몇 달을 머무르다가 또 다른 나라로 떠날 것이라고 했다.

죽기 전에 말이야,라고 아내는 말하며 나직하게 웃었다.

그렇게 세상 끝까지 가보고 싶어. 가장 먼 곳으로, 지구 반대편까지 쉬엄쉬엄.

그러나 세상의 끝으로 떠나버리는 대신 아내는 그 얼마 안 되는 자금을 이 아파트의 전세금과 결혼 비용에 털어 부었다. "아무래도 헤어질 수가 없어서"라는 짤막한 한마디로 아내는 자신의 행동을 설명했다.

아내가 꿈꿔왔다는 자유라는 것은 얼마만큼의 실제적인 의미를 갖는 것이었을까. 그렇게 쉽사리 포기할 수 있었던 것을 보면 그다지 대단한 것은 아니었으리라고 나는 짐작했다. 그것을 위해 그녀가 세웠던 계획이라는 것들 역시 어린아이 같은 것, 비현실적이고 낭만적인 몽상이었으리라고 나는 생각했다. 그 점을 아내가 뒤늦게 깨달은 것이며, 그 깨달음은 어쩌면 나로 인한 것이었으리라는 자부심 섞인 추측에 이르렀을 때 나는 일말의 감동을 느꼈다.

그러나 몸이 자주 아픈 탓이었겠지만, 좁은 어깨를 시든 배춧잎처럼 늘어뜨린 채 베란다 유리문에 뺨을 붙이고 서서 질주하는 차들의 모습을 내려다보고 있는 아내를 보면 가슴이 내려앉곤 했다. 마치 누군가의 투명한 팔이 아내의 어깨를 결박하고 있는 듯이, 보이지 않는 사슬과 묵직한 철구鐵球가 발과 다리를 옴쭉달싹하지 못하게 하고 있는 것처럼, 그녀는 숨소리도 크게 내지 않은 채 거기 서 있었다.

깊은 밤과 새벽이면 한산한 도로를 과속으로 질주하는 택시며 오토바이 들의 굉음에 아내는 깜짝깜짝 깨어 몸을 떨곤 했다. 차들이 아니라 도로가 달리고 있는 것 같다고, 도로와 함께 이 집도 어디론가 떠내려가고 있는 것 같다고 아내는 말했다. 굉음이 멀리 사라진 뒤에야 다시 혼곤한 잠에 빠져드는 아내의 귀염성 있는 얼굴은 산 사람 같지 않게 창백했다.

저것들, 다 어디서 왔을까.

그러던 어느 날인가, 들릴 듯 말 듯한 쉰 목소리로 아내는 꿈결처럼 물은 적이 있다.

……다들 어디로 저렇게 달려가는 거야?

4

다음 날 밤 내가 현관문을 따고 들어섰을 때, 아내는 거실을 서성거리다가 내 발소리를 들었는지 현관 쪽으로 나와 있었다. 그녀는 슬리퍼도 양말도 신지 않은 맨발이었다. 제때 손질하지 않은 흰 발톱들이 둥글게 휘어 있었다.

"병원에서 뭐라고 해?"

아내는 대답하지 않았다. 구두를 벗는 내 모습을 잠자코 지켜보다가, 윤기 없는 머리카락 한 올이 뺨으로 흘러내린 것을 귓바퀴 뒤로 쓸어 넘기고는 고개를 옆으로 돌렸다.

저 옆얼굴이었다고 나는 생각했다. 처음 아내를 소개받던 날, 중개 역할을 해준 직장 선배가 느지막이 자리를 피해주자 잠시 정적이 흘렀고, 아내의 얼굴에 떠오른 저 비밀스러운 표정에 나는 당황했었다. 마치 어딘가 먼 곳을 헤매고 있는 듯한, 그러나 그곳이 어디인지 아무에게도 가르쳐준 적 없는 듯한 눈길이었다. 언뜻 밝고 사랑스럽게만 느껴졌던 얼굴에서 마치 다른 사람의 것 같은 외로움을 읽었기 때문에, 순간 나는 아내가 나를 이해하리라고 생각했다. 나는 평생을 외롭게 살았습니다,라고 내친김에 술기운을 빌려 고백했을 때 스물여섯 살의 아내는 여전히 저렇듯 쓸쓸하다 못해 차가운 옆얼굴로 먼 곳을 응시하고 있었다.

"병원에 가긴 간 거야?"

아내는 옆으로 돌린 고개를 미미한 동작으로 끄덕였다. 아내가 고개를 돌리고 있는 것은 나쁜 안색을 숨기기 위한 것일까, 혹은 나의 어떤 행동에 대한 불만을 표하는 것일까.

"얘기를 좀 해봐. 의사가 뭐래?"

"괜찮대."

숨을 몰아쉬듯이 그녀는 말했다. 무섭도록 차분한 말씨였다.

아내를 처음 만났을 때 가장 마음에 들었던 것은 그녀의 목소리였다. 턱없는 비유겠지만, 공들여 옻칠을 하고 유약을 바른 다과상 같은 음성이라고 나는 생각했었다. 아껴두었다가 귀한 손님이 올 때만 꺼내게 되는, 가장 좋은 차와 다기를 올려놓고 싶어지는 단아한 찻상 말이다. 그날, 불안정하게 떨려서 나온 내 고백에 조금도 동요되지 않은 채 아내는 예의 차분한 목소리로 심상하게 대꾸했었다. 나는 평생을 정착하지 않고 살고 싶어요,라는 것이 그녀의 대답이었다.

그때 나는 화초 이야기를 했었다. 나의 꿈은 아파트 베란다에 큼직한 화분들을 들여 거기다 파랑 상추랑 들깨를 심는 거라고 말했다. 여름이면 깨꽃이 눈처럼 하얗게 필 거라고도 했다. 화초와 채소에 대한 이야기가 내 체구에 어울리지 않는다는 듯 말끄러미 나를 바라보던 아내는, 부엌에서 콩나물도 길러 먹고 말입니다, 하고 덧붙인 내 마지막 말에 비로소 어렴풋이 웃었다. 그 가느다랗고 천진한 웃음의 끝에 매달려 나는 다시 말했다. 나는 평생을 외롭게 살았어요.

결혼한 뒤 나는 약속대로 베란다에 화분을 들여놓았지만 두 사람 모두 솜씨 좋은 관리자가 되지 못했다. 물만 부어주면 잘 자라리라고 생각했던 채소들은 어쩐 일인지 한 번의 수확도 거두지 못한 채 시름시름 죽어갔다.

누군가는 고층 아파트라서 땅의 기운을 받지 못하는 거라고 이야기했고, 누군가는 물과 공기가 나빠서라고 했다. 키우는 사람들의 성의가 부족한 탓이라는 질책도 받았으나 그것은 사실이 아니었다. 식물에 대한 아내의 정성은 예상 밖의 것이었다. 상추나 들깨 한 포기가 말라 죽으면 한나절 내내 울적한 기색이었고, 한 포기가 살아나는 듯싶으면 듣기 좋은 콧노래를 나직하게 흥얼거렸다.

어떤 까닭이었든 이제 베란다에 남은 것은 메마른 흙이 채워진 직사각형의 화분들뿐이었다. 그 죽은 화초와 채소 들은 다 어디로 갔을까 하고 나는 생각했다. 비가 오는 날이면 창틀에 화분을 올려놓으며 차가운 빗속에 손을 적셔보곤 하던 날들은, 젊었던 날들은 다 어디로 갔을까.

그러는 나를 보며 아내는 말했었다.

차라리 먼 데로 가, 우리.

잎사귀 가득 기운찬 빗줄기를 받아들이며 잠시나마 우쭐우쭐 되살아나는 채소들과는 달리 아내는 더욱 음울하게 시들어가고 있는 것처럼 보였다.

여기서는 답답해서 살 수가 없어. 콧물도 가래침도 새까매.

아내는 상춧잎 위로 여윈 손바닥을 내밀어 비를 받았다가 이내 베란다 밖으로 뿌렸다.

더러운 비야.

아내는 동의를 구하는 눈빛으로 나를 보았다.

잠깐 살아나는 것처럼 보일 뿐이야.

마치 '이 나라는 죄다 썩었어!'라고 술좌석에서 외치는 사람처럼 적의에 찬 목소리로 아내는 내뱉었다.

잘 자랄 리가 없잖아? 이렇게 시끄러운 곳에서…… 이렇게 답답한 곳에 저희들끼리 갇혀서!

그때 나는 더 이상 견딜 수 없다고 느꼈다.

뭐가 답답하다는 거야?

내 짧고 아슬아슬한 행복을 함부로 깨뜨리는 아내의 예민함을, 자신이 말한 대로 낡은 우울질憂鬱質의 피가 흐르는 그녀의 깡마른 몸뚱이를 더 이상 참을 수 없었다.

말을 해봐.

나는 두 손바닥 가득 받은 빗물을 아내의 얼굴에 끼얹었다.

뭐가 그렇게 시끄럽다는 거야?

소스라치며 얼굴을 씻는 아내의 입에서 나직한 신음이 새어 나왔다. 아내의 젖은 손이 거칠게 허공을 저었다. 차가운 빗물이 창문 안쪽에, 내 얼굴에 튀었다. 창틀에 얹어둔 화분이 그 서슬에 아내의 발등을 찍으며 베란다 바닥에 나동그라졌다. 성난 파편과 흙덩이 들이 아내의 옷과 맨발에 흩어졌다. 허리를 ㄱ 자로 접어 다친 발등을 두 손으로 움켜쥐며 아내는 아랫입술을 물었다.

결혼 전부터 아내에게는 내가 역정을 내며 소리침과 동시에 입술을 무는 버릇이 있었다. 잠시 입을 다물었다가 생각을 정리한 뒤에 조목조목 이야기를 시작하곤 했다. 그러나 그날 이후 아내는 입을 다문 뒤 다시 이야기를 시작하는 일이 없어졌다. 그날 이후 우리는 단 한 번도 싸우지 않았다.

"아무 이상 없대?"

나는 격한 피로와 외로움을 느끼며 양복 재킷을 벗었다. 아내는 그것을 받아 들지 않았다.

"아무 이상도 못 찾겠대."

아내는 짧게 대답했다. 여전히 고개를 옆으로 돌린 채였다.

5

아내는 차츰 말수를 잃어갔다. 나에게 무슨 말도 먼저 건네지 않았으며, 내가 무엇인가를 물으면 고갯짓으로만 대답했다. 대답하라고 소리치면 글쎄…… 하는 듯한 눈길로 다른 곳을 바라보는 것으로 그만이었다. 아내의 얼굴색이 나빠지고 있는 것을 이제 어두운 형광등 불빛 아래에서도 확연히 알아볼 수 있었다.

의사의 진찰이 아무 이상도 찾지 못했다면 아내는 위장이 아프다기보다 단지 마음이 괴로운 것인지도 몰랐다. 하지만 대체 무엇 때문에 괴롭다는 것일까.

지난 삼 년은 나에게 가장 따뜻하고 평화로운 시간이었다. 힘에 버겁지도 못 미치지도 않는 직장 일, 다행히도 무심하여 전세금을 올려 받지 않는 집주인, 만기가 가까워오는 아파트 청약금, 별다른 애교가 있는 것은 아니지만 나에게 충실한 아내까지, 모든 것이 적당히 덥혀진 욕조의 온수처럼 찰랑거리며 내 고단한 몸을 어루만져주고 있었다.

아내의 문제는 무엇일까. 어떤 괴로움이 심인성心因性의 장애까지 불러일으킨 것인지 나는 이해할 수 없었다. 이 여자가 이렇게 나를 외롭게 해도 되는 것인지, 무슨 권리로 나를 외롭게 하는 것인지 의아해질 때마다 막막한 염오감이 오래된 먼지처럼 켜를 이루어가는 것을 느낄 뿐이었다.

육박 칠일간의 해외 출장을 다음 날로 앞둔 일요일 아침, 거의 살갗 전체에 푸른 피멍이 앉아 흰 부분이 반점처럼 보이는 두 팔로 베란다에서 빨래를 털고 있는 아내를 보았을 때 나는 숨이 막히는 것을 느꼈다. 빈 빨래 통을 안고 거실로 들어오는 아내의 걸음을 막으며 나는 옷을 벗어보라고 했다. 반항하는 아내의 티셔츠를 벗기자, 둔탁할 만큼 진한 푸른 빛깔을 한 아내의 어깨가 드러났다.

나는 비척비척 뒤로 물러서며 아내의 몸을 노려보았다. 숱 많던 겨드랑이 털은 반나마 빠졌고, 말랑말랑하던 갈색 유두는 희끄무레하게 탈색되어 있었다.

"안 되겠어, 내가 장모님께 전화를 해야겠어."

"아니야, 내가 할게. 그러지 마."

혀를 씹는 듯 불분명한 발음으로 아내는 다급히 외쳤다.

"병원에 가, 알았어? 피부과에 가. 아니, 그럴 게 아니라 종합 병원에 가봐."

아내는 고개를 끄덕였다.

"내가 같이 가려고 해도 짬을 낼 수 없는 거 알잖아. 자기 몸은 자기가 알아서 챙겨야 할 거 아냐?"

아내는 다시 고개를 끄덕였다.

"장모님도 부르고. 내 말 들어."

입술을 문 채 아내는 계속해서 고개를 끄덕이고 있었다. 내 말을 들으면서 고개를 끄덕이는 것일까? 아무도 귀 기울여 듣지 않은 내 말이 싸구려 과자 부스러기처럼 거실 바닥에 흩어지는 소리를 나는 들었다.

6

엘리베이터의 문은 덜컹거리는 소리와 함께 한차례 되닫힐 뻔한 뒤 완전히 열렸다. 묵직한 여행 가방을 끌며 어두운 복도의 끝까지 걸어가 벨을 눌렀다. 응답이 없었다.

나는 선득한 철제 현관문에 귀를 댔다. 두 번, 세 번, 네 번. 아득히 먼 곳에서 울려오는 듯한 초인종 소리를 확인하며 계속해서 벨을 눌렀다. 가방을 문에 기대어놓고 손목시계를 보았다. 오후 여덟 시였다. 아무리 초저녁잠이 깊은 아내지만 이것은 좀 심했다.

나는 지쳐 있었다. 저녁도 먹지 못했다. 오늘만은 열쇠로 현관문을 따고 싶지 않았다.

혹 아내는 내 말대로 장모를 불러 병원에 갔거나 친정이 있는 고향으로 내려간 것일까? 그러나 현관에 들어서자 아내의 단벌 구두와 운동화, 슬리퍼가 무질서하게 흩어져 있는 것이 한눈에 보였다.

구두를 벗으며 나는 유난히 집 안 공기가 싸늘하다고 느꼈다. 슬리퍼를 신고 몇 발짝 걸어가기 전에 역한 냄새를 맡았다. 냉장고 문을 열자 호박이며 오이 따위의 찬거리들이 말라 비틀어진 채 등허리부터 썩어가고 있었다. 전기밥솥 속에는 오래전에 해놓은 밥이 반 공기쯤 말라붙어 있었다. 묵은 밥 냄새가 뜨거운 김과 함께 코를 찔렀다. 설거지도 되어 있지 않았다. 세탁기 위에 놓인 플라스틱 대야에는 잿빛 비눗물에 담가놓은 세탁물들이 썩는 냄새를 풍기고 있었다.

안방에도, 화장실에도, 다용도실에도 아내는 없었다. 나는 아내의 이름을 소리 내어 불렀다. 아무 대답도 들리지 않았다. 출장 떠나던 아침 내가 보다가 그대로 펼쳐놓은 조간신문과 오백 밀리리터들이 빈 우유 팩, 우유 방울이 하얗게 응고된 유리컵과 아내가 뒤집어 벗어놓은 흰 양말 한 짝, 빨간 가짜 가죽

지갑 따위가 거실 여기저기에 어지럽게 널려 있을 뿐이었다.

차 소리가, 간선도로를 거센 속력으로 질주하는 엔진음들의 불쾌한 울림이 집 안의 단단한 적막 위로 칼금을 긋고 있었다.

허기와 피로 때문에, 밥 떠먹을 깨끗한 숟가락 하나도 남김없이 싱크대의 개수통 안에서 썩어가고 있는 식기들 때문에 나는 외로움을 느꼈다. 그렇게 먼 곳에서 돌아왔는데 아무도 없다는 것 때문에, 긴 비행시간 동안 겪은 소소한 일들과 이역의 기차에서 본 풍경에 대해 이야기하고 싶었기 때문에, '피곤해?'라고 물어주는 사람이 없기 때문에, '괜찮아'라고 강인하고 참을성 있게 대답할 수 없기 때문에 나는 외로웠다. 외로움 때문에 화가 났다. 내 몸이 보잘것없어 세상의 어떤 것도 나에게 엉겨 붙지 않는 듯한 느낌, 어떤 옷으로도 가릴 수 없는 한기, 무엇으로도 누구로부터도 위로받을 수 없다는 당연한 사실을 용케 스스로에게 숨겨왔을 뿐이라는 생각 때문에 화가 났다. 언제 어디에서나 혼자이며 아무도 나를 사랑하지 않는다면 이미 나는 존재하지 않는 것이나 다름없는 것이다.

가냘픈 대답이 들려온 것은 그 찰나였다.

소리 나는 쪽으로 몸을 돌렸다. 아내의 음성이었다. 정확히 알아들을 수 없는 웅얼거림이 베란다로부터 들려오고 있었다.

"거기 있으면서 왜 대답도 안 했어?"

나는 발소리를 크게 울리며 걸었다. 강한 적막감이 순식간에 안도감으로 바뀌는 것을 느끼며, 이어 상대를 만난 짜증이 왈칵 혀끝으로 틀어 올라오는 것을 느끼며 베란다 문을 열어젖혔다.

"이 살림은 다 뭐야? 도대체 뭘 먹고 살았어?"

그때 나는 아내의 알몸을 보고 말았다.

아내는 베란다의 쇠창살을 향하여 무릎을 꿇은 채 두 팔을 만세 부르듯 치켜올리고 있었다. 그녀의 몸은 진초록색이었다. 푸르스름하던 얼굴은 상록 활엽수의 잎처럼 반들반들했다. 시래기 같던 머리카락에는 싱그러운 들풀 줄기의 윤기가 흘렀다.

초록빛 얼굴 속에서 두 눈이 희미하게 반짝였다. 뒷걸음질 치는 나를 향하여 아내는 몸을 일으키려 했다. 그러나 일어날 수도 걸을 수도 없다는 듯이 다리께를 움찔 경련했을 뿐이었다.

아내는 고통스러운 몸짓으로 낭창낭창한 허리를 좌우로 흔들었다. 새파란 입술 속에서 퇴화된 혀가 수초처럼 흔들렸다. 이빨은 이미 흔적도 남아 있지 않았다.

……물.

아내의 희끗한 입술이 오므라들며 신음에 가까운 외마디가 새어 나왔다.

나는 홀린 듯이 싱크대로 달려갔다. 플라스틱 대야에 넘치도록 물을 받았다. 내 잰걸음에 맞추어 흔들리는 물을 왈칵 왈칵 거실 바닥에 쏟으며 베란다로 돌아왔다. 그것을 아내의 가슴에 끼얹은 순간, 그녀의 몸이 거대한 식물의 잎사귀처럼 파들거리며 살아났다. 다시 한번 물을 받아와 아내의 머리에 끼얹었다. 춤추듯이 아내의 머리카락이 솟구쳐 올라왔다. 아내의 번득이는 초록빛 몸이 내 물세례 속에서 청신하게 피어나는 것을 보며 나는 체머리를 떨었다.

내 아내가 저만큼 아름다웠던 적은 없었다.

7

어머니.

이제 어머니께 편지를 쓸 수 없게 되었어요. 어머니가 두고 가신 스웨터를 입어볼 수도 없게 되었어요. 지난겨울 여기 올라오셨다가 깜빡 잊고 두고 가신 자주색 털 스웨터 말예요.

그이가 출장 간 다음 날, 아침부터 오한이 들길래 그 옷을 입어보았었어요. 제때 빨아두지 않았던 덕분에 묵은 반찬 냄새며 어머니 살냄새가 그대로 배어 있었어요. 다른 날 같으면 빨아 입었을지도 모르지만 너무 추워서, 또 그 냄새를 오랫동안 맡고 싶어서 그냥 입고 잠들어버렸어요. 다음 날 새벽까지 오한은 멈추지 않고, 어머니, 얼마나 춥고 목말랐는지, 마침내 아침 햇빛이 안방 유리창에 비칠 때 나는 소리를 죽여 울었답니다. 그 따뜻한 빛을 좀더 깊숙이 받아들이고 싶어서 베란다로 나가 옷을 벗었어요. 벌거벗은 살에 내리박히는 햇빛이 꼭 어머니 살내 같아서, 그 자리에 무릎을 꿇고 앉아 어머니만 불렀어요.

얼마의 시간이 지났을까요. 며칠일까, 몇 주일일까, 아니면 몇 달일까요. 제법 대기가 뜨거워지는가 싶더니 어느새 열기가 가시고, 그 뒤로 조금씩 쌀쌀해지는 것을 느낄 수 있을 뿐이에요.

멀리 중랑천 너머 아파트의 창문들은 지금쯤 주황빛으로 밝혀졌겠지요. 거기 사는 사람들은 나를 볼 수 있을까요. 간선도로에서 헤드라이트를 내쏘며 달려가는 차들은 나를 볼 수 있을까요. 나는 지금 어떻게 생겼을까요.

*

그이는 무척 친절해졌답니다. 커다란 화분을 구해 와서 거기 나를 심어주었어요. 일요일이면 오전 내내 베란다 문턱에 걸터앉아 진딧물도 잡아줘요. 내가 수돗물을 싫어한다는 것을 기억하고는, 그렇게 피곤해만 하던 사람이 아침마다 물통 가득 뒷산 약수를 길어 와서 내 다리에 부어준답니다. 얼마 전에는 기름진 새 흙을 한 아름 사 와서 갈아주었어요. 비가 내린 다음 날, 오랜만에 도시의 공기가 깨끗해진 새벽녘이면 창문과 현관문을 활짝 열어 공기를 바꾸어준답니다.

*

이상하지요 어머니. 보는 것, 듣는 것, 냄새 맡고 맛보는 것이 없어도 모든 것이 더욱 생생하게 느껴져요. 간선도로를 거칠게 미끄러져 가는 차들의 질주를, 그이가 현관문을 열고 나에게로 다가오는 발소리의 미세한 울림을, 비 내리기 전이면 비옥한 꿈에 젖어 있는 대기를, 안개를 품은 새벽하늘의 희부연 빛을 나는 느껴요.

가깝고 먼 곳에서 싹이 돋고 잎이 피는 것, 애벌레들이 알을 깨고 나오고, 개들과 고양이들이 새끼를 낳고, 옆동 노인의 맥박이 멈출 듯 멈출 듯 멈추지 않고, 윗집 주방의 냄비에 시금치가 데쳐지고, 아랫집 전축 위에 놓인 항아리 가득 허리 잘린 국화 다발이 꽂히는 것을 느껴요. 낮이나 밤이나 별들은 유연한 포물선을 그리고, 해가 뜰 때마다 간선도로변 플라타너스들의 몸은 간절히 그쪽으로 기울어집니다. 내 몸도 따라서 그쪽으로 활짝 펼쳐져요.

이해할 수 있으세요? 이제 곧 생각할 수도 없게 되리라는 걸 알지만 나는 괜찮아요. 오래전부터 이렇게 바람과 햇빛과 물만으로 살 수 있게 되기를 꿈꿔왔어요.

*

어렸을 때 생각이 나요. 부엌으로 달려가 어머니 치마에 얼굴을 묻으면 아, 그 맛난 냄새. 참기름 냄새, 볶은 깨 냄새. 내 손에는 언제나 흙이 묻어 있었지요. 흙 묻은 손으로 어머니 치맛자락을 더럽히곤 했어요.

몇 살 때였을까요, 보슬비가 뿌리던 봄날 아버지가 모는 경운기에 실려 바닷가를 따라 달렸던 기억이 나요. 그때 나를 향해 웃어주시던 우비 차림의 어른들, 젖은 머리카락이 이마에 찰싹 붙어서는 깡총깡총 뛰며 손 흔들어대던 아이들의 얼굴이 팔랑개비처럼 맴돌아요.

어머니한테 세상은 그 바닷가 빈촌이지요. 그곳에서 태어나 그곳에서 자라셨지요. 그곳에서 아이를 낳고 그곳에서 일하고 그곳에서 늙어오셨어요. 언젠가는 그곳의 선산 기슭에 아버지와 나란히 누우실 거예요.

어머니, 어머니처럼 될까 봐 나는 멀리멀리 여기까지 떠나왔어요. 열일곱 살 때였지요, 무작정 집을 나와 달포 넘게 헤매 다녔던 부산, 대구, 강릉의 시가지들을 잊을 수 없어요. 일식당에서 나이를 속여 홀 심부름을 하고 저녁이면 독서실에서 새우잠을 자면서도 나는 그곳이 좋았어요. 시가지의 휘황한 불빛, 시가지의 화려한 사람들이 좋았어요.

어머니. 낯선 사람들로 가득한 이 거리를 늙고 망가진 얼굴로 떠돌게 될 줄을 그때는 몰랐어요. 고향에서도 불행했고 고향 아닌 곳에서도 불행했다면 나는 어디로 가야 했을까요.

나는 한 번도 행복했던 적이 없었어요. 어떤 끈질긴 혼령이 내 목을, 팔다리를 옥죄며 따라다녔을까요. 아프면 울고 꼬집히면 소리치는 어린아이처럼, 나는 언제나 달아나고만 싶었어요. 울부짖고 싶었어요. 세상에서 가장 착한 얼굴을 하고 버스 뒷좌석에 웅크리고 앉아, 어머니, 주먹으로 유리창을 박살 내고 싶었어요. 내 손등에 흐르는 피를 게걸스럽게 핥아먹고 싶었어요. 무엇이 나를 그토록 괴롭혀서, 무엇으로부터 달아나겠다고 나는 지구 반대편까지 가려고 했을까요. 왜 가지 못했을까요, 병신처럼. 왜 훌훌 떠나 이 지긋지긋한 피를 갈지 못했을까요.

*

내 내장 속에서는 아무런 소리도 들리지 않는다고 했어요. 먼 바람 소리 같은 것만 솨솨 메아리친다고 했어요. 손가락 끝으로 청진기를 두들기며 그 늙은 의사가 중얼거리는 것을 들었어요. 청진기를 탁자에 올려놓은 의사는 초음파 검사기의 흑백 모니터를 틀었어요. 누워 있는 내 배에 희고 차가운 유액을 바르고는, 막대기처럼 생긴 차가운 기구로 명치에서 아랫배까지 살갗을 차근차근 문질러 내려갔어요. 그것을 통해서 내장들의 모습이 모니터에 나타나는 모양이었어요.

노말인데.

쯧, 하고 입맛을 다시며 의사가 중얼거렸지요.

지금 보이는 게 위장인데…… 아무 이상 없어요.

모든 것이 '노말'이라고 그분은 말했어요.

위, 간, 자궁, 콩팥 모두 정상인데.

그것들이 모두 서서히 사라지고 있는 것을 그는 왜 보지 못했을까요. 클리넥스를 몇 장 뽑아 유액을 대충 닦아주더니, 일어나려고 하는 나에게 다시 누워보라고 하고는 별반 아프지 않은 배 이곳저곳을 꾹꾹 누르기만 했어요. 아파? 하고 대뜸 반말로 묻는 그의 안경 쓴 얼굴을 쏘아보며 나는 연신 고개를 흔들었어요.

여기도 괜찮고?

여기도 안 아프고?

안 아파요.

주사를 맞고 돌아오는 길에 다시 토악질을 했어요. 지하철 구내의 차가운 타일 벽에 등을 대고 쪼그려 앉았어요. 통증이 멈추기를 기다리며 숫자를 세었어요. 마음을 편하게 가지라고 그 의사가 말했거든요. 모든 것이 마음 탓이라고 스님 같은 말을 했어요. 마음을 편하게, 마음을 평화롭게, 하나, 둘, 셋, 넷, 토하고 싶을 때는 숫자를 세면서, 한없이 평화롭게…… 기어이 눈물이 솟구칠 때까지 통증은 멈추지 않고, 거푸 위액을 게워낸 뒤 엉덩이를 깔고 주저앉았어요. 흔들리는 지상이 제발, 멈추어주기를 기다렸어요.

그것은 얼마나 먼 날의 일이었을까요.

*

어머니, 자꾸만 같은 꿈을 꾸어요. 내 키가 미루나무만큼 드높게 자라나는 꿈을요. 베란다 천장을 뚫고 윗집 베란다를 지나, 십오층, 십육층을 지나 옥상 위까지 콘크리트와 철근을 뚫고 막 뻗어 올라가는 거예요. 아아, 그 생장점 끝에서 흰 애벌레 같은 꽃이 꼬물꼬물 피어나는 거예요. 터질 듯 팽팽한 물관 가득 맑은 물을 퍼 올리며, 온 가지를 힘껏 벌리고 가슴으로 하늘을 밀어 올리는 거예요. 그렇게 이 집을 떠나는 거예요. 어머니, 밤마다 그 꿈을 꾸어요.

*

하루가 다르게 추워지고 있어요. 오늘도 세상의 땅에는 얼마나 많은 잎사귀가 떨어졌는지, 얼마나 많은 풀벌레가 죽어갔는지, 얼마나 많은 뱀이 허물을 벗었고 어떤 개구리들은 일찌감치 겨울잠에 들었는지요.

자꾸만 어머니 스웨터 생각이 나요. 어머니 살냄새가 잘 기억나지 않아요. 그이더러 그 옷으로 내 몸을 덮어달라고 말하고 싶지만 말할 길이 없어요. 어쩌면 좋을까요. 그이는 말라가는 나를 보면서 울기도 하고, 화를 내기도 해요. 아시지요, 그이한테 가족은 나뿐이었어요. 그이가 부어주는 약수에 따뜻한 눈물이 섞이는 것을 느낄 수 있어요. 불끈 쥔 주먹이 겨냥할 곳 없어 허공을 휘저어대는 것을 느낄 수 있어요.

*

어머니, 무서워요. 내 사지를 떨구어야 해요. 이 화분은 너무 좁고 딱딱해요. 뻗어 나간 뿌리 끝이 아파요. 어머니, 겨울이 오기 전에 나는 죽어요. 이제 다시는 이 세상에 피어나지 못하겠지요.

8

출장에서 돌아온 날 밤 내가 세번째 대야의 물을 끼얹었을 때 아내는 노란 위액을 꾸역꾸역 토해냈다. 빠른 속도로, 내 눈앞에서 아내의 입술이 오그라붙었다. 떨리는 손으로 그 희끗희끗한 입술을 더듬어보았을 때 나는 마지막으로 알아들을 수 없는 가냘픈 음성을 들었다. 다시는 아내의 목소리를,

신음 소리조차 듣지 못했다.

그녀의 허벅지에서 흰 잔뿌리가 무성하게 돋아 나왔다. 가슴에서는 검붉은 꽃이 피었다. 끝은 희고 아랫부분이 노르스름한 도톰한 꽃술이 유두를 뚫고 올라왔다. 치켜올린 손에 약간이나마 힘을 줄 수 있었을 때 아내는 내 목을 끌어안고 싶어 했다. 아직 어렴풋한 빛이 남아 있는 눈을 마주 보며 나는 그녀의 동백잎 같은 손이 내 목을 잘 안을 수 있도록 엉거주춤 허리를 숙이고 있었다. 괜찮아?라고 나는 물었다. 잘 익은 포도알 같은 아내의 눈이 희미하게 웃었다.

그 가을 내내 나는 아내의 몸이 맑은 주황빛으로 물들어 가는 것을 보고 있었다. 창을 열면 아내의 뻗어 올린 두 팔은 바람의 결을 따라 조금씩, 매우 조금씩 부드럽게 흔들렸다.

가을이 끝나갈 무렵 하나둘 잎이 지기 시작했다. 주황빛이었던 몸뚱이는 서서히 다갈색으로 변해갔다.

아내와 마지막 잠자리를 함께한 것이 언제였을까 하고 나는 생각했다. 그때 아내의 아랫도리에서는 체액의 시큼한 냄새 대신 낯설고 향긋한 냄새가 났었다. 나는 그저 그것을 아내가 비누를 바꾸어 쓴 모양이라고, 혹은 남는 향수를 심심풀이 삼아 두어 방울 떨어뜨려본 모양이라고만 생각했었다. 그것은 얼마나 오래전의 일이었을까.

이제 아내의 몸에는 한때 두 발 동물이었던 흔적이 거의 남아 있지 않았다. 포도알같이 맺혀 있던 눈동자는 다갈색 줄기 속에 차츰 파묻혀갔다. 아내는 이제 볼 수 없었다. 줄기의 끝도 까딱할 수 없었다. 그러나 베란다에 들어서면 형언할 수 없는 아련한 느낌이 아내의 몸에서 나에게로 미미한 전류처럼 흘러들어 오는 것을 느낄 수 있었다. 한때 아내의 손과 머리카락이었던 잎사귀들이 남김없이 떨어져 내리고, 입이 오그라붙었던 자리가 벌어지면서 한 움큼의 열매가 쏟아져 나왔을 때 그 실낱같은 느낌은 끊어졌다.

석류알처럼 한꺼번에 쏟아져 나온 자잘한 열매들을 한 손에 받아 들고 베란다와 거실을 연결하는 새시 문턱에 걸터앉았다. 처음 보는 그 열매들은 연두색이었다. 맥줏집에서 팝콘과 함께 곁들여져 나오는 해바라기씨처럼 딱딱했다.

나는 그중 하나를 집어 입안에 머금어보았다. 매끈한 껍질에서는 아무런 맛도 냄새도 나지 않았다. 나는 그것을 힘주어 깨물었다. 내가 지상에서 가졌던 단 한 여자의 열매를. 그것의 첫맛은 쏘는 듯 시었으며, 혀뿌리에 남은 즙의 뒷맛은 다소 씁쓸했다.

다음 날 나는 여남은 개의 조그맣고 동그란 화분을 사서 기름진 흙을 가득 채운 뒤 열매들을 심었다. 말라붙은 아내의 화분 옆에 작은 화분들을 가지런히 배열한 뒤 창문을 열었다. 창밖으로 상체를 내밀고 담배를 피우며, 아내의 아랫도리에서 와락 피어나던 싱그러운 풀냄새를 곰곰이 곱씹었다. 쌀쌀한 늦가을의 바람이 담배 연기를, 내 길어난 머리카락을 헝클어뜨렸다.

봄이 오면, 아내가 다시 돋아날까. 아내의 꽃이 붉게 피어 날까. 나는 그것을 잘 알 수 없었다.

포스트잇

인간에게 당신은 누구와 함께 살고 있는지 묻는다면 대부분 인간의 이름을 이야기할 것이다. 도시의 풍경은 사람들로 꽉 차 있다. 그러나 이 세계에는 인간만 사는 것이 아니다. 보도블록 사이의 강아지풀과 사무실 창턱에 놓인 알로카시아 화분이 함께 산다. 서울시 시설관리공단에 따르면 자동차전용도로에는 회화나무, 느티나무, 은행나무 등 키 큰 나무와 철쭉, 개나리 등 키 작은 나무, 다년생 초화류인 원추리, 옥잠화, 비비추가 식재되어 있다. 특히 동부간선도로는 장미가 중점 식재되어 도로 경관이 아름답다고 한다. 누가 누구의 동거인인가. 인간은 식물과 어떻게 다른가. 식물에게 두 개의 눈동자가 있다면 그들은 사람을 어떻게 바라볼 것인가. 만약 인간이 식물이라면 세계는 어떻게 보이고 느껴질 것인가.

이 소설은 식물이 되어가는 사람의 이야기다. 소설의 앞부분은 화자인 '나'의 회상이며 뒷부분은 화자의 아내가 자신의 어머니에게 쓰는 편지로 되어 있다. 앞부분에서 아내의 변화를 관찰하고 서술하는 '나'는 아내보다 나이가 세 살 많은 남성이며 출장이 잦은 회사원이다. 뒷부분에서 어머니를 향해 자신에게 일어난 변화를 고백하는 화자의 아내와는 함께 산 지 4년이 되었다. 두 사람은 평범한 연애와 결혼을 했고, 동부간선도로가 보이는 상계동의 작은 아파트에서 살림을 시작했으며, 어찌 보면 부부의 일상처럼 여겨지는 크고 작은 부딪힘을 겪으면서 신혼 시절을 건너왔다. 그런데 남편을 통해 전달되는 아내의 이야기와 아내가 직접 기술하는 자신의 이야기 사이에는 상당한 거리가 있다. 이 거리는 소설의 초반부터 멍과 상처에 대한 두 사람의 태도를 통해서 감지된다.

남편은 늦은 오월의 어느 날 아내의 몸에서 처음으로 피멍을 발견한다. 그 멍이 어떤 이유로 생긴 것이냐고 물어보니 아내는 모르겠다고 대답한다. 아내는 "멍든 부분에 감각이 없어. 그게 더 무섭지 뭐야"라고 이야기하는데 남편은 "통증이 없다니까 금세 가실 거야"라고 달랜다. 아내는 이미 오래전부터 상처를 겪어왔다. 어디에서 상처가 난 것인지 기억하지 못할 정도라는 것은 그간 겪은 일의 강도와 빈도가 심상치 않다는 것을 보여준다. 그러나 남편은 "당신이 제 몸 못 가눠 여기저기 상처 내는 게 어제오늘 일이야?"라며 대수롭지 않게 여긴다. "갓난아이 손바닥만 했던 피멍들이 〔……〕 토란잎처럼 부풀"었다면서 아내의 상태를 걱정하고 병원에 가보라고 재촉한다. 아내의 멍은 이해하기 어려운 다른 증상으로 이어진다. 햇빛만 보면 옷을 벗고 싶고 어깨가 나무토막처럼 딱딱해진다. 아내는 결혼 전부터 자유로운 공기로 낡은 폐를 씻고 싶다고 말한 적이 있지만, 남편은 "아내가 꿈꿔왔다는 자유라는 것"이 그다지 대단한 것은 아니었으리라고 짐작한다. 오히려 "어린아이 같은 것, 비현실적이고 낭만적인 몽상"이었는데 그 비현실성을 결혼 후 자신과 살면서 깨달았을 거라면서 스스로 감동을 느끼기도 한다.

남편이 아내를 갓난아이나 어린아이 같다고 하고 아내의 생각을 몽상으로 일축하는 것은 여성을 미성숙한 사람이나 비이성적인 사람으로 대하는 젠더 고정관념과 관련이 있다. 당신은 원래 몸을 못 가누는 사람이라고 말하며 멍의 원인을 아내에게 돌리는 것은 일종의 가스라이팅

gaslighting이기도 하다. 가스라이팅은 타인의 심리나 상황을 조작해 스스로를 의심하게 만들어 그 사람에 대한 지배력을 강화하는 행위로서 일종의 정서적 폭력이다.

남편이 출장과 귀가를 거듭하는 사이에 아내는 점점 시들어간다. 그리고 베란다 유리문에 뺨을 붙이고 서서 동부간선도로를 질주하는 차를 바라보면서 "저것들 (……) 다들 어디로 저렇게 달려가는 거야?"라고 혼잣말처럼 묻는다. 아내는 식물에 정성을 기울이는 사람이었고 결혼 초부터 화초를 키웠지만 이 아파트에서는 잘 자라지 못했다. 아내는 이렇게 시끄럽고 답답한 곳에 저희들끼리 갇혀서 잘 자랄 리가 없다고 했고, 남편은 아내의 그런 말이 자신들의 아슬아슬한 행복을 깨뜨리는 것이라고 생각해 아내의 얼굴에 빗물을 끼얹는다. 남편은 아내에게 종종 할 말이 있으면 해보라고 다그치지만 아내는 차츰 말수를 잃어간다. 남편은 아내의 괴로움이 무엇 때문인지 알지 못하고 알려고 하지 않는다. 오직 자신의 외로움만을 거듭 강조한다. 그리고 언젠가부터 알아들을 수 없는 웅얼거림으로 말을 하던 아내는 그 자신이 거대한 식물이 되고 만다.

소설의 후반부에서 우리는 아내의 목소리를 들을 수 있다. 아내는 어머니처럼 될까 봐 고향을 떠나 대도시로 왔다고 말한다. 여기서 어머니처럼 되지 않겠다는 것은 가족을 위해 자신의 꿈을 희생하고 가부장적인 폭력을 감내하며 살지 않겠다는 다짐으로 보인다. 여성이기 때문에 독립적 삶의 가능성을 포기하며 살고 싶지 않았던 것이다. 아내는 어머니에게 보낸 편지에서 "무엇이 나를 그토록 괴롭혀서, 무엇으로부터 달아나겠다고 나는 지구 반대편까지 가려고 했을까요"라고 자문한다. 미루나무만큼 드높게 자라는 꿈을 꾸며 고향 아닌 곳으로 떠나왔지만 여전히 불행하다고 말한다. 어머니가 두고 간 자주색 스웨터에 밴 어머니의 냄새를 맡으며 자신이 식물이 되어가는 과정을 피를 토하듯 토로한다. 남편은 춥고 목마른 아내가 식물로 변하는 것을 지켜보기만 한다. 그리고 커다란 화분을 구해 와서 약수를 길어 와 다리에 부어준다. 어쩌면 그에게 아내는 화분이 되어도, 화분이어도 큰 문제가 없는 존재일 수도 있었을 것이다.

이 작품에서 남편은 눈에 보이는 폭력을 사용하는 사람이 아니며, 그의 회상에 따르면 아내를 걱정하고 잘해주려고 노력했던 것으로 보인다. 그러나 그가 아내의 고통에 공감하지 못했으며 나아가 정서적 폭력을 일으켰을 만한 흔적이 여러 곳에서 보인다. 소설에 직접 드러나지 않은 두 사람의 지난 결혼 생활 속 장면들을 상상해보는 것은 아내의 몸에 남겨진 수많은 멍과 상처의 이유를 추정하는 일이기도 하다. 아내가 겪은 상처는 남편으로부터만 온 것은 아니다. 결혼제도 안에서 여성이 겪는 불평등함, 여성의 사회적 성장에 대한 의지를 '꿈'으로 일축하는 사회 분위기, '결혼한 여자'라는 이유로 시스템에서 탈락시키는 세계와 관련이 있다. 세계는 여성의 독립적 감정과 사유를 부정하면서 좁은 아파트 베란다의 화분처럼, 광고에 나오는 아름다운 아내처럼 관상용으로만 살아가라고 말한다. 작품 속 아내가 질려 했던 것은 이런 자신의 희생을 볼모 삼아 간선도로의 자동차들처럼 앞으로 질주하고 달려가기만 하는 이 세계의 동물성이다. 그래서 그는 식물이 되고자 하고 식물이 되어버린다.

이 소설은 한강 작가가 이후에 쓴, 맨부커상 인터내셔널 부문 수상작 『채식주의자』를 이해하는 열쇠를 제공하고 있다. 작가는 여성이 바라보는 삶의 가치와 지향을 식물성으로 상징하면서, 그 식물성을 잘라버리고 가두고 바람과 햇빛과 물을 제공하지 않는 가부장적 사회의 경쟁적 구조를 동물성으로 대치시킨다. 그리고 그 여성이 말라붙고 시들고 굳고 다시 물기를 머금어 자라는 과정을 통해 우리는 과연 무엇을 위해서 살아야 하느냐는 근본적인 질문을 던진다. 남편에게 마지막으로 남겨진 것이 '내 여자의 열매'인 것은 그런 점에서 의미심장하다. 이 열매가 봄에 어떻게 될 것인가를 결정하는 것은, 결국 우리가 이 기울어진 구조를 어떻게 바꾸는가와 관련이 있다.

생각의 타래

1. "하나뿐인 식구의 몸에 저만큼 깊은 멍이 든 것을 모르고 지냈을까"라는 남편의 말에서 여성에게 가해지는 폭력과 여성들의 비명을 외면해온 우리 사회의 현실이 떠오른다. 사회가 그동안 소극적으로 대응했거나 무감각하게 바라보았던 여성을 향한 폭력의 사례를 이야기해보자.

2. 남편은 아내를 향해 가엾다거나 서글프다거나 애틋하다는 말을 자주 사용한다. 이러한 남편의 태도는 제도적 결혼 안에서 불평등한 부부의 지위를 보여준다. 왜 그러한지 생각해보자.

3. 정서적 폭력의 일종인 가스라이팅은 가족, 연인, 친구, 직장 동료 등 가까운 사람 사이에서 더 많이 일어나는 경향이 있다. 작품 안에서 가스라이팅으로 느껴지는 대목을 찾아보고 자신은 그러한 정서적 폭력을 경험하거나 목격한 적이 없었는지 돌아보자.

4. 아내가 다른 누구도 아닌 어머니에게 편지를 쓴 까닭은 무엇이었을까?'

5. 아내가 내과를 방문했을 때 의사는 모든 것이 “노말”이라고 말한다. 그가 정상이라고 말하는 것의 의미를 생각해보자. 그리고 왜 아내는 그 의사의 말에 동감할 수 없었는지 이야기해보자.

6. 아내는 “피를 갈고 싶어”라고 여러 차례 말한다. 여기서 피를 간다는 것은 무엇을 의미하는 것이었을까? 아내가 가졌던 꿈과 그가 좌절했던 내용에 비추어 설명해보자.

배수아

프린세스 안나

프린세스 안나.

어린 여자아이는 누구나가 예뻐하는 것이니까, 아주 어렸을 때에는 엄마와 함께 백화점에 구두를 사러 가거나 커다란 푸른 배추를 배달해주는 사람들이 집 안으로 들어오면 나는 모든 사람들에게서 사랑을 받았다. 적어도 어린 여자아이였던 내가 기억하고 있는 한으로는 그랬다. 구두 상점의 바닥은 끈끈하고 새 구두에서 나는 진한 붉은 잉크와도 같은 가죽의 냄새는 간신히 걸음을 옮기고 있는 어린 여자아이인 나에게, 붉게 염색하여 할머니의 집 벽에 붙어 있던 종이들을 생각나게 한다. 할머니는 붉은 종이가 엄마와 나를 행복하게 해준다며 밥그릇에 찬 우물물을 담고 그것들을 태우기도 했었다. 붉은 종이를 태우는 냄새가 맑은 물에 천천히 가라앉는다. 알 수 없이 불안하고, 오래되어 아무도 입지 않는 옷들을 엄마가 내다 버릴 때처럼 숨 막히는 냄새다. 어린 여자아이인 나는 한낮의 구두 상점에서 문득 그것을 느낀다. 아직 사람들이 커피 아이스크림으로 만든 어린아이용 생일 케이크나 초록빛 나는 청바지 회사의 향수에 익숙해지기 전의 일이다. 구두를 사기 위해서 쇼윈도를 지나가던 하얀 원피스를 입은 여자들이 컬이 들어간 내 머리칼과 속눈썹을 만지면서 지나간다. 호두가 든 새것인 아이스크림을 내미는 남자도 있었다. 푸른 배추를 배달해주는 사람은 엄마에게 말한다. 이 아기가 자라면 정말로 모든 사람들에게서 사랑을 받겠어요. 이 귀여운 눈동자를 좀 보세요.

어쩐지 디즈니의 스노 화이트를 보고 있는 것 같아.

엄마는 흰 눈이 내리는 겨울날에 창가에 앉아 뜨개질을 한다거나 하지는 않았다. 그렇지만 아버지가 아직 외국으로 가버리기 한참 전에는, 나와 내 남동생, 그리고 세 살 위의 언니가 난로를 피워놓은 따뜻한 마루에서 그림 조각 맞추기를 하거나 식모가 금방 데워놓은 우유를 마시면서 화려한 그림책을 보거나 하는 것이 어린 여자아이인 내 겨울의 일상이었다. 남동생은 아직도 강보에 싸여 눈도 채 뜨지 못하고 있었지만 엄마는 데운 우유를 손목에 한 방울씩 떨어뜨려보고는 귀여운 왕자님, 하면서 남동생을 팔에 안는다. 세 살 위의 언니와 내가 먹을 우유와 비스킷은 식모가 챙겨주었다. 엄마는 내 남동생을 직접 안아서 키우기를 좋아했다고 들었다. 화려한 크리스마스는 언제나 텔레비전의 만화영화에서부터 시작된다. 꿈속 같은 트리가 흑백의 텔레비전에 가득 찬다. 흰 눈이 덮인 끝없는 서부의 평원, 언제나 따뜻하게 타오르고 있는 장작 난로, 긴 금발의 여자아이들, 눈 덮인 숲속의 사냥, 테이블에 넘칠 듯이 가득한 호두와 치즈와 초콜릿 케이크. 달콤하고 향기로우면서 소금기 있는 치즈의 냄새. 세 살 위인 언니는 벌써 밥을 먹을 수 있었고 엄마는 치즈를 작게 찢어서 언니의 밥그릇에 올려준다. 그리고 검고, 웅크린 강아지 같은 전화기.

세 살 위인 언니는 우리들이 아주 어렸을 그때부터 이모를 싫어한다. 이모가 안아주는 것도 싫어하고 이모와 함께 잠자려 하지 않는다. 이모는 머리칼이 아주 길어서 허리까지 닿는다. 검은 판탈롱을 입고 입술을 붉게 칠한 채로 굽 높은 구두를 신고 좁은 골목길을 걸어 버스를 타러 간다. 이모는 아직도 학교에 다니고 있고 할머니의 여러 딸들 중에서 가장 어린 딸이다. 엄마는 가끔은 이모와 함께 외출을 한다. 식모아이는 의자에 앉아서 밥을 물에 말아서 김치와 함께 먹고 있다. 어쩐지 안심하는 듯한 표정이 식모아이의 얼굴에 넘친다. 식모아이는 남동생의 기저귀를 갈아주고 언니 머리의 붉은 리본을 새로 매어주면서 노래라도 부를 듯한 표정이다. 식모아이는 그리고 찬장에서 비스킷을 꺼내어 언니와 내 앞에 따뜻한 우유와 함께 놓아주고 봉지를 털어 달콤한 부스러기를 먹는다. 그때 식모아이는 아마 열세 살이나 열다섯 살쯤. 어느 바닷가 마을에서 살다가 온 듯이 얼굴이 까맣고 우리들의 그림책을 등 너머로 열심히 들여다본다. 글을 읽을 줄 몰라서 은행이나 우체국 심부름을 시킬 수 없다고 엄마가 불편해한다.

아득히 오래전의 일들은 꿈속에서의 것과 다르지 않다. 꿈속보다 더욱 멀고 더욱 희미하다. 아주 오랜만에 아버지가 집으로 돌아왔던 밤, 언니는 아버지의 차 안으로 들어가서 잠이 들었다. 아버지는 언니를 안아서 집으로 데리고 들어온다. 아버지는 어린 언니를 아주 예뻐하셨다. 이 아이는 베이징의 극단에 있던 검은 눈동자의 장칭 같은 소녀가 될 거다, 하고 아버지는 엄마에게 말하고 있다. 아직도 전쟁에서 다친 사람들이 낡은 군복을 입고 남산 아래의 거리를 거닐고 있고 식모아이의 마을은 일생 동안 딸기 아이스크림을 한 번도 먹어보지 못한 아이들이 가득 살고 있다고 한다. 그러나 집 밖의 세상을 아직 나와 세 살 위인 언니는 모른다. 오랜 시간이 지난 뒤의 여자아이들의 인생은 다르겠지만 따뜻한 난로가 있는 마루에서 스노 화이트의 그림 조각 퍼즐을 갖고 놀 때의 시간은 그저 끈끈하고 달콤한 포도 젤리 같은 거다. 그 속에서 도저히 빠져나올 수 없을 것 같은 포도 향기가 여자아이들의 삶에 가득하고 따뜻한 마루나 엄마의 초록빛 울 스커트는 영원히 거기에 있는 듯이 느껴진다. 모든 것이 갑자기 변하기 시작한 것이 언제였을까. 여자아이의 어린 시절은 파스텔 그림이다. 아버지의 결혼식이 그렇다. 이제 봄이 되고 언니는 곧 유치원에 들어갈 것이다. 이모와 같은 모양의 예쁜 드레스를 입은 언니의 뺨을 사람들이 만지고 언니는 슬피 운다. 이모는 입술이 붉다. 아버지는 이모의 팔을 잡고 결혼식장을 빠져나왔다. 이모의 면사포가 아직 차가운 바람에 너울거린다. 남동생은 할머니 집으로 보내졌고 아버지는 일주일이나 여행을 간다고 한다. 할머니는 회색 머리를 마귀할멈처럼 늘어뜨리고 담배를 피우고 있다. 붉은 종이는 하루 종일 할머니의 집 마루에서 타고 있다. 할머니는 그 종이를 태운 재를 언니의 머리칼에 뿌린다. 너희들을 위해서지, 그럼, 너희들을 위하지 않는다면 아무도 이런 짓은 하지 않으니까. 할머니가 웃기 시작하고 식모아이의 얼굴이 희게 질린다. 어디에도 엄마는 이제 없다. 아버지의 결혼식장에서 나는 엄마를 찾고 있다. 이모가 아버지의 팔을 잡고 고개를 숙인 채로 식장을 나오고 있다. 결혼식이 있는 방에서는 향냄새가 나고 스님이 커다랗고 붉은 그림을 향해서 절하고 있고 사람들은 마루에 방석을 깔고 앉아 있다.

이모가 아버지와 결혼한 몇 달 후에 우리들에게는 새 동생이 생겼다. 믿을 수 없을 만큼 작고 주름지고 다람쥐 같은 아기다. 나는 아직도 너무나 어리다. 언제부터 엄마가 보이지 않게 되었는지, 그런 것은 기억나지 않는다. 아주 불연속적으로 끊어지다간 계속되고 하는 얼룩진 그림 같은 거다. 이모는 아기를 귀여워하지 않고 아기는 언제나 식모아이의 등에 업혀 있다. 겨울의 아기들의 마루에는 이제 유치원에 다니는 언니와 나 그리고 두 살 난 남동생과 새로운 아기가 나란히 누워서 난로의 불빛을 바라본다. 식모아이는 새벽부터 일어나 난로에 불을 피우고 마루에 초칠을 하고 이모의 실크 스커트를 다림질하고 아침에 먹을 밥을 난로에 익힌다. 언제나 졸린 듯한 식모아이의 눈, 유리창을 닫고 또 닫아도 변함없이 두꺼운 양말 속으로 스며드는 겨울의 바람, 방이 많았고 난방이 잘되지 않았던 오래된 집, 결혼을 한 다음 달부터 또다시 긴 여행을 떠나곤 하는 키가 크고 붉은 스코틀랜드 체크무늬의 사냥 옷을 입고 있던 아버지. 이모는 해가 높이 오른 다음에 일어나서 목욕을 하러 갔다. 그리고 밥을 먹은 다음에 전화를 한다. 새로운 옷을 맞추러 가거나 신비한 향기가 나는 인도 카레 가루나 캔에 담긴 햄을 사러 시장으로 나가기도 한다. 마오쩌둥을 만난 다음 대장정 중에 있던 장칭 같은 여자가 되리라던 언니는 긴 머리를 양쪽으로 땋아 내리고 노란 가방을 한쪽으로 들고 집 근처의 수녀원에 있는 유치원으로 간다. 언니의 구두는 반짝거리지만 아버지가 사랑한 언니의 얼굴은 창백하고 기운이 없다. 우리들의 아버지가 멀리 외국으로 영원히 가버리기 몇 달 전이다.

나는 너무나 어리기 때문에 아무것도 아는 것이 없다. 식모아이는 언제나 졸리기 때문에 내가 묻는 것을 다 대답해주지 못한다. 언니는 언제나 유치원에 가 있고 집으로 돌아오면 식모아이의 보풀이 일어난 겨울 스커트 자락을 잡고 놓지 않았다. 언니는 따뜻한 부엌에서 살았다. 마침내는 식모아이의 부엌방에서 같이 잠자는 것을 좋아하게 되었다. 아기들의 마루에서 옛날처럼 스노 화이트의 종이 그림 퍼즐을 가지고 놀거나 하지 않았다.

"언니가 오려면 얼마나 기다려야 하는 거야."

어린 남동생과 새로운 아기가 마루에서 두꺼운 담요를 깔고 잠이 들어 마침내 식모아이의 등이 내 차지가 되었을 때 나는 묻고 있다. 식모아이의 등에서는 연기 냄새와 낡은 털실과 식초에 절인 오이의 냄새가 난다. 나를 업은 채로 식모아이는 따뜻한 마루에 빨래를 널고 있다. 이모는 방 안에서 외출 준비를 하고 있다. 여전히 이모의 머리칼은 차갑고 길다.

"아직 조금 더 기다려야 하는 거야. 밥을 더 먹고 머리도 빗고 하면."

"아직도 더."

"아기가 깨어나면 튀김과자를 만들어줄게. 엄마가 사가지고 온 빨간 스웨터도 입고 시내의 과자점으로 맛있는 과자를 사러 가는 거야. 언니가 오면 같이 가자."

"엄마는 언제 와."

"엄마는 방에 있잖아."

식모아이는 방 안에서 라디오의 볼륨을 높이고 있는 이모를 가리킨다.

마치 꿈속에서 일어나고 있는 일과 같다. 어린 나는 식모아이의 말대로 정말 엄마는 방 안에서 라디오를 들으면서 머리를 빗고 있는 이모라고 생각하게 되었다. 계속해서 뜨거운 물속에 들어 있으면, 마침내 그 뜨거운 물속이 가장 안정되게 느껴지는 것과 같은 이야기이다. 오랜 시간이 흐른 다음에 주위의 사람들은 아버지가 왜 외국으로 가지 않을 수 없었는가 하는 것에 대해서 말해주곤 하였지만 나에게는 그때 이미 아버지가 한번 불어간 풀 냄새 나는 바람이나 지붕에서 반짝거리는 햇빛처럼 없는 것이나 마찬가지였다. 야간 상업 고등학교를 졸업하고 노란 제복을 입는 구두 회사에서 일하고 있던 언니는 같은 회사에 다니고 있던 남자를 만나서 결혼하게 된다. 빠른 결혼이었다. 겨우 스무 살이 된 언니가 곧 서른이 되는 마르고 검은 얼굴을 가진, 한 번 결혼한 경력까지 있는 남자와 결혼하는 날 할머니는 얼룩이 진 오래된 치마를 입고 버스를 타고 우리들을 찾아왔다. 흐리고 축축하고 추운 날이었다. 나와 동생들은 이른 봄의 싸늘한 바람과 먼지를 그대로 뒤집어쓰면서 버스 정류장에 서 있다. 가장 어린 여동생은 비가 올지도 모른다고 생각해서 우산을 들고 있다. 어쩌면 비가 올지도 모른다. 이모는 술을 마시고 새벽부터 어두운 방 안에서 깊이 잠들어 있다. 아직도 어리고 앳되어 보이는 이모는 다 큰 네 명의 아이들의 엄마라고 말하면 모든 사람들이 잘 믿지 않았을 때였다. 이모는 엄마가 떠나면서 남긴 돈으로 친척 아저씨와 함께 변두리의 전철역 근처에 맥줏집을 열었고 그래서 언제나 술을 마시고 있었다. 좁고 어두운 마루에는 낮에도 희미한 전등을 켜놓아야 했고 축축한 냄새가 나는 부엌 바닥으로는 고양이가 돌아다닌다. 아버지가 외국으로 떠나버렸을 때 이모는 스물세 살이었고 아직 어린 아이들 네 명의 엄마가 되어야만 했었다. 그것은 이모에게 남편이 아무 말 없이 뉴욕으로 떠나버린 것보다 더욱더 참을 수 없는 일이었을 것이다. 이모는 머리칼을 쓸어 올리고 아무것도 칠하지 않은 창백한 입술을 한 채로 저녁의 대학 거리를 서성이고 있다. 제복을 입는 수녀원의 유치원에 다니는 언니와 세 살을 막 넘긴 나와 그리고 아직 걸을 수 없는 남동생과 갓 태어난 지 6개월이 조금 넘은 가장 어린 여동생이 그들이다.

"돈이 없는걸요, 난 직장을 구할 능력이 없어요. 타이프를 칠 줄도 모른다구요. 아무것도 아는 것이 없어요."

이모는 전화로 친척 아저씨에게 말한다. 언니에게 새 레인코트를 사준 다음 날이다. 식모아이는 생선을 가지고 저녁 준비를 하고 있다. 이모는 식모아이를 고향으로 보내야겠다고 한다. 식모아이는 가장 어린 막내아이를 안고 운다. 식모아이의 보풀이 일어난 낡은 스커트 자락을 잡고 언니도 슬피 운다. 남동생은 병에 든 우유를 먹고 잘 울지 않는 가장 어린 여동생은 벽에 매달아놓은 그네에서 잠들어 있다. 이모는 언니의 레인코트를 잘 개켜 벽장에 넣는다. 많은 비가 이제 올 거라고 텔레비전에서 뉴스를 들은 기억이 난다. 레인코트가 필요할 거다.

그 레인코트를 입은 언니와 붉은 스웨터와 체크무늬 스커트에 아버지가 사가지고 온 흰 스타킹을 신은 나, 그리고 유모차에 앉은 남동생이 식모아이와 함께 시내에 있는 과자점으로 케이크를 사러 간다. 언제나 있었던 일이지만 이제 곧 식모아이는 집으로 돌아갈 것이고 우리들은 금방 만든 케이크 같은 것은 먹지 못하게 될지도 모른다는 생각에 우울해지는 날이다. 겨울날은 흐리고 춥고 건조하다. 언니의 새로운 레인코트가 바람에 흔들린다. 과자집까지는 큰길을 건너야 하고 전차가 다니는 길도 건너가야 한다. 하늘에는 구름이 낮게 깔려 있고 금방이라도 눈이 올 것만 같다. 유모차를 밀고 있는 식모아이는 고기를 파는 상점에서 고기와 생선을 사고 종이 봉지에 든 과일도 들고 있다. 과자집에서는 식모아이와 우리들에게 금방 끓인 초콜릿을 대접한다. 언제나 들르는 손님이기 때문이다. 우리들은 선 채로 뜨거운 초콜릿과 튀긴 도넛을 먹고 유모차의 남동생은 우유를 먹는다. 유리로 만든 진열장에는 분홍빛 시럽을 얹은 도넛들과 꽃 모양의 투명한 종이에 싸인 과자들이 가지런히 놓여 있고 맞은편 호텔에서 나온 외국인들이 과자를 사가지고 가는 상점이다. 다시 식모아이가 유모차를 밀기 시작하자 남동생이 가지고 있던 방울이 천천히 소리를 낸다. 우리들은 겨울의 거리를 걸어간다. 집 없는 아이들과 불구가 된 참전 군인들이 쓸쓸한 회색빛 거리의 어두운 곳에서 방황하고 있는 겨울이다. 우리들은 말없이 걷고 어린 남동생은 유모차에서 잠이 든다.

길고 어두운 마루의 끝에는 반쯤 말라버린 넓은 잎을 가진 식물의 화분이 놓여 있고 닫지 않는 좁은 창으로 희미한 빛이 들어오고 있다. 오랫동안 수리하지 않아 마루는 삐걱거리는 소리가 나고 금이 간 벽돌담 위로는 야생으로 자란 강낭콩과 담쟁이가 쓸쓸한 바람에 흔들린다. 마루의 끝을 돌아서면 그곳은 정말 빛이 들지 않는 모퉁이다. 자라난다는 것은 그런 모퉁이를 소리 없이 돌아서는 것과 같다. 찬란한 오후의 마지막 진한 햇빛은 어두운 마루의 음울 속으로 가라앉고, 아무도 알지 못하는 사이에 좁은 창가의 화분은 천천히 시들어버린다. 아이들의 뺨은 점점 여위고 마루의 난로는 아무도 치우는 사람이 없다. 자라난 나는 어두운 마루의 모퉁이를 돌고 가장 어두운 곳에 있는 내 방으로 가서 연필을 깎고 부엌으로 가서 고양이에게 먹이를 준다. 어린아이였을 때 남동생이 크레용으로 칠해놓은 다락으로 가는 벽의 낙서나 습기에 얼룩이 져 있는 벽이 오랫동안 그대로 있는 집이다. 지붕은 기울고 마당에는 풀이 길게 자란다. 언제인가는 이 근처의 눈에 들어오는 집 중에서 가장 아름답고 높이 있었던 집이다. 아버지는 자동차를 타고 집으로 들어왔고 엄마는 아침마다 머리를 올리고 유행하던 샤넬 라인의 연둣빛 원피스를 입었다. 언제나 아름다웠던 엄마, 재키 스타일의 선글라스를 가지고 있었던 엄마. 그리고 경쾌한 구두 소리를 높이 울리면서 마당에 깔린 블록을 밟고 집 안으로 들어서던 이모, 검고 긴 머리칼을 늘어뜨리고 이 세상에서 아버지만큼 멋있는 남자가 없다고 말하던 이모. 붉은 종이를 태우러 집으로 오던 할머니. 행운이 있을 거라고 하면서 붉은 종이를 태워 엄마의 머리칼에 뿌리고 그 물을 마시게 했다. 할머니는 마을 사람들에게 점을 쳐주기도 한다. 기억할 수도 없이 아주 많은 딸들을 낳았지만, 살아남은 딸들은 엄마와 이모 둘뿐이라고 말한다. 나의 어두운 마루에는 할머니의 많은 딸들이 엎드린 채로 초칠을 하고 있다. 나는 엄마의 모습이 기억나지 않는다. 그건 언니도 마찬가지이다. 어두운 마루에서 엄마와 이모는 어느새 한 몸이다. 많고 많았던 할머니의 딸 중에서 한 명의 딸일 뿐이다.

"너는 장칭 같은 여자가 될 거다."

아버지는 언니를 안아 올리면서 말하고 있다.

"내 딸들은 다 예쁘고 강하다. 아무도 함부로 하지 못하고 서울에서 가장 자신 있는 여자가 된다. 네 동생들도 마찬가지야. 말을 타고 달리는 것처럼 거침없이 사는 것이 좋다. 남자를 선택할 때면, 그는 마오쩌둥 같은 남자라야 한다. 프린세스는 왕과 결혼하는 거다. 그렇지 않으면 안 돼."

아직 어린 나에게 아버지가 말하고 있다. 눈이 오고 있는 겨울 저녁이다. 흑백텔레비전에는 디즈니의 영화가 환상적인 크리스마스를 알린다.

"할머니가 그러던데, 이 아이의 별에는 칼을 든 무사가 서 있다는데요."

엄마가 부엌에 선 채로 말한다. 어린 내가 누워 있는 곳에서 엄마의 부엌은 보이지 않는다. 붉은 종이를 태우는 냄새가 어디에선가 나고 있다.

아버지는 말을 타고 황야를 달리는 것처럼 거침없이 살았다. 이 세상의 어느 것도 그가 달리는 길을 막을 것은 없었다. 내가 어른이 된 어느 날, 아버지가 뉴욕의 주유소에서 일하고 있다는 것을 들었다. 한때는 서울에서 꽤 유명한 건축 설계사였던 아버지는 사실은 화가가 되고 싶어 했다. 하지만 주유소에서 일하는 것도 그다지 나쁘지는 않을 것이라는 생각이 들었다. 정말 하고 싶은 것을 위해서는 이 세상의 어느 것 하나 장애가 되지 않는 것이기 때문이다. 말을 타고 끝이 없는 평원을 달리는 것은, 그것이 유명한 화가의 모습이건, 뉴욕의 노인 전용 주유소의 종업원이건 그런 것을 따지는 것은 우스운 일이다. 엄마는 그런 아버지의 자유분방함을 못 이겨 하며 우리들을 떠났다. 도대체 왜 다른 여자들은 되는데 당신 여동생만은 안 된다는 거야, 아버지는 그것을 이해하지 못한다. 엄마는 이 문제에 와서는 아버지를 설득한다거나 화를 낸다거나 싸우고 싶지가 않다.

"아직 아이들이 어린데."

엄마는 기차를 타러 가면서 한번쯤은 이런 생각이 들었을지도 모른다. 스카프를 동여매고 한때 가사 선생으로 일한 일이 있는 대구의 여학교로 내려갔던 엄마는 태어난 지 얼마 되지 않았던 남동생이 가장 마음에 걸렸다고 한다. 이모는 한 남자에게만 눈이 멀어서 아무것도 보이지 않았지만 엄마는 그게 아니었다. 내 아이들, 곧 엄마를 잊게 될 내 어린아이들. 하지만 인생에는 너무나 참을 수 없는 것들이 많았다. 할머니가 붉은 종이를 태우는 것도 여기에 와서는 아무런 효과가 없었고 아버지에 대한 이모의 사랑은 광기처럼 어두운 마루에서 타올랐다. 하지만, 아버지는 이모와 결혼한 지 얼마 되지 않아서 영원히 먼 곳으로 떠나버린다.

“나를 버린단 말이지. 아기를 낳은 지 얼마 되지도 않은 나를, 저 많은 아기들을 나에게 다 넘기고 뉴욕으로 가서 화가가 된다고. 나를 위해서는 무엇이라도 버린다고 말했는데, 자기를 위해서는 나를 버리는군. 난 자기를 위해서 무엇이든 다 했어. 대학도 그만두고 재일 교포와의 결혼도 포기해버렸어. 그랬는데, 이제 와서 내가 섹스 마니아라고, 내 사랑이 짐스럽다고.”

이모는 울부짖다가 곧 잠잠해진다. 아마 곧 돌아오리라, 그렇게 나를 송두리째 사로잡고 뒤흔든 남자는 없었다. 애정이 식은 것이 아니고 애정을 바라는 스타일이 힘들었겠지.

젠더_소설

여자들을 위한 잡지에 남자에 대한 기사를 쓰고 있으면, 여자들은 절대로 남자를 변화시킬 수 없고 남자의 양말 색에 관한 기호조차도 진정으로 원하는 대로 할 수 없으리란 것에 대해서 말하고 싶어진다. 모든 트러블이란 것은 이기심 때문이지 그 남자는 애초에 애정도 없고, 사디스틱한 성향 때문에 당신에게 장난을 치고 있는 것이 아니다. 그냥 당신이 싫기 때문이다. 이것을 받아들여야 한다. 당신은 그 남자가 그런 것을 처음부터 알고 있었으면서, 마지막에는 연극으로 울부짖는다. 당신은 은연중에 자기의 인생이 연극 조로 되어가는 것을, 당신이 비련의 주인공이 되는 것을 즐기고 있다. 그 남자가 사디스트가 아니라 당신이 마조히스트인 것이다. 아기를 낳고 버림받았다,고 호소하면 누구나 동정해주고 성적으로 약한 당신이 어쩔 수 없었다는 것을 인정한다. 그건 당신에게 도덕적인 우위를 인정해줄 수는 있겠지만 진정으로 당신이 원하는 바는 아니다. 말을 타고 중국의 황야를 달리는 젊은 날의 장칭의 것처럼 거침없는 생은, 영원히 당신에게 오지 않는다.

언니는 비가 오는 늦은 가을날 집 앞 골목에서 남자를 기다리고 있다. 언니의 머리칼이 젖어 있다. 언니는 어쩌면 떠나기 전의 아버지가 말한 대로 거침없이 강하고 아름다운 생을 살려고 했는지도 모르겠다는 생각이 가끔은 든다. 도대체 강하고 아름다운 것은 무엇일까, 그런 것이 과연 존재하기나 하는 것일까. 골목길은 좁고 집들은 자꾸만 담을 길 쪽으로 넓혀가고 있다. 나는 아직도 고등학생이다. 남동생과 어린 여동생은 같은 방에서 잠자고 아주 추운 겨울밤이면 서로 연인처럼 끌어안고 잠을 자고 있다. 부엌은 더운물이 나오지 않고 설거지통이 얼어붙는 겨울밤이다. 수도가 얼어붙어 언니가 우물에서 물을 길어 와야 할 때도 있었다.

"형부는 왜 집에 돌아오지 않는 거니."

나는 추운 길가에 마냥 서 있는 언니를 위로해주고 싶다.

"회사에서 야근을 하고 회식이 있대. 술을 너무 마시지 않았으면 좋겠는데."

언니는 자기도 다음 날 사무실로 출근해야 하는데 잠들

생각을 하지 않는다. 언니는 같은 직장에서 남자를 만나서 집에서 같이 살고 있었다. 어린 시절에는 이모를 싫어하던 언니지만 이제는 창백하고 가냘픈 숙녀가 되어 불같은 성격의 이모에게 어느 정도는 의지하고 산다. 언니는 그 사람을 잘생기고 다정한 남자라고 느끼고 그리고 빨랫비누를 사가지고 와서 스타킹을 빨아주는 그 사랑에 안심하면서 부드러운 생각을 하고 같이 살기 시작했지만 남자는 언니가 임신하면서부터 늦게 들어오는 날이 많아진다. 때로는 자기 엄마에게 가서 자고 오기도 한다. 언니는 오래된 집을 쓸고 치우는 것만도 힘들어하고 이모는 친척 아저씨와 함께 밤새 맥주를 마신다. 알 수 없는 우울이 집 안에 가득하다. 이모는 말한다.

"그것 봐, 내가 뭐라고 했니. 그런 남자는, 믿을 게 못 된다고 했잖아. 그 남자가 여자 있는 거 너 알고 있었지. 니가 어리고 만만해 보이니까 결혼한 거라구. 이제는 월급도 가져다주지 않는다면서. 어찌 된 애가 그렇게 남자를 볼 줄 몰라."

언니는 어두운 마루에 불도 켜지 않고 그냥 앉아 있다. 언니가 결혼한 남자는 집이 없다. 남자의 엄마가 남자의 형과 형수와 함께 방 하나짜리 지하실에서 살고 있을 뿐이다. 남자의 형은 전쟁에 나갔다가 다리가 없는 불구가 되었고 그래서 언니는 그냥 언니의 방에 새 침대와 옷장을 가져다놓고 결혼을 시작하였다. 결혼식날 이모가 끝없이 마셔대던 맥주, 나도 남동생도 그리고 가장 어린 여동생도 맥주를 많이 마셨다. 저녁이 되어 노을이 지고 분홍빛 구름이 어두운 푸른 하늘에 둥실 떠올랐다. 남동생과 가장 어린 여동생은 맥주를 마시다가 그대로 껴안은 채 잠이 들었고 언니는 차를 빌려서 온천으로 신혼여행을 간다. 우리 가족은 이상하였다. 학교에서 다른 친구들이 말하는 그런 가족이 아니었다. 이모는 우리를 야단치지 않았고 언제나 맥주를 주었고, 목욕탕에서 우리 형제들은 모두 옷을 벗은 채로 물을 끓여서 목욕을 한다.

안나가 처음으로 그 립스틱을 발랐을 때가 생각난다. 그 날은 눈이 막 오려고 하는 저녁 내내 사람들이 한참을 우울해하고 있는 중이었다. 겨울날이란 그런 것이다. 겨울은, 흐리고 지쳐 보이는 뺨을 가진 나이 든 여인처럼 안나와 그 친구들의 머리칼에 내려앉았다. 핵전쟁이 일어나고 이 세상의 종말이 온다면 아마 그렇지 않을까 싶을 정도로 실험실의 냄새들이 지하철로 가는 거리마다에 빠져나가지 못하는 공포처럼 내렸다. 정말로 죽음의 재와 같은 흰 눈이 내리기 시작한다.

"안나는 아무것도 두려워하지 않으니까."

노아가 립스틱을 가지고 와서 안나에게 주면서 말한다. 정말, 안나는 아무것도 두려워하지 않는다. 안나는 친구들이 그렇게 말해주는 것이 자랑스럽다. 안나는 이 세상에서 두려울 것이 아무것도 없다. 노아는 이것을 알고 있고 또 다른 친구들도 이것을 알고 있다. 안나는 창백한 얼굴에 립스틱을 칠

하는 것을 두려워하지 않는다. 노아는 그것을 지하철을 타려는 한 여자의 핸드백에서 주웠다고 한다. 노아가 지하철의 층계에서 고개를 숙이고 잠들어 있을 때 검은 구두를 신은 한 여자가 계단에서 넘어질 듯이 비틀거린다. 여자는 연극처럼 천천히 쓰러지고 여자의 핸드백에서 립스틱과 흰 분과 금방 깎은 연필과 향수병이 떨어지고 있다. 노아는 더럽고 긴 머리칼을 쓸어 올리면서 여자의 검은 구두를 지켜본다. 여자의 발이 긴장하고 있는 것이, 여자를 보지 않아도 노아에게는 느껴진다. 누군가가 여자의 팔을 잡고 일으켜 세우고 있다. 여자여, 너는 넘어지면서 다친 무릎의 상처보다 많은 사람들의 시선이 더 두려운가. 검은 구두를 신은 여자는 일으켜준 사람에게 허리를 깊이 숙여 고맙다는 인사를 하고 흩어진 물건들을 주워 모은다. 여자를 일으켜주었던 사람도 여자를 따라서 여자의 핸드백 안에 물건들을 넣어주고 있다. 노아는 더러운 머리칼 사이로 이런 것들을 다 보고 있다. 여자의 손길이 노아의 앞에까지 굴러온 황금빛 케이스의 립스틱을 주우려다가 멈칫거린다. 노아가 머리칼 사이로 여자의 손가락을 보고 있다. 여자의 손은 희었으나 눈에 띄게 거칠고 손가락 끝이 둥글게 닳아 있었다. 아마 무슨 병이 있는 모양이라고 노아는 생각한다. 여자는 노아의 이런 느낌을 읽었는지, 손가락을 멈칫거리고 안으로 움츠러든다. 여자는 정말로 병이 있다. 여자는 아름다우나 손등과 손가락은 그렇지 못하다, 여자는 흰 손을 안으로 거두어 가면서 가슴 아프게 속으로 운다. 여자에게는 무릎의 상처는 아무것도 아니다. 지하철에서 잠자는 노아가 여자의 거친 손등을 보았기 때문에 여자는 끝내 산 지 얼마 되지 않은 진한 빛 립스틱을 줍지 못한다. 이미 밤이 깊었고 조금 더 있으면 마지막 지하철도 이제는 다니지 않을 터였다. 검은 구두를 신은 여자는 지하철을 타러 가기 위해서 종종걸음으로 마지막 계단을 뛰어 내려간다. 밤의 세상은 여자에게 두려웠지만 상처 있는 손을 낯선 남자가 바라보는 것을 견딘다는 것은 더욱 참을 수 없는 일이다. 여자는 숨을 몰아쉬면서 생각한다. 여자의 피부가 거칠고 겨울에 손등에 상처가 생기는 것은 일종의 유전병이다. 여자의 어머니가 그렇고 여자의 언니도 같았다. 여자가 아마 겨울에 찬물 속에 손을 넣지 않는다면 상황은 좀 더 좋아질 것이지만 여자는 그렇지 못하다. 여자는 노아의 더러운 머리칼 사이로 윤기 있게 빛나던 이마를 생각한다. 여자는 뭔가가 아주 허전하고 견딜 수 없이 두렵고, 슬픔이 밀려오고 있는 것을 느낀다. 여자의 나이는 스물두 살 겨울이다.

그래서 안나는 그날 처음으로 립스틱을 바른다. 노아는 여자의 립스틱을 주워서 소매로 문지른 다음에 언제나처럼 안나가 다니는 화실로 안나를 데리러 온다. 안나는 언제나 얼굴이 창백하고 입술도 창백하다. 그것은 노아가 안나를 만나는 것이 항상 깊은 밤, 오토바이와 자동차의 불빛이 강렬한 지하철의 거리이기 때문이다. 안나가 립스틱을 바르고 처음으로 말한다.

“나는 아무것도 두렵지 않아.”

이 세상에는 두려운 것이 아무것도 없다, 이것은 안나가 처음으로 화실에서 밤의 거리로 나오면서 깊은 어둠을 향해서 하였던 말이다. 노아는 지하철의 어두운 곳에서 그런 안나를 보고 감탄한다. 안나는 지하철역 어두운 곳, 언제나 노아가 잠자던 곳에서 같이 잠자고 노아의 빗을 같이 쓰고 밤에도 들려오는 공사장의 소리에 같이 귀 기울이고 머리칼을 짧게 자른다. 노아는 말을 하지 못하고 우울하지만 많은 비가 오고 있는 밤이면 노아는 짐승처럼 좋아서 어쩔 줄을 모른다. 노아는 두 손을 안나의 가슴에 넣고 끝없이 긴 밤의 거리를 걸어간다. 안나의 머리에서 빗물이 떨어지고 노아의 눈에서는 눈물이 흐른다. 노아는 언젠가 돈을 모아 아바나로 가려고 한다. 이것은 노아의 친구들이 모두 알고 있는 사실이다. 노아는 아주 많은 것을 알고 있었다. 아바나도 그것들 중의 하나이다. 노아는 자기가 쿠바에서 왔다고 생각하고 있다. 푸른빛이 도는 검은 피부가 그 증거라고 하였다.

“쿠바 사람들이 그런 푸른 얼굴을 갖고 있는 거니.”

안나는 노아가 가난한 우편배달부의 마지막 아들이라는 것을 이미 알고 있지만 노아의 머리칼을 안고서는 그렇게 묻는다. 노아의 친구들은 지하철역에서 죽은 사람을 보았다. 그 사람은 발이 없었고 깊은 터널 안으로 한없이 빨려 들어가고 있었다. 노아의 친구들은 두려워하면서 그 사람이 죽어가는 것을 보고 있었다. 안나는 노아가 깊은 터널 안으로 빨려 들어가는 것도 보았다. 노아는 종이 봉지에 담은 소시지를 먹고 있었다. 노아는 아침에도 그것, 그리고 저녁에도 소시지를 먹었다. 지하철 스낵 코너에서 팔고 있는 것이다. 안나는 신문에 난 노아의 사진을 흑백으로 본 일이 있다. 노아는 집을 나간 지 오래되었고 가난한 노아의 부모는 포기하지 않고 그들의 마지막 아들을 찾고 있었다. 이름은 천노아, 나이는 열일곱 살, 어렸을 때에 혀에 상처를 입어 말을 거의 하지 못합니다. 하지만 수화를 쓸 필요는 없이 들을 수는 있습니다. 피부가 푸른빛이 돌면서 검은 편이고 눈썹이 진하고 입술은 붉습니다. 말이 없지만 절대로 난폭하지는 않습니다. 화난 것 같은 표정이지만 사실은 수줍어하고 있는 편, 어머니가 많이 아픕니다. 돈을 훔쳤다고 야단을 맞고서는 집을 나간 지가 1년이 되었습니다. 그 아이는 마지막 아들입니다. 아버지는 그 아이가 미워서 죽도록 때린 것이 아닙니다. 비록 쇠파이프로 밤새도록 때렸지만 그 아이가 미워서, 정말로 미워서 한 일은 절대 아니죠. 돈을 훔친다는 것은, 용서할 수 없는 일이기 때문이었습니다. 아이의 형들도 그 아이가 돌아오기를 간절히 기다리고 있습니다. 가장 큰형은 이제 곧 결혼하게 됩니다. 그리고 노아의 푸른 얼굴이 거기에 나와 있었다. 아직도 학교를 다니고 있을 때의 노아의 어린 얼굴이다. 눈동자가 조금 아래로 향해 있고 뺨에 푸른 그늘이 져 있다. 노아의 가족들은 신문을 좋아하였다. 따뜻한 쌀밥과 강낭콩과 야채볶음 같은 것으로 저녁을 배불리 먹은 다음에 어머니와 나이 든 딸은 텔레비전을 보고 아들들은 아버지와 함께 신문을 보고 있다. 아버지는 신문의 사회면 문화면 정치면을 하나하나 빠짐없이 읽고 아들들은 스포츠와 연예 기사를 읽는다. 텔레비전에서 나는 소리 이외에는 모든 것이 고요하다. 나이 든 딸이 밥상을 치우고 부엌에서 커피를 끓이고 있다. 그 가족들이 신문을 좋아하다 보니 정말로 신문에 가족들의 사진이 나기도 하였다. 우편배달부의 세 아들이 아버지와 같은 직업을 가지고 일한다는 기사였다. 제목으로는 사회의 훈훈한 이야기,라고 씌어 있었다. 노아는 신문을 보지 않는다.

노아는 어느 날 낯선 남자가 빨려 들어가던 그 터널의 어두운 곳으로 걸어 들어간다. 안나는 노아가 먹다 남은 소시지 봉지를 플라스틱 벤치에 그냥 놓아둔 채로 친구들이 부르는 소리도 못 들은 듯이 이미 지하철도 다니지 않는 어두운 터널로 걸어 들어가는 것을 본다. 그곳으로 들어간 사람들이 다시는 돌아오지 못했던 것을 안나와 그 친구들은 알고 있다. 아이들은 노아가 죽을 것이라고 생각한다. 언제인가는 우리들은 모두가 다 죽게 되니까, 노아가 조금 더 빨리 떠나간다고 해서 무엇이 다를까 하는 생각을 아이들은 한다. 터널의 끝까지 걸어 들어가본 아이들은 아무도 없다. 안나는 노아를 찾기 위해서 터널로 걸어 들어간다. 귓가로 강한 바람이 불어오고 오래된 터널에서는 물이 새고 있다. 안나는 장화를 신은 발을 두려움 없이 물웅덩이에 담그면서 점점 더 깊이, 점점 더 아래로 내려간다. 어디에선가 커다란 검은 쥐와 바퀴벌레들이 있을 것이고 모든 지하철의 아이들이 겉으로 표현하지는 않지만 가장 두려워하는 핑크의 무리들이 있을지도 모른다. 안나는 노아가 사라진 터널의 더 깊은 아래를 바라보면서 내려간다. 이제는 아이들이 있는 곳의 희미한 불빛도 보이지 않는다. 바닥의 고인 물들은 점점 더 많아져서 이제 안나의 무릎까지 오고 있다. 안나는 어두운 호수의 밑바닥으로 내려가고 있다는 생각 속에 빠져든다.

핑크는 한밤에 오토바이를 몰고 지하철역 주변을 서성거리는 아이들의 한 무리이다. 하지만 핑크는 다른 아이들과는 다르다. 노아의 친구들은 그것을 다 안다. 핑크는 한 번도 경찰에 잡혀본 일이 없고 그리고 절대로 다른 아이들과는 사귀지 않는 아이들이다. 핑크라는 이름이 붙은 것은 그 아이들의 리더가 핑크빛으로 물들인 머리칼을 하고 다니기 때문이다. 리더 핑크는 사납고 그리고 절대로 다른 아이들에게 말을 걸지도 않고 그리고 지하철의 깊은 터널에서 살고 있다. 아이들은 핑크가 그 무리들을 이끌고 새벽에 지하 터널로 사라지는 것을 보았다. 그들은 밤이 되면 어디인가 다른 곳, 아마 지하철의 터널과 연결되어 있는 밤의 동물원이나 공원의 숲에서 오토바이를 끌고 나타난다. 핑크는 강하다. 많은 아이들이 그를 두려워한다.

언니의 배는 별로 크지는 않지만 얇은 옷 위로 언니가 임신하고 있는 것을 누구나가 눈치챌 수 있을 정도로 되었다. 영업부의 김소라 양이 임신하였대. 그래, 결혼한 지 얼마 되지도 않았는데. 정말 빠르네요. 아직 나이도 얼마 되지 않았잖아요. 결혼하면 임신하는 거지, 다른 것이 뭐 있겠어요. 사람들이 커피를 마시면서 언니에 대해서 이렇게 얘기하고 있다. 상업 학교를 나온 내 언니 김소라는 같은 사무실에서 일하던 남자와 결혼하고 그 남자는 곧 다른 사무실로 발령을 받는다. 언니는 아침에 출근해서 상사에게 줄 커피를 끓이고 사무실의 책상을 닦고 꽃병의 물을 갈고 타이프라이터를 체크한다. 언제나 전화벨 소리로 하루가 시작된다. 남자를 알게 되면서 분홍빛 꽃잎처럼 피어나던 언니의 얼굴은 남자가 집으로 돌아오지 않게 되면서부터 그늘이 진다. 언니의 앞에서 근무하는 새로 들어온 사원이 언니에게 청평으로 놀러 가자고 한다. 주말에 뭐 할래, 넌. 청평에 가면 배를 탈 수 있다. 아침에는 안개가 강물에 가득하지. 대학 다닐 때에 그곳으로 여행을 갔었어. 너랑 같이 가보고 싶은데. 그 남자는 언니가 결혼했다는 것을 모르는 것인가, 사무실에서는 아무도 그런 것은 말해주지 않는다. 언니의 그늘진 뺨에 처음으로 살짝 생기가 돌아온다. 엄마, 난 아직 완전히 끝나버린 것은 아닌가 봐. 언니는 이렇게 생각한다. 쓸쓸한 가을날의 들판 같은 마음이 위로를 받는다. 새로 들어온 남자는 대학 다닐 때는 자유로움과 향기가 있었지만 이곳은 전쟁터처럼 삭막하고 닳고 닳은 시장터처럼 진부하다고 말한다. 대학의 자유와 향기를 일생 동안 한 번도 느껴보지 못한 언니는 얌전히 서서 그 남자의 말을 듣고만 있다. 언니는 코르셋을 입고 나일론 스타킹을 뒷줄을 맞춰서 신는다. 언니는 청평에 한 번도 가보지 못했다. 대학을 졸업한 남자와는 한 번도 사귀어본 일이 없다. 형부가 돌아오지 않지만 언니는 이제 어두운 골목길에 서 있거나 하지 않는다. 이모는 학교에서 돌아와 부엌에 서서 저녁을 먹고 화실로 가려는 나에게 말한다.

"내가 얼마나 힘들게 살아가고 있는 줄은 네가 잘 알고 있지. 네 언니도 대학 같은 데는 갈 생각도 못 해봤어. 네 동생들도 생각해봤니. 다 떨어진 운동화를 신고 학교로 가는 네 남동생이나 한겨울 내내 겨울 코트도 없이 다니는 저 아이를 봐, 넌 뭐든지 다 하지. 대학도 갈 거고 미술 학원에도 다니잖아. 밤에는 한 번도 집에 돌아오는 일이 없고. 넌 네 아버지를 닮았어. 넌 네 가까운 사람들을 불행하게 하지."

이모는 여러 아이들을 데리고 고달프게 살아왔기 때문에 마음에 없는 말을 한다. 어린 여동생은 추위에 빨이 언 채로 집으로 뛰어서 들어온다. 남동생은 그 아이의 언 손을 녹여주고 그 아이에게 이불을 가져다 덮어준다. 어린 여동생은 아팠다. 남동생은 어린 여동생의 겨울 코트를 사주기 위해서 새벽에 신문 배달을 했던 일도 있었다. 이모는 결국 그 돈으로 고장 난 대문의 자물쇠를 수리하고 내 화실비를 냈다. 이모는 그래서 나에게 마음에 없는 말을 막 한다. 정말로 사랑하지 않는 것은 아니다. 이모는 지금은 돌아오지 않는 형부에게도 잘해주었다. 뜨거운 된장국을 아침 밥상에 올려주고 우리들도 먹지 못하는 달걀을 풀어주었다. 이모의 말에 따르면 형부가 집에 돌아오지 않는 것도 결국은 다 언니가 잘못하기 때문이란 거다. 언니는 나날이 뺨이 붉어지고 살이 쪘다. 언니, 아이를 낳을 거니, 하고 내가 물어보면 글쎄 나도 잘 모르겠어. 아아, 살이 점점 찌고 있는데, 하면서 거울 앞에 선다. 언니, 이제 곧 너무 늦어서 어쩔 수 없는 때가 올 거야. 언니의 새로운 남자는 아직 언니가 임신한 것을 모른다. 형부는 언젠가 이모의 맥줏집으로 찾아와 말했다고 한다. "난 모르겠어요. 난 소라에게 어울리지가 않다는 것을 언제나 느끼고 있으니까요. 난 너무 무능력하고 왜소하죠. 내가 소라를 괴롭힌 것도 인정해요. 그래요, 때리기도 했어요. 술을 마시고 괴롭히는 말들을 하곤 했어요. 나도 후회하고 있어요. 난 돈이 없고 너무나 초라해서 괴로웠거든요."

언니는 거울 앞에서 코르셋을 조여서 입고 있다. 그이는 아직 내가 임신한 것을 몰라. 그는 대학을 나왔고 잘생겼고 마음이 따뜻하지. 나에게 이런 좋은 일이 일어나리라고 생각해

보지 않았어. 언니는 거울 앞에서 숨을 몰아쉬다가 어떤 불안한 예감에 가슴 떨려 한다. 소식이 없는 남편에 대해서.

아이를 낳게 된다면, 생은 굉장히 쓸쓸해질 것이다.

핑크는 호수의 한가운데에 살고 있다고 한다. 호수는 땅 밑의 세계에 있고 아주 깊고 어둡다. 그 가운데로 빠져 들어간 사람은 아무도 다시 살아 나올 수가 없었다고 하는 그런 곳이다. 노아는 그 호수의 가운데로 빠져들기 전에 다시 돌아올 수 있었다고 한다. 노아는 깊은 터널의 입구에서 만난 안나에게 언제나 가지고 다니는 연필로 터널의 벽에 쓴다. 핑크는 언제인가 핵전쟁이 일어나면 그곳에서 살 거라고 한다. 그곳은 아주 어둡고 한없이 깊고 그리고 물과 산소가 있다. 핑크의 아이들은 그것을 다 알고 있다. 살아나가는 것이 아주 힘들다는 것, 어떤 환상도 성공하지 못하리라고, 오랜 시간이 흐르면 지나간 일들은 아무도 기억하지 못하리라고 핑크는 그렇게 알고 있다.

"마지막 날이 오면 너도 핑크와 함께 살고 싶니."

안나가 묻는다.

"아니, 난 바다로 가서 배를 타고 쿠바로 갈 거야."

"살아 있지 못할 텐데."

"넌 핑크와 같이 있으면 죽지는 않을 거야."

"이제 돌아가자. 거리에는 비가 오고 있어."

안나는 비를 맞으면서 소시지를 구워 파는 노점에 서 있었다.

"뭘 그렇게 보고 있는 거니."

검은 우산을 쓰고 가던 남자가 말을 걸어왔다. 체격이 크고 허름한 양복을 입고 담배를 피워 물고 있었다. 색깔 있는 비누나 강한 스컹크 냄새가 나는 향수를 파는 세일즈맨 같은 인상이다.

"소시지를 보고 있어요. 날씨가 너무 춥거든요."

"먹고 싶은 거니."

세일즈맨은 몹시 마음이 흔들린 듯하였다. 비는 점점 더 강하게 내리고 있다.

"네, 그래요."

남자는 안주머니로 손을 가지고 가서 지갑을 꺼내고 돈을 꺼낸다.

"이걸 줄 테니까 사 먹도록 해."

"고마워요. 대신 내가 뭔가 해주기를 원하나요."

"아니, 없어. 그냥 가져도 돼."

"공짜는 싫어요."

"그런 얘기 하는 거 아니다. 넌, 몇 살이니. 왜 집에는 안 들어가는 거니."

"왜 언제나 사람들은 그런 얘기를 하는 거예요."

"나에게도 너 같은 아이들이 있거든. 아이들이 많아. 한 남자아이는 너랑 비슷하였는데 머리칼을 핑크색으로 물들이고 검은 가죽옷을 입고 돈을 훔쳐가지고 집을 나갔다."

"재미있는 얘기네요."

"혹시 그런 아이를 본 일이 있니. 이 근처의 지하철역에서 살고 있다고 들었는데."

"난 몰라요."

"그 돈은 우리 가족에게 너무나 소중한 거였어. 우리 가족의 1년 치 집세였다. 그 돈 때문에 그 아이의 여동생은 학교를 그만두고 미장원에서 일하고 있어."

"대신 내가 뭔가 해주기를 원하나요."

"아니, 됐다."

검은 우산을 쓴 세일즈맨은 한숨을 쉬고 어두운 빗속으로 사라져갔다. 안나는 소시지를 한 봉지 산다. 빗물에 금방 종이 봉지가 젖어온다. 노아는 지하철로 내려가는 층계에 앉아 있다. 노아의 맨발 위로 동전이 수북이 쌓여 있다. 사랑스러운 노아. 이 세상이 끝나는 마지막 날까지 안나와 함께 있을 노아. 안나를 이 세상의 하나뿐인 공주처럼 사랑하는 노아. 언제까지나 내리는 산성비를 같이 맞으면서 걸어갈 노아.

'안나를 떠나가지 않는 노아.'

노아는 연필로 지하철의 벽에 그렇게 쓴다. 안나의 어머니는 어느 나라의 사랑받는 여왕이었다. 어느 겨울날 여왕은 곧 태어날 아기를 기다리면서 뜨개질을 하고 있다가 손가락을 찔려 피를 흘리게 된다. 여왕은 피처럼 붉은 뺨과 눈처럼 하얀 얼굴, 그리고 숯처럼 검은 머리칼을 가진 여자아이가 태어나기를 바란다. 정말로 동화에서처럼 그런 소원이 이루어진다. 어린 여자아이는 믿을 수 없을 만큼 귀여워 모든 사람이 사랑하게 된다. 왕비에게서 태어난 여자아이는 프린세스 안나. 귀여운 여자아이는 모든 사람이 사랑하게 된다. 어쩐지 디즈니의 스노 화이트를 보고 있는 것 같아.

핑크가 안나의 곁에 있다. 안나는 비를 맞으며 집으로 돌아가는 중이다. 지하철역의 불빛도 희미해진 새벽의 거리이다. 하지만 아직 날이 밝으려면 오랫동안 기다려야 한다. 핑크는 안나의 소원을 들어주려고 한다. 핑크는 강하다. 무엇이든지 할 수가 있다.

"사람들이 왜 너의 터널로 빠져들게 되니."

안나는 다정하게 핑크의 등에 기댄다. 비를 가득 품은 바람이 안나의 숯같이 검은 머리를 젖게 한다. 깊은 강물이 흘러가는 길이다. 이 세상은 슬프고 또 슬프다. 마치 저 강물과도 같다. 젖은 머리칼과도 같다. 아무것도 이루어지는 것은 없고 안전한 곳은 하나도 없다. 비는 이렇게 말하면서 프린세스 안나의 온몸에 내리고 있다. 핑크의 오토바이는 빗물이 흘러가는 아스팔트의 도로를 최대 속도로 달린다. 온 세상은 비에 젖는다. 프린세스 안나의 피처럼 붉은 입술도 빗물에 젖는다.

"그들이 원하기 때문이야."

강한 바람 때문에 핑크의 목소리가 잘 들리지 않는다. 안나는 헬멧을 벗은 핑크의 얼굴을 본 일이 없다. 검은 우산을 쓴 세일즈맨은 낡은 가죽 지갑을 꺼내어 안나에게 돈을 주었다. 오랜 시간을 가족의 부양에 시달려온 낡은 남자의 손길이다. 나도 너 같은 아이들이 있었어. 핑크는 계속해서 말한다.

"누구든지 원하는 대로 할 수 있어. 너도 원하는 것이 있니."

"난 말이야, 어떤 사람이 이 세상에서 사라지기를 원해."

"누구를 말하는 거니."

형부가 검은 얼굴을 가진 사람들 사이로 빠져나오고 있다. 형부는 영업부 사람들과 같이 저녁을 먹고 나오는 길이다. 뒷모습의 형부는 정말로 초라하고 왜소하다. 참전 군인이었던 가난한 형님의 가족들이 아주 오래전부터 그에게 부담으로 짐 지워져 있었다. 아무것도 모르던 시절에 결혼식도 하지 않고 같이 살게 된 공장에 다니던 첫번째 아내는 결핵으로 죽고 두 번째 아내 소라는 왜 형님의 가족까지 생각해야 하는지, 그것을 짜증스러워하였다. 형부는 지하철의 고단한 사람들 사이로 묻혔다가 집으로 가지 않고 텔레비전에서 하는 복싱 경기를 보기 위해 친구들과 함께 다방으로 간다. 그날의 복싱 경기는 재미가 없었고 시들하였다. 선수들은 북어처럼 말랐고 싸우는 것을 두려워하고 있었다. 형부는 한때 복서가 되려고 했었던 시절이 있었다. 담배 연기는 지하 다방에 가득하고 한복을 입은 여자가 연탄난로 위에서 끓고 있는 물 주전자의 물을 따르고 있다. 바람이 불고 있는지 틈이 잘 맞지 않는 문에서 삐걱거리는 소리가 난다. 오늘 밤에는 차가운 겨울비가 올 것이다. 남자들은 뜨거운 물을 마시고 하나씩 다방을 빠져나간다. 이미 밤이 깊었고 정말로 차가운 겨울비가 내리고 있다. 형부는 걸어가면서 문득 자기의 나이를 생각한다. 이제 곧 서른이 될 거다. 처음으로 공장에서 여자를 만나 같이 살게 된 열아홉 살 때와 달라진 것은 하나도 없다는 것을 알게 된다. 많은 세일즈맨들과 부랑아들과 타이피스트들이 지하철을 타기 위해서 몰려가고 있다. 겨울비가 내리는 거리의 끝에서 붉은 옷을 입은 언니가 남자와 함께 택시를 잡기 위해 서 있다. 언니의 붉은 옷과 입술이 피처럼 눈부셔 보인다. 남자는 언니의 팔을 잡고 서 있다. 언니의 모습은 위함을 받는 여자의 손처럼 곱다. 내 딸들은 아름답고 강렬해서 누구나 사랑하리라, 꼭 그렇게 되리라.

"나는 아주 지쳐 있는 사람들을 많이 알고 있어. 아마 그들은 원하고 있을 거야. 우리 형부도 그런 남자들 중의 하나야."

안나는 빗속에서 말한다. 핑크의 오토바이는 점점 빠르게 강물 가의 길을 달려간다. 마치 빗속을 날고 있는 것 같다.

"네가 그럴 수 있게 도와줄 거야. 너는 공주니까. 그건 나만이 알지. 너의 그 노아라는 바보도 알지 못하는 거잖아. 노아는 그 죽음의 가장자리까지 갔다가 그냥 돌아왔어. 그 아이는 갑자기 깨어난 듯이 보였어."

"노아는 나와 함께 있어야 해. 언제까지나 그럴 거야."

안나는 핑크와 함께 흐린 하늘을 날아오르는 느낌에 사로잡힌다. 빗물이 흐르는 헬멧 사이로 보이는 핑크의 눈동자. 지금 이 순간 그대로 전쟁이 나버렸으면, 이 빗속에서 핑크와 안나는 파라다이스로 간다. 내 딸들은 마오쩌둥 같은 남자를 만나, 거침없이 강렬하게 이 세상을 살아가는 거야.

핑크는 형부의 일이 신문에 난 것을 가지고 와서 보여준다. 기사는 짧고, 간단하다. 사람들은 신문을 샅샅이 읽지만 핑크에 대해서는 아는 것이 없다. 핑크는 밤이고, 곧 다가올 전쟁이다. 노아가 꿈꾸고 있는 푸른 얼굴의 쿠바인이고 언니 소라와 그 아기를 우울에서 해방시켜준다.

어젯밤 9시쯤 부천역에서 전철을 타려던 김영철(29세, 서울 구로구 구로동) 씨가 발을 헛디뎌 전철역 승강장 밑으로 떨어져 달려오던 기차에 치여 사망했다. 당시는 비가 오고 있어서 역 안은 몹시 혼잡하고 김 씨는 술에 몹시 취해 있었다는 것이 같이 있던 친구들의 증언이다. 또한 경찰은 김 씨가 생활고 때문에 비관하고 있었으며, 별거 중인 부인 김모 씨(21세, 서울 중구 필동)의 남자관계 때문에 고민하고 있었다는 친구들의 증언에 따라 자살의 가능성도 수사하고 있다.

언니는 속치마를 입고 거울 앞에 서 있다. 창밖으로는 차가운 겨울비가 내리고 있다. 난로를 피워놓아도 마루의 썰렁한 바람은 완전히 사라지지 않는다. 아이를 낳게 된다면, 생은 굉장히 쓸쓸해질 것이다. 나는 화실로 가기 위해서 교복을 벗고 있다. 검은 겨울 스커트와 흰 블라우스. 검은 스타킹과 검은 구두. 남동생은 아직 돌아오지 않았고 어린 여동생은 집 안에서 유일하게 따뜻한 장소인 부엌에 앉아 밥을 먹고 있다. 찬장에는 먹다 남은 소주병이 있고 유리창의 깨어진 부분은 신문지로 막아놓았다. 남동생은 할머니의 집으로 가서 도배하는 것을 도와드린다고 했다. 착한 아이다. 거울 앞에서 언니는 생각하고 있다. 언제나 마음이 따뜻하고 다른 사람을 생각한다. 그런 남자가 언제인가 자기에게도 있었던 것 같은 생각이 든다. 할머니가 붉은 종이를 태우면서 아이들의 미래를 점쳐주던 때가 아득하게만 느껴진다. 할머니는 병이 들어 움직이지 못하게 된 지가 오래되었다. 그래도 설날이면 집으로 와서 아이들의 이름을 붉은 종이에 적었다. 소라, 너는 닭을 먹어야 한다. 닭이 너의 불행을 막아주거든. 마르고 검은 남자가 너의 앞길을 막지만 않는다면 넌 다 괜찮아. 따뜻한 집에서 많은 아이들에 둘러싸여 연한 고기를 먹으면서 살 수 있을 거다. 할머니의 목소리는 가늘게 끊어지고 심하게 쉬어 있었다. 엄마는 담배를 너무 많이 피워서 그렇게 됐다고 하지. 하지만 그것 때문만은 아니야. 할머니는 나이가 너무 많은걸. 엄마를 낳았을 때 거의 50살이었다고 했는데. 언니는 엄마란 누구인가, 오래전에 집을 나갔던 엄마인가 아니면 자기들을 키워온 이모인가 잠시 서서 생각한다. 나는 고무장화를 신고 노란 비옷을 스웨터 위에 걸친다. 집 안에 가만히 있어도 뺨이 얼어오는 차가운 겨울비였다. 도대체 언제쯤에 전쟁이 일어날 수 있을까, 나는 그것이 그립다. 그 옛날보다 많이 자라버린 나. 그림을 그리고 있는 나. 할머니는 내가 아버지를 가장 많이 닮았다고 한다. 남자 문제로 나를 귀찮게 하지 말아라, 이제 그런 말이라면 난 지겨워. 할머니는 그렇게 언니를 야단친다. 이 집에서 네가 낳은 아이까지 키워야 되는 거니. 난 이제 참을 수가 없어. 이모는 낡은 집을 새로 수리하지 않으면 안 된다는 동사무소 직원의 말에 우울해 있다. 돈이 없으니까요. 도대체 살기가 왜 이렇게 힘이 드는지 알 수가 없어요. 이모는 그렇게 친척 아저씨에게 불평하고 있다. 할머니의 붉은 종이 태우는 냄새가 그리워. 왜 이 세상은 이렇게 아무런 일도 일어나지 않는가. 언제까지나 이른 아침에 눈을 떠야 하고 추위에 떨면서 낡은 운동화를 신고 학교에 가야 하고 숙제에 시달려야 한다. 나의 낮은 환멸이고 권태이다. 시험을 제대로 보지 못했다고 수학 선생님은 공부 못하는 여자아이들을 추운 운동장에 한 시간이나 세워놓았다. 다른 아이들처럼 웃으면서 다른 아이들처럼 책가방을 들고 버스 정류장으로 뛰어간다. 보풀이 일어난 나의 겨울 교복 스커트가 젖은 채로 펄럭거린다. 오래전의 전쟁으로 불구가 된 참전 군인이 거리의 모퉁이를 천천히 걸어온다. 겨울은 끝이 없다.

어린 여동생이 부엌에 앉아 밥을 먹으면서 깨어진 유리창 틈으로 길가의 거리를 내려다본다. 많은 사람들이 지하철역 쪽으로 걸어가고 있다. 어린 여동생은 차가운 맨발로 앉아 있다. 그 아이에게 아직은 세상이 우리 속의 늑대 새끼처럼 두려운 곳이다. 배다른 오빠가 돌봐주지 않는다면 가족 가운데서도 살아남지 못한다. 어린 여동생은 힘겹게 밥을 삼킨다. 추운 겨울이 영원하리라는 예감에 어린 그 아이는 절망 속에 빠져든다. 큰언니의 배는 점점 불러와 이제라도 곧 아이가 나올 것만 같다고 느낀다. 그런데 형부는 집으로 오랫동안 돌아오지 않았고 마침내 죽었다. 어린 그 아이는 슬피 울었다. 하지만 아무도 울지 않았고 큰언니는 우는 시늉만 하고 만다. 작은언니는 형부가 벌을 받은 거라고만 한다. 왜 형부가 벌을 받는가. 형부는 어린 그 아이에게 잘해주었다. 난로를 피워주고 과자도 사주고 다정하게 말도 붙여주었다. 가족 중에서도 어린 그 아이에게 말을 붙이는 사람은 배다른 오빠와 형부뿐이었다. 큰언니와 형부가 싸울 때 큰언니는 날카롭게 소리 지르면서 형부에게 대들고 사납게 굴었지만 형부는 말이 없었다. 큰언니는 형부의 가족들을 욕하고 형부가 돈도 못 벌어오는 무능력자라고 욕한다. 큰언니에게는 공주같이 되고 싶은 욕심이 많았다. 자기가 좋아하는 사람이 자기 이외의 것에 관심을 보이면 그것을 못 참아하였다. 어린 그 아이는 홀로 집에 남아 그 싸움을 지켜보았다. 형부가 짐을 싸고 지하철역 쪽으로 걸어가는 모습을 어린 그 아이는 따뜻한 부엌에 앉아 지켜보았다. 어린 그 아이가 아직 모르는 많은 슬픔들이 이 세상에는 있을 것이다.

오래지 않아 잊힐 이런 날들을, 살아간다.

포스트잇

우리 시대의 공주는 어떤 사람일까. 1919년 영국의 일러스트레이터 아서 래컴은 『신데렐라』에 그림을 그리면서 인물과 사물을 그림자처럼 드러내는 실루엣 기법을 사용한다. 리베카 솔닛은 100년 뒤 『신데렐라』를 새롭게 다시 쓰면서 아서 래컴의 그림을 가져온다. 그는 "홀로 국경을 넘은 난민 어린이들, 이주민 가정부들, 불안정하고 냉혹한 환경에서 하루하루를 살아야 하는 모든 아이들, 집에서도 외부인 취급을 받는 사람들, 가정이 가장 위험한 공간인 사람들, 집이 없는 사람들"의 모습에서 신데렐라의 얼굴을 본다. 그리고 아서 래컴이 그린 검은 신데렐라가 하나의 상을 제시했다고 말한다.

「프린세스 안나」는 1995년 겨울, 『문학과사회』에 발표된 작품이다. 21세기에 다시 읽은 신데렐라가 여성이면서 약자인 이들의 고단한 현실을 상징하듯이, 소설의 제목에 나타난 '프린세스'는 우리 사회에서 어린 딸을 일컫는 '공주님'이라는 호칭을 다시 생각하게 만든다. 그리고 가부장적 사회가 호명하는 공주가 되기를 거부하는 안나의 시선에서 여성의 삶을 다룬다. 소설의 첫 문장에서 작가는 "어린 여자아이는 누구나가 예뻐하는 것이니까"라고 말하고 이어지는 술어를 확정하지 않는다. 이 문장은 『백설공주』의 서두에 나오는 "이 귀여운 여자아이는 모든 사람이 사랑하게 된다"라는 문장을 살짝 비튼 것이다. '어린 여자아이'를 '예쁜 것'으로 대상화하는 현실과 '어린 여자아이'들이 자라면서 마주칠 모순을 비판하는 출발점이기도 하다.

이 작품에는 일인칭 화자 안나를 비롯해서 안나의 엄마, 이모, 언니, 여동생, 식모아이 등 여러 여성 인물이 등장한다. 그들은 저마다 다른 이유로 프린세스의 삶과는 거리가 멀다. 안나의 할머니는 아마도 부적이었을 붉은 종이를 태우고 그 잿물을 손녀들의 머리카락에 바르면서 여자아이들의 행운을 빈다. 할머니는 기억할 수도 없이 아주 많은 딸들을 낳았지만, 살아남은 딸들은 엄마와 이모 둘뿐이라고 말한다. 할머니의 간절한 기원에도 공주들의 안위는 보장되지 못한다. 작가는 그 뒤의 불평등한 구조를 들여다본다.

소설이 발표된 1995년의 대한민국은 소득 불평등이 심화되기 시작한 시기였다. 그해 5월, 국제 신용평가사 스탠더드앤드푸어스는 한국의 신용등급을 상향 조정했고 정부는 선진국 클럽으로 불리는 경제협력개발기구OECD에 가입을 신청했다. 경제 호황은 사람들의 욕망을 하늘 높이 밀어 올렸지만, 빈익빈 부익부의 현실은 더욱 명징하게 드러났고 모든 것은 터지기 직전의 거품처럼 불안정했다. 안나는 "구두를 사기 위해서 쇼윈도를 지나가던 하얀 원피스를 입은 여자들이 컬이 들어간 내 머리칼과 속눈썹을 만지면서 지나간다"라고 유년기의 풍요를 회상하지만 이것은 한때의 "파스텔 그림"이었다. "식모아이의 마을은 일생 동안 딸기 아이스크림을 한 번도 먹어보지 못한 아이들이 가득 살고 있다"라는 말을 전해 듣기만 한다. 그리고 "모든 것이 갑자기 변하기 시작한 것이 언제였을까"라고 묻는다. 이 소설은 모두에게 큰 충격을 안겨주었던 사건인 삼풍백화점 붕괴 사고 직후의 어두운 겨울에 발표된 것이기도 하다.

안나는 어린 시절을 "디즈니의 스노 화이트" 같았다고 말한다. 안나의 아버지는 딸들에게 "내 딸들은 다 예쁘고 강하다. 아무도 함부로 하지 못하고 서울에서 가장 자신

있는 여자가 된다. 네 동생들도 마찬가지야. 말을 타고 달리는 것처럼 거침없이 사는 것이 좋다. 남자를 선택할 때면, 그는 마오쩌둥 같은 남자라야 한다. 프린세스는 왕과 결혼하는 거다"라고 말한다. 그렇다면 왕과 결혼한 프린세스는 행복했을까. 백설공주는 "달콤한 포도 젤리 같"았던 어린 시절을 지나 독이 묻은 사과의 시련을 겪고 왕자를 만난다. 그러나 공주가 왕자를 만난다고 해서, 왕과 결혼한다고 해서 공주의 삶을 되찾는 것은 아니다. 왕자의 모험에 포상처럼 주어지는, 트로피로서만 반짝이는 수동적인 삶이 기다릴 뿐이다. '프린세스 안나'는 이 길을 걷지 않으려고, 어떻게든 다른 길을 걸어보려고 한다. 안나와 딸들에게 거침없이 살라고 말하던 아버지는 아내를 버리고 아내의 동생을 사랑했으며 아이들을 버리고 자신의 욕망대로 화가가 되겠다며 외국으로 떠났다. 그리고 남겨진 안나의 이모, 안나의 언니, 안나의 두 동생은 포도 향기 같은 꿈에서 벗어나 검은 숲을 헤쳐 나가야 했다.

가부장제 사회에서 가부장이 사라져버렸다. 세상 가장 멋진 남자인 줄 알았던 안나의 아버지는 이기심의 소유자일 뿐이었다. 텅 빈 자리에 아이 넷과 남은 이모는 "돈이 없는걸요, 난 직장을 구할 능력이 없어요"라고 말하며, 술집을 차려 이 모든 아이들을 기른다. 그가 늘 만취한 상태라는 것은, 그가 얼마나 최선을 다하고 있는가를 보여주는 일이기도 하다. 그런가 하면 "거침없이 강하고 아름다운 생을 살려고" 노력했을지도 모르는 안나의 언니 소라는 야간 학교를 졸업하고 같은 회사의 남자와 스무 살에 이른 결혼을 한다. 곧 그의 아이를 가졌고 남편은 집에 돌아오지 않는 날이 늘어간다. 언니의 얼굴에는 없던 그늘이 진다.

그렇다면 안나는 누구인가. 안나는 하고 싶은 것을 하고야 마는 아이이다. 안나가 '프린세스'라 불릴 수 있다면 바로 이 때문이다. 한밤중 거리에서 만난 노아와 핑크는 두려움을 잊게 해주는 친구들이다. 푸른빛이 도는 검은 얼굴을 가진 노아는 노숙을 하고 있지만 언젠가 쿠바의 아바나에 가는 것이 꿈이다. 자신이 거기서 왔다고 생각한다. 노아의 부모는 가난했고 어려서 혀에 상처를 입었기에 말을 거의 하지 못한다. 그는 길에서 주운 립스틱을 안나에게 선물한다. 안나는 그 립스틱을 바르면서 처음으로 두려움을 지운다. "나는 아무것도 두렵지 않아"라고 말할 수 있는 사람이 된다. 이것은 안나의 말이면서 노아가 하고 싶었을 말이기도 하다.

노아가 터널의 끝을 보여주는 인물이라면 핑크는 터널의 끝까지 가본, 강한 인물이다. 그들의 상상 속에서 핑크는 아무도 다시 살아 나올 수가 없었다고 하는 호수의 한가운데에 살고 있다. 노아는 안나를 이 세상에 하나뿐인 공주처럼 사랑하며, 안나를 결코 떠나가지 않을 것이다. 이루어지는 것도 없고 안전한 곳도 없는 세계에서 안나와 노아와 핑크는 함께 의지하며 원하는 것을 향해 긴 터널을 걸어간다. 지금 이 순간 그대로 전쟁이 나버리기를 바라면서, 그렇다면 더욱 거침없이 강렬하게, 파라다이스를 향해, 이 세상을 살아가겠다고 결심한다.

어느 날 안나의 형부, 소라의 남편 영철이 부천역에서 기차에 치여 사망한다. 핑크가 안나에게 이 소식을 알려준다. 안나의 언니는 자신들의 행운을 빌었던 할머니를 생각하고, 엄마를 생각하고, 이모와 엄마 중 누가 엄마인가를 생각한다. 겨울은 끝이 없고 안나의 어린 여동생은 그 겨울이 영원하리라는 것을 벌써 예감한다. 그럼에도 그 아이가 공주가 되는 길에는, 아직 모르는 많은 슬픔들이 있을 것이다.

다시 이 소설의 제목으로 돌아가본다. 프린세스 안나는 공주인가, 공주가 아닌가. 아버지가 검은 눈동자의 장칭이 되라며 안아 올렸던 안나의 언니 소라는 동생들을 위해서 대학을 포기해야 했고, 배 속의 아이와 새로 사랑을 느낀 남자 사이에서 어찌할 줄을 모르고 머뭇거린다. 안나는 어떻게든 화실에 나갔고, 밤거리의 노아를 지켰고, 핑크의 질주에 함께했다. "누구든지 원하는 대로 할 수 있어"라는 핑크의 말은, 가부장제에 휘감기지 않는 새로운 프린세스를 위한 다짐이기도 하다. "내 딸들은 아름답고 강렬해서 누구나 사랑하리라, 꼭 그렇게 되리라"라는 아버지의 말은 결과적으로 안나의 미래를 읽은 것이 되었다. 작가는 「프린세스 안나」를 통해서 가부장제 아래서 여성이 느끼는 존재의 까마득한 불안을 드러냄과 동시에 그 탈출의 가능성을 그렸다. 이 작품 속에서 휘청거리는 세기말을 걷는 '프린세스 안나'는 21세기의 프린세스들에게 빛의 방향을 보여준다. 그런 점에서 이 작품은 여전한 불안과 위험 속에서도 원하는 것을 찾아 터널을 걷고 있는 오늘의 여성에게 건네는 예언 같은 응원이기도 하다.

생각의 타래

1. "디즈니의 스노 화이트"와 "베이징의 극단에 있던 검은 눈동자의 장칭" 또는 "마오쩌둥을 만난 다음 대장정 중에 있던 장칭"은 어떻게 다른가? 디즈니가 만든 『백설공주』의 줄거리와 역사적 실존 인물인 장칭에 대해서 알아보고 작품 속에서 두 여성 인물이 상징하는 바를 이야기해보자.

2. 꽤 유명한 건축 설계사였던 아버지는 화가가 되고 싶다면서 한때 처제였던, 스물세 살의 어린 아내에게 네 아이를 남겨두고 외국으로 떠난다. 그런 그가 뉴욕의 주유소에서 일한다는 소식을 듣고도 안나는 그것이 그다지 나쁘지는 않을 것이라고 생각한다. 안나가 아버지의 삶에 대해서 그렇게 생각한 까닭은 무엇일까?

3. 노아는 안나를 세상에서 하나뿐인 공주라고 믿고 사랑한다. 노아는 안나의 어떤 면을 보며 그가 프린세스라고 생각했던 것일까? 노아에게 프린세스란 어떤 존재일까?

4. 노아와 핑크와 안나는 약자들의 연대가 얼마나 강한 삶의 동력을 만들어 낼 수 있는지 보여준다. 세 인물의 특성을 중심으로 그들의 관계에 대해서 분석해보자.

5. 검은 우산을 쓴 세일즈맨이 안나에게 소시지를 사주려고 하지만 안나는 그의 친절을 거절한다. 안나가 세일즈맨의 친절을 단호하게 거절한 이유는 무엇이었을까?

6. 이모는 안나가 안나의 아버지를 닮았다면서 가까운 사람을 불행하게 한다고 말한다. 안나와 소라의 선택을 비교하면서 이 말의 의미를 생각해 보자.

7. 이 소설은 2000년 변병준에 의해서 동명의 만화로도 창작되었다. 소설에 비하면 노아와 핑크, 안나의 관계가 더욱 강조되는 작품이다. 만화 『프린세스 안나』(대원씨아이)를 읽어보고 소설과 비교하여 감상을 이야기해보자.

8. 내가 생각하는 프린세스의 삶은 어떤 것인가? 내가 알고 있는 여러 가지 공주 이야기 속에서 새로운 공주의 삶을 보여주었던 인물을 떠올려보자. 그리고 자라나는 어린이들에게 새로운 공주의 롤 모델을 전해준다면 그 조건은 무엇이 될지 이야기해보자.

김애란

침이 고인다

알람이 울린다. 어둠 속, 다급하게 깜빡이는 휴대전화 불빛은 그녀가 하루를 시작하는 데 꼭 필요한 경보警報와 같다. 아침마다 그 작은 재난을 향해 손을 뻗는 그녀의 모습은, 한밤중 폭우를 만나 해변으로 쓸려 온 이방인을 떠올리게 한다. 그녀가 머리맡을 더듬어 불빛을 움켜쥔다. 손가락 사이로 푸른빛이 새어 나온다. 그녀는 휴대전화를 쥔 채 죽은 듯 엎드려 있다. 누군가 그 모습을 본다면, 이제 막 출동하려 한 손을 든 슈퍼맨과 같다 말할지 모른다. 그러니 그녀가 아침마다 제일 먼저 하는 일이란, 주먹을 뻗는 것일지도 모르리라. 그녀가 자세를 튼다. 몸에서 관절 꺾이는 소리가 난다. 그녀는 베개에 얼굴을 묻으며 절망적으로 중얼거린다. 그리고 그 절망이란, 늘 한 가지 종류의 것뿐이다. **피곤하다**. 복도 위로 신문 떨어지는 소리가 들린다. 후배가 끙 소리를 낸다. '오늘은 한 시간 일찍 출근해야 하는데.' 머리 위로 어지럽게 흩어진 원고 뭉치가 보인다. '늦으면 2만 원이나 내야 하는데.' 원고는 중학생 아이들의 논술 답안이다. 한 장에 천 원, 일주일에 120장씩, 500자 원고지를 첨삭하는 일이다. 후배는 수성 펜을 쥔 채 엎드려 자고 있다. 귓불에는 빨간색 잉크가 묻어 있다. 그녀는 욱신거리는 몸을 뒤척인다. '감기인가?' 창밖으로 오토바이 떠나는 소리가 들린다. 그녀는 몸뚱이를 쭉 늘어뜨린 다음 재빨리 말아 감으며 한 번 더 중얼거린다. **정말 피곤하다**. 그녀는 고민한다. 조금만 더 잘 것인가 말 것인가. 조금 더 잔다면 얼마나 잘 것인가. 직장까지 택시로 만 원이니 벌금 낸다 치고 딱 만 원어치만 자면 안 될까. 그냥 지각해버릴까. 당장의 숙면이 2만 원어치의 가치가 있다면, 그러면 자도 되는 거 아닌가. 그러나 2만 원으로 할 수 있는 일은 또 얼마나 많은가. 한 번도 지각한 적 없으니 한 번만 지각할까. 그래, 성실함이란 미래의 실수를 위한 달란트 같은 것일지도 몰라. 벌금은 또 다른 의미의 허락이니까. 그저 조금 미안해하는 시늉을 하면 되는 건지도. 어젯밤 내가 기절할 것같이 바쁘게 일하는 거 모두 봤잖아? 하지만 그들 역시 나만큼 일했는걸. 그런데 정작 달란트가 필요한 순간 주머니가 비어버리면 어떡하지? 이렇게 고민하지 않았다면 5분은 더 잘 수 있었을 텐데. 그녀는 '그러니까'와 '그렇지만' 사이의 깊은 협곡 아래로 굴러떨어지며 선잠에 빠져든다. 물론 직장에 택시를 타고 갈 생각은 없다. 그녀는 자신이 아침마다 일어나는 데 필요한 것 중 하나가 결심이 아닌 '주저'라는 걸 안다. 그 주저의 순간, 자신에게도 삶에 대한 선택권이 약간은 있는 게 아닌가 하는 착각이 든다는 것도. 그녀가 화들짝 깨어난다. 그러고는 벌떡 일어나 미친 사람처럼 외친다. **몇 시지?** 늦은 건 아니지만 늦을지도 모르는, 세계 도처에 깔린 우리들의 난처한 시간— 그 어디 즈음의 몇 시 몇 분이다.

그녀는 욕실로 향한다. 그리고 변기 위에 앉아 무심코 팬티를 내려본 뒤 당황한다. 생리다. '예정일이 아닌데.' 그녀는 잠옷 아래로 팬티를 벗은 뒤 바닥에 쪼그려 앉아 물을 받는다.

‘오늘은 체육대회 날인데.’ 그녀는 오늘 이어달리기 선수로 뛰어야 한다. 회의 때, 응원이나 하겠다고 발을 뺐지만, 누구든 한 가지 종목에 의무적으로 참가해야 해 어쩔 수 없었다. 부장이 달리기 지원자를 물었을 때, 그녀는 지목당하지 않으려 한껏 고개 숙이고 있었다. 그런데 누군가 한 손을 번쩍 들더니 “저는 박 선생님을 추천합니다”라고 말했다. 퇴근 시간마다 막차를 놓치지 않으려 죽도록 뛰는 모습을 봤는데, 아주 잘 뛰더라는 것이었다. 그녀는 울적한 표정으로 팬티가 물에 불기를 기다린다. 살면서 사내 체육대회 우승 같은 거 절대 하고 싶지 않았는데. 절대 하고 싶지 않았지만 벌써 예선도 치렀고 티셔츠도 받았다. 예선에서는 자기도 모르게 1등을 하는 바람에 더욱 우울해져버렸다. 이사장은 우승 팀에게 200만 원을 내걸었다. 장기 자랑 수상자에게는 50만 원을 준다 했다. 그녀는 오늘 달리기도 하고, 장기 자랑도 해야 한다. 그녀가 속한 과에서는 누구도 장기 자랑에 나서지 않아, 결국 모두가 춤을 춰야 한다는 결정이 내려졌다. 그녀는 점심시간마다 학원 옥상에 올라가 ‘꼭짓점 댄스’를 춰야 했다. 팔과 다리를 벌린 후 하나 둘 셋 전진, 찍고. 다시 하나 둘 셋 틀고. 거기, 박 선생님, 45도! 45도 몰라요? 확성기 소리에 다급히 목을 꺾고 반대로 갔다가 옆 사람과 부딪힌 후, 어쩔 줄 몰라 하는 사이, 강약약. 한여름, 그늘 한 점 없는 옥상에서 땀을 뻘뻘 흘리며 안무를 따라 하는 동안 그녀는 줄곧 울 것 같은 표정을 지었다. 그녀가 어릴 때 가장 싫어했던 것 중 하나가 '단체 기합'과 '장기 자랑'이었는데, 꼭짓점 댄스는 그 두 개를 합쳐놓은 것 같았다. 그녀는 고개를 숙인 채 마블링처럼 엷게 번져가는 핏물을 바라본다. **오늘, 학원 가지 말까?** 그녀는 고민한다. 그녀가 뭔가 선택하고 있다고 믿을 수 있도록. 그러고는 얼마 지나지 않아 후다닥 찬물에 머리를 감는다.

저기, 단풍처럼 작은 손으로 아침 볕을 가린 채 뛰어가는 그녀가 보인다. 그녀는 면바지에 주황색 티셔츠 차림이다. 가슴 한쪽엔 지구의 모양의 로고와 '축 개원 10주년 뉴 엘리트 학원'이라는 문구가 새겨져 있다. 광복절이라 거리엔 사람이 별로 없다. 토스트를 파는 포장마차도, 무가지를 나눠 주는 가판대도 한적하기만 하다. 에스컬레이터 위로 얼굴이 부은 사람들이 일렬로 서 있는 게 보인다. 그들 모두 어릴 때 꿈이 '훌륭한 사람'은 못 되었어도, '공휴일에 출근하는 사람'은 아니었을 거다. 그녀는 에스컬레이터의 긴 행렬에 바싹 따라붙은 뒤, '내가 사교육만 제대로 받았어도 이러고 있지 않을 텐데' 탄식한다. 그러고는 이내 부끄러워한다. 학부모들이 상담 때마다 하는 말 중 하나가 우리 애가 '공부를 못해서'가 아니라 '욕심이 없어서'라는 걸 알고 있기 때문이다.

그녀는 목동의 입시 학원에서 일한다. 중등부 1학년만 천 명이 넘는 기업형 학원이다. 그녀는 국어과에서 중등부 강의를 맡고 있다. 처음 면접을 보러 다니던 때, 그녀는 자기 몸값을 스스로 불러야 한다는 사실에 당황했었다. 어느 학원에선가 "우리는 달라는 대로 얼마든지 줄 수 있다. 선생님이 한 달에 천만 원 달라고 하면 천만 원 줄 수 있고, 600만 원 달라고 하면 그럴 수 있다. 다만 우리는 그 값어치를 하는 사람을 못 구하고 있을 뿐이다. 선생님은 얼마를 원하느냐?"라고 물어왔을 때도 그랬다. 그녀는 가죽 소파 위에 쥐며느리처럼 앉아 고뇌했다. 적게 부르면 사람이 무능한 것 같고, 많이 부르자니 뻔뻔해 보일 것 같았다. 그녀는 원장이 대단히 '공정하다'고 생각하는 부분이 어딘가 이상하다고 느꼈지만, 그것이 왜 이상한지 알 수 없었다. 다만 그때 자신이 느낀 감정이 수치심이었다는 것만은 분명했다. 그녀가 시강하는 사이, 600만 원 정도의 월급을 받는 것으로 보이는 젊은 관리자급 강사가 고개를 뒤로 젖히고 잤다. 그녀는 학원 측의 갑작스러운 요구에 교재도 없이 시강을 하느라 진땀을 뺐다. 이상한 것은 그 순간 '못 하겠다'는 말이 안 나왔다는 거였다. 그녀는 집으로 돌아오며 우울해했다. 그녀 스스로도 좀더 편안하면서 많이 벌 수 있는 학원을 기웃대고 있었으면서 말이다. 어쨌든 지금은 그곳이 아닌 '뉴 엘리트 학원'에 나간다.

그녀는 매달 13평형 원룸의 월세와 의료보험, 적립식 펀드 한 개와 적금을 부어갈 만한 생활력을 갖고 있다. 아울러 만기일까지 적금을 붓기 위해선, 오늘 하루, 열심히 얼룩말처럼 달리고, 곰처럼 춤춰야 한다는 사실도 잘 알고 있다. 가끔 인생의 어떤 부분을 가불받는다고 느껴질 때도 없지 않지만. 한 1년 묵묵히 공부한 뒤 공기업에 취직하는 후배들을 보며 질투가 날 때도 있지만. 경제적 독립이 주는 떳떳함과 함께 술자리에서 초조해하지 않아도 된다거나, 지인들의 경조사에서 사람 노릇 할 수 있다는 것 역시 그녀가 학원을 그만두지 못하는 이유 중 하나다. 아울러 '그만둘까' 하는 마음이 들 때마다, 월급날은 번번이 용서를 비는 애인처럼 돌아왔다.

역내 안내 방송이 흐른다. 사람들이 안전선 근처로 모여든다. 그녀는 숨을 크게 들이마시며 '엄살떨지 말자' 다짐한다. 생리 중 수능도 보고, 아르바이트도 하고, 수학여행도 가고 다 했으니까. 문득 후배 생각이 난다. 후배는 낮에 자고 밤에 일한다. 지금 후배가 하는 일은 그녀가 구해준 거다. 시무룩한 얼굴로 취업 사이트만 돌아다니던 후배에게 첨삭 일을 제안했을 때, 후배는 장당 천 원이면 서빙보다 낫다며 뛸 듯이 좋아했었다. 그러나 원고를 맡은 지 하루도 지나지 않아, 후배는 시뻘겋게 충혈된 눈을 글썽이며 말했다. "언니, 우리나라 중학생들, 다 저능아 같아요." 후배와 같이 산 지는 세 달이 지났다. 어떻게 후배를 집에 들일 마음을 먹었는지 그녀도 아직 모르고 있다. 굳이 이유를 들어야 한다면 후배의 목소리가 좋았기 때문이라고 해야 할까. 첫날 밤, 이런저런 이야기를 들려주던 후배의 눈빛, 목소리의 질감 같은 것이 마음에 든 건지도. 그녀의 얼굴이 어두워진다. 지하철이 큰 소리를 내며 멈추어 선다. 그녀는 열차와 선로 사이의 나락을 폴짝 뛰어넘으며 냉각된 열차 안으로 들어간다. 문이 닫힌다. **춥다**.

입사 후, 그녀가 줄곧 들은 아침 인사는 모두 패션에 관한 것이었다. '어머, 머리 모양 바꿨네?'라든가, '박 선생, 가방 예쁘다' 혹은 '치마 어디서 샀어요?'와 같은. 처음에는 그녀도 즐거웠다. 쑥스럽기도 하고, 으쓱한 마음에 화장실 거울에 자기 모습을 비춰 볼 때도 있었다. 그러나 얼마 지나지 않아, 이곳 사람들은 심하다 싶을 정도로 그런 말을 반복한다는 걸 깨달았다. 패션은 관습적인 인사가 아니라 일상적이고 중요한 화제였다. 그녀는 점점 궁색한 자신의 옷장과 선생들의 관심에 부담을 느꼈다. 칭찬을 들은 후엔 이상한 부채감도 생겼다. 어느 때는 사무실 문을 열자마자 모두가 재빨리 자신을 훑어보며 점수를 매기고 있는 것은 아닐까 불안했다. 하지만 그녀는 그러한 근심이 보잘것없다는 걸 깨달았다. 사람들이 누군가의 변화에 환호하는 건, 우리에게 어떤 '화제'가 생겼다는 사실에 안도하는 것일지도 모른다고. 그런데 오늘, 교무실 문을 연 순간 그녀가 처음으로 들은 소리는 패션에 관한 말이 아니었다.

부장이 그녀를 부른다. 그녀는 부장의 책상까지 걸어가는 동안 실수의 가능성을 헤아려본다. 딱히 떠오르는 것이 없다.

섬세하고 성실하며 분기별 교원 평가에서 늘 좋은 점수를 받아온 그녀였다. 부장이 묻는다. SH1이랑 CK2반, 선생님이 맡고 있는 거 맞죠? 그녀가 긴장하며 답한다. 네, 제 후배가…… 부장이 말을 자른다. 그러게. 그녀는 아무 말도 않는다. 맞는 걸 죄다 틀리게 고쳐놓으면 어떡해? 그녀가 책상 위의 원고 뭉치를 바라본다. 원고 위로 후배의 둥근 글씨가 보인다. 첨삭란이 나름 빽빽한 게 꼼꼼히 살펴본 듯하다. '예컨대'는 '예컨데'로 고쳐놓고, 이 문장은 '때문에'가 하나의 어절로 쓰였으니까 띄어야지. 여기 학부모들 학력이 얼마나 높은데, 항의 전화가 몇 번이나 온 줄 알아요? 후배, 국문과 맞아? 그녀는 무슨 말부터 해야 할지 몰라 망설인다. '얼마나 틀린 건가요?' 확인해야 할지, '후배는 국문과가 맞습니다' 대답해야 할지, '제가 다시 해놓겠습니다'라고 수습해야 할지 말이다. 그녀는 가장 좋은 대답을 찾아낸 듯 겨우 한마디 한다. **죄송합니다**. 박 선생님, 이게 한 장에 천 원이어도 우리가 한 단어 틀리면 그 백배 이상의 신용을 잃는 거예요. 부장은 후배에게 더 이상 일을 맡길 수 없다 한다. 그녀는 아무 말도 못 한다. 부장이 알겠냐고 묻는다. 그녀가 망설인다. 부장이 집요하게 대답을 기다린다. 그녀가 마지못해 대답한다. **죄송합니다**. 알겠다는 뜻이다. 그녀는 자리로 돌아와 앉는다. 다른 선생들이 재빨리 시선을 거둔다. 생리 때문에 아랫배가 싸하다. 그리고 훌쩍 콧물이 흘러나온다. 휴지를 꺼내 조심스럽게 콧물을 찍어내는 사이,

최 선생이 묻는다. 박 선생님, 감기 걸렸어요? 그녀가 고개를 끄덕인다. 김 선생이 묻는다. 여름에 웬 감기? '여름에 웬 감기냐고? 집채만 한 에어컨 바로 옆에 앉아 있으니까 그렇잖아. 내가 늘 바들바들 떠는 거 알면서 아무도 에어컨을 줄이거나 끄자고 하지 않으니까 그런 거잖아.' 그녀는 갑자기 아이처럼 서러워진다. 일전에 지독한 목감기에 걸렸을 때도 모두 한마디씩 걱정해줬지만, 아무도 보강을 해주겠다는 말은 하지 않았다. 그녀는 후배에게도 좀 짜증이 난다. 내가 '자주 틀리는 한국어 맞춤법' 파일도 출력해줬는데. "불 끄고 자" 했을 때마다 "아니에요. 해야 해요"라고 말하며 밤새 형광등을 켜고 자던 후배의 앳된 얼굴이 떠오른다. 부장이 외친다. 다들 이동하죠! 그녀는 부장을 흘겨보며 생각한다. 자기는, 얼굴이 비문이면서. 그녀는 자신이 후배에 대해 얼마나 알고 있는지 질문해본다. 후배가 '예컨대'를 잘못 알고 있다는 사실 외에 그 아이에 대해 말해줄 수 있는 다른 것들을. 고등학교 3년 내내 배운 불어가 하나도 기억나지 않는 것처럼 머릿속이 멍해진다. 최 선생이 어깨를 친다. 가요.

후배는 이야기를 잘했다. 언변이 좋아서도, 아는 게 많아서도 아니었다. 후배는 이야기를 하는 동안, 지금 자기가 하고 있는 얘기가 가장 중요한 이야기이며, 또 의미 있는 일이라는 표정을 지었다. 그녀는 후배의 목소리를 들을 때마다, 잘못된

번역으로 가득한, 이상하고 좋은 철학서를 읽었을 때처럼 가슴이 싸해지는 걸 느낄 수 있었다.

후배를 처음 맞은 날, 후배는 작은 손가방 외에 아무것도 갖고 있지 않았다. 후배가 가진 건 자신이 그녀의 대학 후배라는 것. 그리하여 우리는 만났고, 만난 적이 있다는—믿을 수 없을 만큼 모호하고 상징적인 명함 한 장뿐이었다. 후배는 이야기 속 나그네처럼 하룻밤만 묵고 갈 수 있을지 물어왔다. 담담하고 점잖은 말투였다. 그녀는 망설이다 그러라고 했다. 인정 없는 선배로 소문이 나고 싶지 않았을뿐더러, 하룻밤 정도야 아무래도 좋았다. 그녀는 후배에게 이불을 펴주고 목욕물을 데워주었다. 그런 뒤 자신이 왜 후배를 허락했는지 진지하게 고민해보았다. 하루쯤 좋은 사람이고 싶었던 걸까. 그것이 혹 '부탁'이라 할지라도 사실은 '거래'에 가까운 교환들이 이뤄지는 사회에서, 이렇게 일방적이고도 순수한 부탁이 밀고 들어오자 기쁜 듯 당황해버린 탓이었을까. 그녀는 후배를 선뜻 들인 나머지, 자신이 혹 오래전부터 어떤 요구와 결례를 간절히 기다려온 것은 아니었을까 생각했다. 후배가 욕실에서 나오자, 그녀는 "뭐 먹을래?" "편한 옷 줄까?" "스킨이랑 로션은 여기 있고, 이건 아이 크림, 수분 크림은 저기 있어" "베개 높은 것 줄까, 낮은 것 줄까?"와 같은 물음을 산만하게 쏟아냈다. 그러고는 더 이상 할 말이 없자 "와인 마실래?" 하고 마음에도 없는 말을 해버렸다.

그날 밤, 두 사람은 이불을 걷고, 밥상 앞에 마주 앉았다. 상 위에는 칠레산 와인 한 병과 잔 두 개가 놓여 있었다. 그녀는 지레 변명했다. 와인을 좋아하지만 많이는 모르고, 이렇게 가끔 마신다고. 두 사람은 어색하게 건배한 후 입을 축였다. 음악 들을래? 그녀가 노트북 앞으로 기어가려 하자, 후배는 괜찮다고 말했다. 두 사람은 몇 마디 말을 주고받았다. 누구를 만나더라도 무난하게 나눌 수 있는 평범한 화제들이었다. 피상적인 날씨와 피상적인 정치, 피상적인 영화 이야기 같은 것들 말이다. 그러다 후배가 사소한 농담 한마디를 했고, 그들은 처음으로 같이 웃었다. 어제 언니 꿈을 꾸었어요. 그녀가 의아한 표정을 지었다. 왜 가끔, 별 사이도 아닌데 난데없이 꿈에 나타나 중요한 몫을 해내는 사람들 있잖아요. 그녀가 고개를 끄덕였다. 그러게, 난 그런 사람들이 가끔 야한 꿈속에 나와서 당황하곤 해. 후배가 수줍게 웃으며 말했다. 다음 날 막상 그 사람 보면 괜히 민망하고 두근거리지 않아요? 그녀는 웃음을 터뜨렸다. 맞아, 정말 그래. 그녀는 왠지 마음이 놓이는 걸 느낄 수 있었다. 후배가 말을 이었다. 꿈속에서 언니와 저는 어느 동아시아 국가의 여름 벌판 위에 서 있었어요. 별로 친하지도 않은 우리가 왜 함께 있었는지 알 수 없지만, 우리가 같이 있다는 것만은 분명한 사실이었어요. 우리는 을씨년스러운 벌판 위에 서서 이국의 밤하늘을 바라보고 있었어요. 그런데 저기 하늘 위로 북두칠성이 보이는 거예요. 그것은 이상하게도 너무 낮게 떠 있었고, 하늘 위에 있는 거라고는 그 일곱 개의 별이 전부였어요. 그녀는 호기심을 갖고 다음 이야길 기다렸다. 우리는 별이 보이는 곳으로 다가갔어요. 그리고 곧 아연해지고 말았어요. 우리가 별이라고 생각한 건, 사실 유흥업소 지붕에 씌워진 일곱 개의 꼬마전구들이었어요. 그녀가 소리 내어 웃었다. 너, 순 거짓말쟁이구나? 후배가 정색을 하고 말했다. 아니에요. 정말이에요. 후배는 말을 이었다. 그런데 그게 전구라는 걸 안 순간, 이상하게 안심이 되었던 기억이 나요. 두 사람은 많은 얘길 나눴다. 그녀는 뭐가 우스운지 가끔 허리를 젖혀 웃었다. 그녀는 달콤하게 취해 비스듬히 몸을 뉘었다. 적어도 좋아하지 않는 직장 동료의 승용차 뒤에 앉아, 도착지까지 쓸데없는 수다를 늘어놓아야 했을 때보다는 낫다고 생각하면서. 어쩌면 유통기한이 정해진 안전한 우정이 그녀를 여유롭게 만들어주었는지도 몰랐다. 하루란 누구라도 누구를 좋아할 수 있는, 얼마든지 자신이 원하는 대로 근사해질 수도 친절해질 수도 있는 시간이었다. 그리고 꼭 그러려는 것이 아니었는데도 자신의 선의가 후배의 재담으로 보답받는 느낌을 받았다. 후배는 목소리가 좋았다. 두 사람은 금세 와인 한 병을 다 비웠다.

그녀가 반쯤 감긴 눈으로 쿠션에 기대 있는 사이, 후배는 가방 앞에 쪼그려 앉아 부스럭거렸다. 그녀에게 뭔가 보여주고 싶어 하는 눈치였다. 후배는 그녀 앞으로 다가와 앉았다.

그런 뒤 가만 손바닥을 내밀었다. 손 위에는 작은 나무 상자 하나가 놓여 있었다. 모양은 단순했지만 손때가 묻어 그윽하게 반질거리는 상자였다. 후배가 나직하게 말했다. 언니, 제가 재미있는 얘기 해드릴게요. 그녀가 고개를 끄덕였다. 상자를 보니 궁금한 마음이 들었다. 제가 여기 온 건 그동안 신세를 지고 있던 집에 압류가 들어왔기 때문이에요. 제게 눈치를 준 건 아니지만, 저는 그곳에 있을 수 없었어요. 그녀는 긴장했다. 이런 식으로, 알량한 선의 한 번에 원치 않는 비밀을 듣게 될까 두려웠다. 제가 어릴 때 많이 돌아다니면서 자랐거든요. 저 학교에서도 근로 장학생이었잖아요. 그녀는 후배가 근로 장학생이었는지는 기억나지 않았지만, 앞으로의 이야기가 어둡고 충격적인 것이 아니길 바랐다. 그런 이야기를 남기고 가기에 이곳 13평형 원룸은 너무 좁지 않느냐고. 어디서부터 말해야 할지 모르겠지만. 음, 별 얘기 아니니 편하게 들어요 언니. 그녀가 어색한 미소를 지었다. 후배는 담담하게 말을 이었다. 어릴 때 시립 도서관에 가본 적이 있어요. 정확하게 기억나지는 않지만, 우리 집에서 버스로 두 시간도 넘는 거리에 있었던 곳 같아요. 그녀도 도서관에 처음 가본 게 중학교 때였다는 걸 떠올렸다. 후배는 기억 속의 도서관을 이리로 모셔오듯, 먼 곳에 살고 있는 자신의 표정을 얼굴 위로 불러왔다. 그날, 엄마 손을 잡고 거대한 정적 속으로 들어가던 순간, 제 가슴이 무척 두근거렸던 기억이 나요. 후배의 눈빛이 장님처럼 아득

했다. 그녀는 상자를 내려다봤다. 후배가 무슨 이야기를 하려는 건지 감이 오지 않았다. 엄마는 도서관 휴게실에 저를 앉혀 둔 뒤, 잠깐만 앉아 있으라고 했어요. 책 좀 빌려 오겠다면서요. 그런 뒤 제 손에 껌 한 통을 쥐여줬어요. 심심하면 이거 씹으면서 놀고 있으라고. 그녀가 고개를 끄덕였다. 엄마가 열람실로 들어가자마자 껌 하나를 꺼내 씹었어요. 입속 가득 그윽한 침이 고여 자꾸 입맛을 다셨던 기억이 나요. 저는 의자 위에 앉아 사람들을 구경하며 놀았어요. 그곳이 뭘 하는 데인지 잘 몰랐지만, 정숙해야 한다는 것만은 알고 있었던 것 같아요. 그녀는 고개를 끄덕였다. 그런데 아무리 기다려도 엄마가 오지 않는 거예요. 저는 초조했고, 그래서 또 껌 하나를 꺼내 씹었어요. 10분이 지나고 20분이 지나 단물이 다 빠져버릴 때까지요. 엄마는 오지 않았어요. 그녀는 뭔가 참 익숙한 이야기를 듣게 되는구나 싶어, 그것이 익숙하다는 이유만으로 후배의 불행과 상관없이 좀 피곤한 느낌이 들었다. '그런데 대체 자기 아이를 시장이나 기차역이 아닌 도서관에 버리는 엄마가 어디 있단 말인가?' 저는 불안해서 자꾸만 풍선을 만들어 불었어요. 그걸 펑펑 터뜨리며 혼자 놀라는 연습을 했어요. 정말로 곧 놀라는 순간이 오게 될까 봐. 저는 세번째 껌을 씹으며 열람실 안에 들어가보기로 했어요. 껌은 한 통에 여섯 개가 들어 있잖아요. 도서관은 조용한 곳이니까, 엄마가 어디선가 잠들어 있을지도 모른다고 생각했어요. 저는 엄마를 찾았어요. 책들이다 비슷하게 생겨 어디가 어딘지 알 수 없었지만, 그 안이 미로 같던 탓에 더더욱 엄마가 거기 있을 것만 같은 느낌이 들었어요. 저는 목이 메어 네번째 껌을 씹었어요. 한 통을 다 씹을 때까지는 확신할 수 없는 거잖아요. 그렇잖아요. 그렇지 않다면 엄마가 굳이 껌을 한 통이나 주고 갔을 리 없잖아요. 그녀는 당황하여 고개를 끄덕였다. 엄마는 얼마나 많은 책을 빌리는 것이기에 그렇게 늦는 걸까요. 도서관은 무서울 만큼 조용했어요. 저는 다섯번째 껌 종이를 벗겨냈어요. 바스락 소리가 책장 넘기는 소리와 함께 사그라지고. 설탕 파우더가 입혀진 껌을 둥글게 말아 입속에 털어 넣었어요. 엄마는 없었어요. 가슴이 아팠지만 목 놓아 울 수 없었어요. 만일 제가 도서관에서 운다면 그건 아마 세상에서 제일 큰 울음이 될 테니까요. 그녀는 후배의 말을 심각하게 들었다. 엄마는 끝내 오지 않았어요. 후배가 잠시 그녀의 얼굴을 바라봤다. 그리고 이게 마지막 껌이에요. 후배가 상자를 내밀었다. 그런 뒤 조심스럽게 상자 뚜껑을 열었다. 그녀는 홀린 듯 상체를 기울여 상자 안을 들여다보았다. 납작한 인삼껌 하나가 반듯이 놓여 있었다. 그녀는 숨이 멎는 것 같았다. 정말? 후배가 되물었다. 뭐가요? 아, 아니야. 머리를 맞댄 두 사람 사이로 침묵이 흘렀다. 그녀는 벨벳 위에 우아하게 누워 있는 인삼껌을 한참 동안 쳐다봤다. 포장지는 눅눅했고 빛이 바래 있었다. 아무리 인삼껌이라지만 몸에 아주 해로울 것 같아 보였다. 그다음, 후배의 행동은 참으로 놀라운 것이었다. 껌을 집어 들더니, 망설일 것 없이 반으로 북— 쪼개는 것이었다. 그녀가 깜짝 놀라 물었다. 왜, 왜 그래? 후배가 말했다. 언니에게 주려고요. 그녀의 얼굴이 파랗게 질렸다. 그녀는 수류탄을 든 채 자살 기도하는 탈영병을 달래듯 간절하게 외쳤다. **그러지 마**. 후배는 방긋 웃으며 대꾸했다. 괜찮아요.

'……뭐가?'

껌의 절단면이 파르르 흔들렸다. 그냥, 껌이잖아요. 후배가 말했다. 고마워요. 그녀는 혼란스러웠다. 모든 게 거짓말 같고 또 정말인 것 같았다. 그녀는 후배의 존재가 허구처럼 느껴졌다. 나를 속이려고 하는 걸까. 후배의 집에 있는 거짓말 창고엔, 유통기한이 지난 인삼껌이 100통도 넘게 쌓여 있는 게 아닐까? 그런데 요새도 시중에 인삼껌이 나오던가? 중요한 것은 그것이 사실이냐 아니냐를 떠나, 후배의 이야기가 그녀의 마음을 '움직이게' 한다는 데 있었다. 그녀는 몇 번이나 사양하다, 결국 껌 반쪽을 건네받을 수밖에 없었다. 그녀는 껌 조각을 화장대 위 영수증 보관함에 넣어두었다. 껌 같은 거, 후배가 나가기 전에만 돌려주면 되는 거니까. 어쨌든 그 모든 것과 상관없이 그녀는 그날 밤, 후배가 마지막으로 했던 말을 잊지 못한다. 어쩌면 그 한마디 때문에 후배와 살게 된 건지도 몰랐다. 후배는 아름다운 목소리로 말했다. 그날 이후로 사라진 어머니를 생각하거나, 깊이 사랑했던 사람들과 헤어져야 했을 때는 말이에요. 껌 반쪽을 강요당한 그녀가 힘없이 대꾸했다. 응. 떠나고, 떠나가며 가슴이 뻐근하게 메었던, 참혹한 시간들을 떠올려볼 때면 말이에요. 응. 후배가 한없이 투명한 표정으로 말했다.

"지금도 입에 침이 고여요."

버스가 출발한다. 수십 개의 소형 에어컨에서 찬바람이 쏟아진다. **춥다**. 그리고 **우울하다**. 생리 때문인지, 감기 때문인지, 공휴일의 체육대회 탓인지, 부장 탓인지 모르겠다. 에어컨 바람과 차 냄새 때문에 멀미가 난다. 그녀는 창밖을 보며 꼭짓점 댄스의 순서를 짚어본다. 하나 둘 셋 틀고. 하나 둘 셋 전진. 그걸 좁은 원룸 안에서 연습했을 때, 후배가 배를 잡고 웃던 기억이 난다. 언니! 왜? 후배는 하얗게 웃으며 소리쳤다. 왜 그렇게 못 춰요? 날씨는 화창하고, 피곤한 얼굴의 선생 몇이 코를 골며 졸고 있다. 부장은 맨 앞자리에 앉아, 팀장과 함께 비타민 음료를 마시고 있다. 평소 국어과는 수학과나 영어과에 비해 '하는 일이 없다'는 오해를 받아왔던 터라 이번에야말로 뭔가 보여주겠다는 각오가 대단하다. 건너편 자리에서는 학원 버스를 모는 기사 아저씨들이 얘기를 나누고 있다. 목적지까지는 한 시간가량 남았다. **좀 잘까?** 훌쩍, 콧물이 나온다. 이런, 성가시다.

후배를 들인 다음 날, 그녀는 까치발을 선 채 조심스럽게 옷을 입고 화장을 했다. 후배는 죽은 듯 누워 있었다. 그녀는 후배를 한참 동안 바라보다 집을 나섰다. 잠든 사람을 나가라고 하는 것만큼 야박한 일도 없을 듯싶었다. 그녀는 어수선한 마음으로 강의를 하고 회의를 마친 뒤 집에 돌아왔다. 그녀가 현관문을 열었을 때— 깨끗하게 정리된 원룸 안에는 후배가 자신의 가방과 함께 언제 어디로든 배달될 수 있는 택배처럼 오도카니 앉아 있었다. 안 계셔서. 인사하고 가려고요. 그녀는 신발장 앞에서 어정쩡하게 고개를 끄덕였다. 그러나 그다음에 무엇을 어떻게 해야 할지 몰랐다. 그래, 그럼 잘 가라고 해야 하나? 잘 지내, 기회가 있으면 또 보겠지? 차비가 있냐고 물어야 할까? 그녀는 엉겁결에 대꾸했다. 그럼, 와인이나 한잔하고 가.

그러니 아마 그즈음이었을 거다. 문득 저 애랑 살아볼까 하는 마음이 들었던 것은. 그날 밤, 그녀는 와인 한 병을 다 비운 뒤 후배보다 먼저 고꾸라졌다. 그리고 다음 날 심한 감기몸살을 앓았다. 후배는 차가운 손으로 그녀의 이마를 짚어주며, 학원에 전화를 하고 묵묵히 쌀죽을 끓였다. 그녀는 이불 밖으로 빠끔 두 눈을 내민 채 후배의 움직임을 구경하다, 약에 취한 목소리로 말했다. 괜찮다면 계획이 잡힐 때까지 여기 있어도 좋다고. 후배는 대답 없이 김치를 썰었다. 그게 3개월 전의 일이다. 후배는 그녀 집에 묵었다. 그녀가 학원에 간 사이

눈부시게 집 안 청소를 해놓는다거나, 그녀가 퇴근 후 볼 만한 영화나 외국 드라마를 내려받아 하드디스크에 예쁘게 갠 수건처럼 차곡히 쌓아놓는다거나, 가끔은 소국을 유리컵에 꽂아두기도 하면서. 그리고 틈틈이 일자리를 알아보러 다녔다. 그녀는 차츰 후배와 함께 살아도 좋을 합리적인 이유들을 궁리해내기 시작했다. 후배가 일자리를 구하고 있는 이상, 월세를 같이 부담해도 좋을 거라고. 그편이 후배 마음도 편하고 자신에게도 경제적일 거라고 말이다. 얼마 후, 이런 뜻을 은근히 내비치자 후배는 망설이듯 물었다. 괜찮으시겠어요?

'괜찮겠냐'니, 무슨 뜻이었을까. 하늘 위로 '이사장님 말씀'이 울려 퍼진다. 괜찮겠냐는 거, 결국 배려를 가장하며 책임을 미루려고 한 말이 아니었을까. 운동장엔 네 개의 천막이 마주 보고 있다. 정면에 있는 것이 본부석이고 나머지는 모두 응원석이다. 본부석 그늘 아래, 간부들이 무표정한 얼굴로 앉아 있는 게 보인다. 그녀는 이제 후배에 대해 그만 생각하자고 다짐한다. 사회자가 추첨 상품으로 김치냉장고와 자전거, 엠피스리 플레이어, 축구공 등이 마련되어 있다고 소개한다. 운동장 안은 기대감으로 술렁인다. 국민체조 음악이 흘러나온다. 모두 음악에 맞춰 어색하게 걷는 시늉을 한다. 음악 중간마다 '하나 둘 셋 넷' 하는 구령에서부터 '옆구리!' '숨쉬기!' 등 전투적인 추임새가 나온다. 그녀는 국민체조 음악을 유치원 때부터 들어왔다. 그때마다 이상하게 가슴이 벅차오르기도 하고 상쾌해지다 어느새 경건해지곤 했다. 그렇지만 오늘은 왠지 체조 절정 부분에서 사내가 '온몸 운동!' 하고 외치는 순간, 비장한 선율에 맞춰 고작 노 젓는 시늉이나 하자니 웃겨서 몸 둘 바를 모르겠다. 음악이 끝나자 거대한 물결이 띠를 이뤄 흩어진다. 사원들은 티셔츠 색깔에 따라 과별로 나뉘어 있다. 빨강, 주황, 노랑, 초록, 파랑 모두 다섯 팀이다. 그녀는 새삼 '내가 다니는 직장이 생각보다 꽤 큰 조직이었구나' 하고 감탄한다. 대운동장에서는 축구 예선이, 소운동장에서는 이인삼각 경기와 족구가 펼쳐질 예정이다. 응원단은 두세 조로 흩어져 선수들 앞에 자리를 잡는다. 그녀는 공기가 들어간 흰색 방망이를 양손에 쥔 채 축구장 앞에 앉는다. 국어과와 수학과 남자 선생들이 마주 서서 인사를 한다. 저쪽 응원석에서 '와아' 함성을 지르자, 국어과에서도 '우우' 환호성을 보낸다. 그녀는 코를 훌쩍이며 방망이를 두드린다. 호루라기 소리와 함께 경기가 시작된다. 맑고 쨍쨍한 여름 하늘 아래 흩어지는 장정들의 몸짓이 퍽 가뿐하다. **이겨라**.

후배는 그녀 집에 살았다. '언제까지'라는 말은 누구도 꺼내지 않았고, 불필요해 보였다. 그녀는 막연하게 후배가 복학할 즈음이나 돈을 모았을 때 떠나게 되리라 짐작했다. 살림은 자연스럽게 분담되었고 생활비도 줄었다. 방학 기간을 제외하고 밤늦게 퇴근했던 그녀는, 후배에게 항상 '뭐 사갈까?' '필요한 거 없니?'라는 문자메시지를 전송하곤 했다. 두 사람은 방바닥에 허리를 숙인 채 떡볶이를 먹고, 그날 있었던 일을 얘기하고, 공과금 납부를 상의했다. 가끔은 노트북 앞에 이마를 맞댄 채 영화를 볼 때도 있었다. 그녀는 누군가와 함께 살아 좋은 순간은 뭔가 같이 '먹을 때'라는 걸 깨달았다. 밥상 앞에 한 사람이 더 있다는 사실만으로도 스스로 보통 사람이 되는 것 같았고, 그 상이 그냥 상이 아니라 아주 오래전부터 내려오는 유구한 밥상처럼 느껴졌다.

몇 번의 알람이 울렸다 꺼지고, 고단하고 일상적인 날들이 지나갔다. 후배는 여전히 목소리가 좋았지만 예전만큼 이야기를 많이 하지 않았다. 그들에게 '습관'이란 게 생겨버린 탓이었다. 일상의 습관, 관계의 습관, 그 습관을 예상하는 습관까지 말이다. 그것은 그녀가 퇴근 후 현관에 서서 '지금 저 안에 후배가 없었으면 좋겠다'는 생각을 처음으로 했던, 그즈음부터였을지도 모른다. 그녀는 후배를 안다고 생각했다. 후배의 습관 중 부정적인 목록을 발견했을 뿐인데도 말이다. 그녀는 주인공의 죽음을 기다리는 독자처럼, 후배가 저지르는 작은 실수들을 숨죽여 기다리게 되었다. 물론 그녀는 자신이 그렇다는 걸 자각하지 못했다. 그녀는 어느 순간 '거봐, 그럴 줄 알았다니까' 하고 후배의 잘못에 환호했다. 후배는 변기 뚜껑을 잘 적신다. 후배는 화장품을 헤프게 쓴다. 후배는 드라이

할 옷을 세탁기에 집어넣는다. 후배는 이불 위에서 첨삭을 하고 잉크를 묻혀놓는다. 후배는 문을 세게 닫는다. 후배는 연예기사를 너무 많이 본다. 후배는 통화할 때 말이 많고, 후배는 한 번 쓴 수건은 다시 쓰지 않는다. 후배는 옷을 유치하게 입는다. 후배는 옷을 유치하게 입는데, 내 감각을 나무란다. 후배는 샤워 후 발에 물기를 완전히 닦지 않고 이불 위로 올라온다. 그녀는 후배의 그런 행동들이 싫어졌다. 처음에는 부드럽게 타일렀다. 후배는 몰랐다는 듯 실수를 인정하며 수줍어했다. 그러나 다음번에도 똑같은 행동을 반복했다. 그녀는 그 점을 이해할 수 없었다. 몇 번이나 지적해주는데도 어떻게 그것을 번번이 잊어버릴 수 있는지 납득할 수 없었다. 물론 후배에게도 선배의 못마땅한 점이 있었을 것이다. 하지만 그녀는 자신에겐 별문제가 없다고 생각했다. 그녀는 후배의 다른 점도 거슬리기 시작했다. 후배는 물을 너무 조금 마시는 것 같다. 후배는 젓가락을 이상하게 쥐는 것 같다. 후배는 발가락에 투박한 옹이가 있는데 그 모습을 자꾸 보니 싫어진다. 아침에 일어났을 때 후배의 얼굴은 너무 번들거린다. 후배는 채소를 잘 안 먹는다. 후배는 자꾸만 진밥이 더 맛있다고 그런다. 그러니까 아무래도 후배는 이상한 것 같다. 물도 조금 마시고, 채소도 잘 안 먹고, 발가락에 옹이가 있기 때문일까? 그녀는 자기도 모르게 짜증을 냈다. 후배는 미안해했고, 다음번엔 똑같은 행동을 반복했다. 그러나 그녀가 무엇보다도 견딜 수 없었던 건, 후배가 자신을 따라 하고 있다는 느낌이었다. 먼저 옷 입는 방법에서부터 표가 났다. 후배는 그녀의 옷차림을 농담 삼곤 했지만 그녀가 입는 옷과 비슷한 것들을 사들이기 시작했다. 처음에는 그녀도 그러려니 했다. 가끔은 '그럴 돈으로 먼저 저축을 하는 게 낫지 않을까' 하는 치졸한 생각이 들었다. 젊고 환한 후배가 옷에 관심이 많은 건 자연스러운 일인데도 말이다. 후배는 그녀의 말투를 따라 했다. 원래 말이란 주인이 없고, 오염되고, 공유되기 마련인 것이지만 후배의 입에서 자신이 즐겨 쓰는 어휘나 농담이 튀어나올 때마다 뭔가 도둑맞은 기분을 느꼈다. 그녀는 후배가 종일 자신의 노트북 앞에 앉아 있는 것도 신경 쓰였다. 자신이 많은 시간에 걸쳐 정성스럽게 '즐겨찾기' 해놓은 목록들을 쉽게 돌아다니고 있는 것처럼 보였다. 특히 따로 분류해놓은 음악, 영화, 독서, 철학 사이트들을 돌아다니며 아는 체를 하는 것이 불편했다. 후배는 음악을 잘 모르는데, 후배의 미니 홈피에 자신이 좋아하는 밴드의 노래가 배경음악으로 깔려 있었다. 후배는 와인 동호회에 가입했다. 그런 뒤 와인의 역사나 분류법에 대해 공부했다. 후배는 그녀보다 와인에 대해 많이 알아갔다. 학원에서 첫 월급을 받았을 때, 후배가 제일 먼저 한 일도 그녀를 위해 와인을 산 것이었다. 그날 밤, 후배는 밥상에 와인과 외국산 치즈를 올려놓고 그녀를 반갑게 맞았다. 그녀는 현관 앞에 서서 당황한 듯 물었다. **너, 와인도 마시니?**

축구는 2대0으로 졌다. 온종일 머릿속이 어지럽고 산만하다. 감기 때문인 것도 같고, 생리 때문인 것도 같고, 부장 탓인 것도 같다. 응원단은 여자 피구 경기가 열리는 소운동장으로 이동한다. 여자 피구라면 체육대회 종목 중에서도 치열하고 살벌하기로 유명하다. 이번에는 주황색 티셔츠를 입은 국어과와 초록색 옷을 입은 영어과의 대결이다. 국어과 응원단장이 기선을 제압하려 소리친다. “잘한다 국어과, 멋진 플레이 국어과!” 사람들이 단장의 구호를 따라 한다. 그녀도 구호 속에 목소리를 섞는다. 영어과 단장이 외친다. “오 필승 영어과, 오 필승 영어과, 오 필승 영어과, 오오오오오 오레 오레 오레!” 영어과의 노래가 신나게 울려 퍼진다. 국어과 선생 하나가 큰 소리로 윤도현 흉을 본다. 윤도현과 영어과는 아무 상관없는데, 영어과 사람 몇몇이 노골적으로 기분 나쁜 표정을 짓는다. 호루라기 소리와 함께 휙— 휙— 배구공이 날아다니기 시작한다. 선수들이 우르르 이리 움직이고 저리 움직인다. 응원석에서 탄성 소리가 새어 나온다. 그녀도 내심 긴장한다. 앗, 소리와 함께 첫번째 사람이 퇴장한다. 초록색 티셔츠를 입은 선수다. 국어과에서 함성이 터진다. 그녀는 방망이를 두들기며 진심으로 기뻐한다. 처음에는 응원이고 뭐고 귀찮았는데, 국어과가 이겼으면 좋겠다는 마음이다. 이어서 두번째, 세번째 선수들이 퇴장한다. 공격수들은 겁먹고 우왕좌왕하는 선수를 귀

신같이 찾아낸 뒤, 안쓰러울 정도로 아프게 '쳐' 죽인다. 퍽, 아랫배를 강타당한 국어과 선생 하나가 선 밖으로 쫓겨난다. 영어과는 환호하고, 국어과 응원석은 일순 조용해진다. 선수들 움직임 하나하나에 모든 이의 가슴이 내려앉는다. 경기는 점점 잘하는 소수의 선수들이 주도해나가는 모습을 보인다. 그들은 민첩하게 공을 피하고 받아내며 동료를 살린다. 영어과 선생 한 명이 달리고 점프하고 구르며 활약을 펼친다. 인간성과 상관없이 그녀는 점점 영웅이 돼가는 분위기다. 응원단장이 소리친다. "국어과 파이팅!" 그러자, 영어과 단장이 설핏 비웃는 어조로 받아친다. "영어과 치어 업cheer up!" 영어과 선생들이 일제히 "치어 업" 하고 따라 한다. 범접할 수 없는 세련된 아르R 발음이 국어과의 가슴을 떠밀며 파도처럼 밀려온다. 분위기는 점점 삭막해진다. 누군가 손가락을 삔 모양이다. 영어과에서 야유와 비난의 목소리가 쏟아져 나온다. 머리통을 정통으로 맞은 영어과 선생이 기분이 나빴는지 "씨팔" 하고 나가는 바람에 분위기가 싸늘해지기도 한다. 부러, 상대 팀더러 들으라는 듯 "뭐야?" "선 안으로 아주 들어가서 하지?" "규칙도 모르나 봐?" 하고 빈정거린다. 판정 시비. 아우성. 땅볼이다. 반칙이다. 무효다. 저 선생, 공 맞고 안 나간다. 내보내라. 국어과 최연장자이자 중학교에 다니는 애가 둘이나 있는 홍 선생은 심판에게 핏대를 세우며 "재 금 밟았잖아요. 왜 안 내보내요?" 하고 오열한다. 그녀는 자신도 모르게 영어과를 미워하게 된다. 영어과가 앞으로 어느 팀이랑 붙든, 꼭 상대 팀을 응원하리라 결심한다. 국어과는 결국 2대1로 진다. 의기양양하게 자리를 옮기는 영어과와 달리 국어과의 분위기는 참담하다. 선생 한 명이 운다. 그녀 역시 잠시나마 잊었던 생리통이 다시 찾아오는 기분이다.

오후에 열리는 경기는 대부분 결승전이다. 선수들의 몸은 오전보다 무거워 보인다. 최 선생은 줄다리기를 하다 손바닥이 까졌다고 불평한다. 응원단의 열기도 다소 시들해진다. 그녀는 이어달리기에 나갈 준비를 하고 있다. 국어과의 성적이 부진하기는 하지만, 이어달리기는 모든 종목 중 가장 점수가 높아 역전 가능성이 있다. 수돗가에서 손을 씻는데 초록색 티셔츠를 입은 선생 몇이 보인다. 영어과다. 왠지 기분 나쁘다. 맞은편에는 사회과 사람들이 보인다. 저 팀은 워낙 못하는 팀이니까 신경 쓰지 않아도 된다. 그녀는 점점 사람들을 색깔로 파악한다. 운동화 끈을 조이고 있는데 부장이 다가와 주먹을 쥐며 승리를 기원한 뒤 사라진다.

총성이 울린다. 선수들이 뛴다. 관중들이 쏟아내는 에너지로 텅 빈 운동장 내부가 크게 부풀어 오른다. 고만고만한 간격으로 달리던 사람들의 거리가 점점 벌어진다. 그녀는 경기 상황을 지켜보며 긴장한다. 국어과는 1등으로 달리다 2등으로 달리다 3등으로 뒤처진다. 그녀는 마지막 주자다. 일곱번째 주자들이 막대를 쥐고 달음박질친다. 그녀는 상체를 숙인 채 자세를 취한다. 수학과 선생은 바람같이 앞서 나가고 있다. 국어과 선생이 달려오는 게 보인다. 그녀는 손바닥의 감각만으로 잽싸게 막대를 가로챈 뒤 달리기 시작한다. 어디서 그런 힘이 나오는지 스스로도 놀라는 눈치다. 그녀는 있는 힘을 다해 뛴다. 허둥대며 지하철역을 향해 뛰었을 때처럼 막차를 놓치지 않기 위해 죽도록 달렸을 때처럼 전속력을 낸다. 사람들의 상체가 운동장으로 모아진다. 그녀는 과학과 선생을 추월한다. 응원석에서 '어어?' 하는 분위기다. 그녀는 선두로 달리는 수학과 선생을 잡기 위해 안간힘을 쓴다. 거리는 점점 좁혀져 아슬아슬한 상태다. 사람들이 모두 자리에서 일어난다. 이사장도 부장도 흡족한 표정으로 천막 아래 앉아 있다. 결승점까지는 20미터도 남지 않았다. 총성이 울리고, 그녀는 2등으로 들어온다. 온몸에 비지땀이 흐르고 심장이 터질 것 같다. 멀리, 국어과 부장이 무릎을 치며 주저앉는 모습이 보인다. **목마르다**.

지하철 5호선. 덜컹거리는 열차 안에 앉아 있는 그녀가 보인다. 그녀는 창백해진 얼굴로 두 팔 가득 '락앤락' 세트를 안고 있다. 체육대회 기념품으로 받은 거다. 사람들이 그녀를 흘깃거린다. 그녀는 창피해할 기운조차 없다. 그녀는 졸음을 쫓으며 하루를 반추한다. 국어과는 다섯 팀 중 3등을 했다. 자긍

심이나 부끄러움을 느끼기에 어정쩡한 등수다. 꼭짓점 댄스는 순서를 잊지 않고 무사히 따라 할 수 있었다. 하지만 국어과의 땀나는 노력에 비해 객석 반응은 썰렁했다. 꼭짓점 댄스 자체가 여럿이 추기 좋다는 점을 제외하면 신기하지도 아름답지도 않은 춤이었기 때문이다. 인기가 있던 것은 사회과 남자 선생들의 섹시 댄스였다. 장기 자랑 도중에 어느 팀에선가 자기들 부장을 치켜세우며 소위 '팀 내 용비어천가'를 불렀다. 그러자 다음 팀도 경쟁하듯 자기네 부장을 띄워주는 구호를 외쳤다. 그다음 팀도 부장의 체면을 세워주려 다른 버전의 노래를 불렀고, 어느 순간 모두가 '그만 좀 했으면' 하는 분위기로 돌아갔다. 그런데도 결국 모든 팀이 같은 식의 '추대'를 하게 되었다. 행사가 마무리되고, '드디어 오늘 하루가 끝났구나' 하고 안도할 즈음, 갑자기 학원에서 버스를 모는 아저씨가 연단에 올라 마이크를 쥐었다. 사회자가 "마지막으로 자원해서 올라오실 분 안 계십니까?" 하고 물은 직후였다. 순간 분위기는 말할 수 없이 어색해졌지만, 누구도 그를 말리거나 비난하지 못했다. 기사 아저씨 역시 학원 구성원 중 한 명이고, 그래서 오늘 대회에도 참가한 게 사실이었다. 그러나 그가 지루하고 식상한 「남행열차」를 불렀을 때, 사람들은 이상한 불편함을 느꼈다. 저쪽, 학원 버스 기사들 몇몇만 술에 취해 박수를 쳐댈 뿐이었다. 이상한 것은 그 순간, 그녀가 후배를 떠올렸다는 거였다. 그녀는 기사 아저씨가 연단에 오르는 순간, 왠지 후배와 그만 살고 싶다는 마음이 들었다. 후배가 '왜요' 하고 묻는다면 '네가 젓가락을 이상하게 잡고, 채소를 잘 먹지 않기 때문'이라고 말할 수 없는 노릇이지만. 어쩌면 단지 그 이유 때문일지도 몰랐다. 그러나 그녀는 자신이 그런 말을 할 수 없는 인간이라는 걸 알고 있다. 아마 오늘도 어제처럼 혼자 얼굴을 찌푸린 채, 제 마음속의 사관史官에게 후배의 습관을 고자질하는 정도에 그칠 것이다. 그녀는 후배를 싫어하지 않는다. 후배에게 느끼는 불편함 역시 하나의 습관일지 몰랐다. 그녀는 '락앤락' 세트를 껴안은 채 눈을 감는다. 볕에 그을린 콧잔등이 발갛게 익어 있다. 끝났다고 생각한 순간 기사 아저씨의 노래가 있었고, 끝났을까 눈치 본 순간 회식이 있었고, 정말 끝났구나 안도한 순간 2차가 있었다. 그녀는 어서 집에 도착해 보송보송한 요 위로 몸을 날린 뒤 잠들고 싶은 생각뿐이다.

그녀가 현관문을 연다. 문틈 사이로 불빛이 새어 나온다. 이불 위에 누워 첨삭을 하고 있는 후배의 모습이 보인다. 후배가 고개 들어 반색한다. 언니 왔어요? 그녀는 '락앤락' 세트를 바닥에 내려놓는다. 이야, 그거 언니가 상 탄 거예요? 그녀는 심드렁하게 대꾸한다. 아냐. 그냥 참가하면 다 주는 거야. 후배는 집에 반찬통이 없었는데 잘됐다며 좋아한다. 그녀가 흘깃 원고지를 보며 말한다. 아직도 해? 후배가 싱그럽게 웃으며 자랑한다. 네, 언니 저 거의 다 했어요. 이번 주 주제가 다양성인데요, 획일성은 나쁘고 다양성이 중요하다는 내용을 모든 아이들이 완전 획일적으로 써 냈어요. 웃기죠? 그녀는 후배가 내민 원고를 낚아챈다. 봐봐. 후배의 얼굴에 당황하는 빛이 스친다. 그녀는 재빨리 원고를 훑어 내려간다. '예컨데'가 '예컨대'로 바르게 고쳐져 있다. 왠지 더 언짢다. 언니. 후배가 묻는다. 왜 그래요? 그녀가 말한다. 여기. 네? 틀렸잖아, 여기. 후배가 순진한 표정으로 원고를 살핀다. 뭐가 잘못인지 모르겠다는 얼굴이다. 이게 장당 천 원이어도, 이런 거 하나 틀리면 우리 학원 이미지가 크게 손상되는 거야. 후배는 말이 없다. 그녀가 덧붙인다. 모르면 물어봤어야지. 후배는 입술을 달싹거린다. 그녀는 자신의 모습이 못마땅해진다. 왠지 후배에게 미안하고, 미안해서 더 화가 난다. 어색한 침묵이 흐른다. 후배는 애써 대꾸한다. 미안해요. 다음엔 꼭 바르게 쓸게요. 그녀는 더 이상 첨삭 일을 줄 수 없다는 얘기를 어떻게 꺼내는 것이 좋을까 궁리한다. 저녁은 먹었니? 아니요. 일어난 지 얼마 안 됐어요. 그녀가 말한다. 밥 먹어. 언니 씻을게. 씻고 나서 얘기하자. 그녀는 구석으로 가 옷 갈아입을 준비를 한다. 후배가 원고를 정리하는 모습이 보인다. 그녀의 동공이 크게 벌어진다. 그녀는 자신도 모르게 소리친다. **너, 생리하니?** 후배가 어리둥절한 표정으로 묻는다. 네? 후배의 베이지 반바지 위로 동전만 한 얼룩이 배어 있다. 그녀는 재빨리 요 위를 살펴본다. 이불 위에도 생리혈이 묻어 있다. 그녀가 한 번 더 묻는다. 너,

생리해? 후배가 엉거주춤 자신의 엉덩이를 살펴본다. 그런 뒤 엄청난 누명을 뒤집어쓴 용의자처럼 손사래를 치며 변명한다. 저 예정일 아니에요. 이상하다. 정말 그럴 리가 없는데. 후배는 어쩔 줄 몰라 한다. 그녀가 나무란다. 이런 줄도 모르고 누워 있었어? 후배가 재빨리 이불을 걷으며 말한다. 몰랐어요. 이거, 제가 빨게요. 언니 어서 씻어요. 그녀는 후배의 모습이 마음에 들지 않는다. 자신이 집주인이라고 유세를 떠는 것 같고, 그런 검열과 의식적인 배려를 해야 하는 자신이 지겨워진다. 그녀는 지각한 탓에 하나밖에 남지 않은 나쁜 배역을 억지로 맡아버린 학생처럼 연극이고 뭐고 다 때려치우고 싶다. 그녀가 자기도 모르게 불쑥 내뱉는다. 이제 그만. 후배의 눈동자가 흔들린다. 예감에서부터 체념까지 사람과 헤어지는 과정을 한순간 끝내버리는 듯한 훈련된 눈빛이다. 그녀는 말을 잇지 못한다. 후배는 궁둥이에 커다란 얼룩을 단 채, 화장실에 가지도 못하고 고개만 숙이고 있다. 그녀가 후배를 달랜다. 언니가 몸도 안 좋고 요즘 신경이 예민하다. 그렇지만 오랫동안 생각해온 문제다. 서로를 위해 더 이상 함께 있는 건 좋지 않을 것 같다. 이번 달까지 여유를 갖고 정리하자. 침묵이 흐른다. 잠시 후 후배가 애써 밝은 표정으로 말한다. 알았어요. 그녀가 후배를 바라본다. 후배가 말한다. 저도 그러는 게 좋을 것 같아요. 괜찮아요, 언니. 그녀는 아무 말도 않는다. '저 아이, 미안하다는 말도 하지 않았는데 왜 자기가 먼저 괜찮다고 해버리는 걸까?' 후배는 엉덩이를 한 손으로 가린 채 옷을 들고 욕실로 들어간다. 그녀는 멍하니 서서 옷을 벗는다. 이달까지 어색한 시간을 어떻게 보내야 하나 벌써부터 걱정이다. 그러나 잠깐만 그 시간을 견디고 나면 편안한 일상이 찾아올 것이다. 그녀는 어서, 고독해지고 싶다. 푹신푹신한 고독감 속에 파묻혀 휴일이면 온종일 인터넷을 하거나 영화를 보고, 아무렇게나 입은 채, 아무 때나 일어나, 아무거나 먹어버리고 싶다. 그리고 가끔 손님이 오면 축제처럼 펑펑 와인을 따고 말이다. 그러고 보니 꽤 오랫동안 자신이 그러한 생활을 하지 못했다는 걸 깨닫는다. 후배가 욕실에서 나온다. 그녀는 자리를 피하듯 욕실로 들어간다. 후배는 그사이 방 정리를 하고 밤참을 먹을 것이다. 나가서 맥주라도 한잔하자고 해볼까? 통닭 한 마리 시켜놓고 이런저런 얘길 나누다 보면 마음이 풀릴지도. 샤워기를 틀자 쏴아— 하고 뜨거운 물이 쏟아져 내린다. 그녀는 문득, 자신이 돈을 벌고 있다는 사실에 안도하는 순간은 바로 이런 때가 아닐까 생각한다. 수도 요금을 지불할 수 있다는 것, 샤워기 아래서 그것을 아주 사실적이고 감각적으로 깨달을 수 있다는 것, 최고급은 아니더라도 보통보다 약간 좋은 목욕 용품으로 샤워를 하며, 쾌적함과 그것을 가능하게 하는 조건들에 대해 두려움 비슷한 안도감을 느낄 때. 그리고 그 모든 것을 자신이 선택하고 있다고 믿을 수 있을 때 말이다. 그녀는 몸에 골고루 비누 거품을 묻힌다. 그런 뒤 뜨거운 물에 몸을 지지며 정신없던 하루에 대해 생각한다. 많은 일이 있었고 또 말썽 많은 하루였다. 그러나 중요한 것은 그 하루가 '지나갔다'는 데 있다. 후배와 지낼 불편한 날들 역시 곧 지나갈 것이다. 그녀는 귓바퀴와 배꼽에 낀 먼지를 샅샅이 씻어낸다. 수챗구멍 위로 그녀의 것과 후배의 것이 뒤섞인 머리카락이 회오리친다. 샤워를 하고 나니 몸과 마음이 누그러지는 느낌이다. 그녀는 후배가 나갈 때까지만이라도 최대한 잘해주자고 결심한다. 그녀는 몸에 수건을 감고 나온다. 그런 뒤 발판에 발바닥을 문지르며 주위를 살펴본다. 이상하다. 방 한가운데 오래된 적요가 손님처럼 앉아 있다. 한쪽에 가지런히 개어진 이불이 보인다. 요 껍데기는 벗겨진 상태다. 방 안을 둘러본다. 항상 행거 아래 있었던 후배의 가방이 보이지 않는다. 후배가 없다.

깊은 밤이다. 저기, 단풍같이 작은 손으로 이마를 짚은 채 누워 있는 그녀가 보인다. 머리맡에는 알람 시간이 맞춰진 휴대전화가 놓여 있다. 오래전부터 그 자리에 있던 것 같은, 적막하고 푸근한 어둠은 그녀의 몸에 꼭 들어맞는다. 그녀가 몸을 튼다. 온몸이 뻐근하다. 오늘은 탐폰을 했으니 생리가 샐까 불안해하며 자지 않아도 될 것이다. 탐폰은 몸에 나쁘다고 펄쩍 뛰던 후배 생각이 난다. 훌쩍, 콧물이 나온다. 감기가 심해지려는 모양이다. **피곤하다**. 그녀는 요 위에 반듯이 누워 가만가만 숨 박자를 맞춰본다. 긴 시간이 흐른다. 잠이 오지 않는다. 그녀는 잠들려 노력한다. 내일 아침, 몇 배는 더 많은 '주저'를 하게 될까 조바심이 난다. 어서 자자고 채근할수록 잠은 멀리 달아난다. 그녀는 포기한 듯 자리에서 일어나 노트북을 켠다. 잠도 오지 않고, 잡생각에 시달리느니 드라마나 한 편 볼 생각이다. 그녀는 노트북을 방바닥에 내려놓고 하드디스크에 저장된 폴더 하나를 연다. 최근에 본 미국 드라마 동영상이 한글 자막 파일과 함께 주르륵 펼쳐진다. 후배가 받아놓은 파일들이다. 그녀는 24화라고 적힌 마지막 파일을 열어본다. 첫 부분을 보니 이미 봤던 파일이다. 그녀는 드라마의 시즌 1이 25화에서 끝난다는 걸 알고 있다. 최종회는 아마 오늘 오전 즈음에서야 인터넷에 올랐을 거다. 그녀는 고민한다. 새로 파일을 받자니 번거롭고, 한편으론 꼭 보고 싶은 마음이다. '지금'이 아닌 '다음'을 향해, 다음을 위해 달려가는 저 매혹적인 이야기의 끝을 오늘 밤 기어이 목도하고 싶다. 그녀는 동영상을 내려받을 수 있는 사이트에 접속한다. 그녀는 25화를 검색한 뒤 가볍게 클릭한다. 늦어도 10분 안엔 전송받을 수 있을 것이다. 그녀는 다시 요 위에 반듯이 눕는다. 머리맡에 놓인 노트북 불빛이 파랗게 일렁인다. 먼 곳에서, 수도관을 타고 날아오는 수천 마리의 나비 떼처럼— 전자파를 타고 오는 바이트byte들이, 수많은 이야기의 점点들이 그녀의 컴퓨터 위로 사뿐 내려앉는다. 그녀는 자신의 정수리 위로 조용하게 쌓여가는 이야기의 완료를 기다리며 죽은 듯 누워 있다. 그러고는 문득 뭔가를 기억해낸다. 몇 달 동안 까맣게 잊고 살았는데, 갑자기 왜 떠올랐는지 모른다. 그녀는 자리에서 일어난다. 그러고는 화장대로 걸어가 영수증 보관함을 열어본다. 온갖 영수증과 카드 명세표 사이로 반쪽짜리 인삼껌 하나가 초라하게 묻혀 있는 게 보인다. 그녀가 조심스럽게 껌 조각을 집어 든다. 그리고 포장지를 벗겨, 눅눅하게 들러붙은 은박지를 뜯어낸다. 인삼껌은 살점처럼 피로하게 늘어져 있다. 그녀는 껌을 코에 갖다 대본다. 사라질 듯 말 듯한 향신료의 흔적이 한 자락 후각세포 안에 걸려든다. 인삼 향은 먼지 냄새처럼 그윽하고 아련하다. 그녀는 망설임 없이 껌을 입안에 털어 넣는다. "세상에." 그녀가 놀란 듯 중얼거린다. "아직 달다." 그녀는 천천히 껌 조각을 씹으며 무표정한 얼굴로 자리에 눕는다. 입안 가득 달콤 쌉싸름한 인삼껌의 맛이 침과 함께 괴었다 사라지고 사라졌다 괸다. 그녀는 웅크린 채 질겅질겅 껌을 씹으며, 단물이 빠질 때까지 드라마의 '전송 완료'를 기다린다. 어스름한 모니터 불빛 때문인지 쌉싸래한 인삼 맛 때문인지 껌 씹는 그녀의 표정은 울상인 듯 그렇지 않은 듯 퍽 기괴해 보인다. 아직 알람이 울리지 않고, 울릴 리 없는, 깊고 깊은 밤이다.

포스트잇

소설의 첫 장면은 주인공이 휴대전화 알람을 듣고 어둠 속에서 전화기의 불빛을 움켜쥐는 것에서 시작한다. 아침마다 슈퍼맨처럼 주먹을 뻗는 그의 고민은 조금만 더 잘 것인가, 말 것인가, 조금 더 잔다면 얼마나 더 잘 것인가에 집중되어 있다. 주인공은 간격을 두고 "피곤하다"와 "정말 피곤하다"를 되풀이한다. 그는 인류를 구하는 슈퍼맨이 아니라 더 자면 지각하게 된다는 사실에 절망하는, 출근을 앞둔 지친 노동자다.

주인공은 젊은 여성이며 중학생에게 국어를 가르치는 학원 강사다. 이 소설이 발표되던 2006년 말의 대한민국 학원가는 대형 입시 학원들의 춘추전국시대였다. 수시 입시 선발 인원이 정시 입시 선발 인원을 최초로 추월한, 논술학원의 전성시대이기도 하다. 수많은 비정규직 인력이 과열된 입시 경쟁에 노동력을 바치고 생계를 유지했다. 작가는 이 시기 학원가를 배경으로 정규직과 비정규직 두 여성 노동자의 삶을 그린다. 주인공이 근무하는 학원도 학년별 수강자가 천 명 이상이지만 주인공은 아슬아슬한 정규직이다. 고용주의 처분에 자신의 정규직 신분이 달려 있기에 불안하게 눈치를 봐야 하고 급여는 빠듯하다. 언제 발생할지 모르는 미래의 실수를 변제하기 위해서 오늘도 성실함을 적립하는 중이다. 한 번의 지각 같은 것조차 저질러서는 안 되는 것이다. 그런 그가 어느 날 아침 한 가지 질문과 마주친다. 자신에게도 "삶에 대한 선택권이 약간은 있는 게 아닌가"라는 것이다. 사내 체육대회의 장기 자랑 연습을 앞두고 예정일도 아니면서 찾아온 생리에 얼룩진 팬티를 물에 불리면서 생각한다. 이 일들은 자신이 절대 하고 싶지 않은 일이었다는 것을 깨닫는다.

주인공은 자신의 인생에 선택이라는 선택 문항이 있다는 것을 믿고 싶지만 "월급날은 번번이 용서를 비는 애인처럼 돌아"온다. 원룸의 월세와 소액의 적금은 그가 다른 선택을 포기하게 만드는 요인들이다. 그러던 중 무직자인 여성 후배를 동거인으로 집에 불러들이고 난 뒤, 그 동거인의 모습을 통해 인간의 무기력함을 지켜보게 된다. 후배는 같은 학원에서 비정규직 논술 첨삭 알바로 일한다. 둘은 여성이라는 점에서 같지만 정규직과 비정규직이라는 점에서, 몸을 의탁할 주거 공간이 있고 없다는 점에서 다르다. 후배는 열심히 일해도 일하는 것으로 여겨지지도 않고 기록도 남지 않는 노동법 바깥의 존재다. 그의 신분은 종종 일하지 않는 사람으로 취급된다. 여기서 주인공은 두 지점을 번갈아 오간다. 하나는 '일하는 여성'을 향해 적용되는 사회의 집요한 성역할 고정관념이고, 또 하나는 '일하지 못하는 여성'인 동거인에게 갖고 있는 자기 내면의 공격적인 태도다.

"머리 모양 바꿨네?" "치마 어디서 샀어요?"와 같은 직장 동료들의 질문은 호의로 위장하고 있으나 여성다움을 잘 수행하고 있느냐에 대한 일상의 검열과 다름없다. 사내 체육대회에서 이사장에게 선보일 꼭짓점 댄스를 연습하면서도 모멸감으로 몰아넣는 이 직장을 그만두지 못하는 배경에는 주인공이 상대적으로 고용에 취약한 여성 노동자라는 사실이 자리 잡고 있다.

2020년 팬데믹 이후 통계청의 자료에 따르면, 여성 취업자의 수는 전년도보다 13만 7,000명이 감소했다. 같은 기간 남성 취업자 수가 8만 2,000명 감소한 것과 비교하면 1.7배 많다. 여성에게 주어지는 일자리는 범위가 제한되어 있고 상대적으로 임금이 낮은 데다 불안정한 임시직과 일용직이 대부분이다. 위의 통계를 보면 여성 일자리의 38퍼센트가 보건, 사회복지, 교육, 숙박과 음식 관련 업종이며 그중에서도 처우가 낮은 대면 서비스에 치우쳐 있다. 여기에 기혼 여성이라는 조건이 붙으면 돌봄 노동과 육아에 대한 편중된 부담으로 일자리를 유지하는 일은 더 어려워진다. 경제 위기가 찾아오면 더 먼저 쫓겨나고 그만두는 것은 여성이다. 코로나 이후 여성이 경제활동을 그만두는 비율은 남성의 네 배에 이르렀다.

주인공과 함께 사는 후배는 어릴 때 시립 도서관에서 인삼껌 한 통과 함께 버려졌다. 사라진 어머니를 생각하거나 사랑하는 사람과 헤어져야 했을 때마다 그 참혹했던 시간이 생각나고 입에 침이 고인다고 말한다. 이 말은 주인공의 마음을 흔들고 후배를 붙드는 계기가 된다. 그러나 같이 살기 시작하면서 후배가 하는 행동 하나하나가 마음에 걸린다. 겨우 지탱하고 있던 자신의 삶을 도둑맞는 것 같은 기분이 든다. 그러나 주인공을 고통스럽게 하는 원인은 다른 곳에 있다. “팀 내 용비어천가”를 부르며 부장을 추대하는 남성 중심적인 조직 문화나 체육대회 부서별 이어달리기에서 이기기 위해 심장이 터질 것처럼 달리는 자신을 천막에 앉아 흡족하게 바라보는 이사장과 부장의 표정 같은 것이다. 주인공은 가부장적인 힘의 관계에 따른 성차별이나 계급 차별, 고용된 사람을 모멸감으로 몰아넣는 사내 문화, 성희롱을 내재한 유흥의 관습 같은 것에 고통을 느낄 때마다 콧물이나 비지땀과 같은 분비물, 목마름 같은 신체의 신호를 자각한다. 그중에서도 생리는 자신이 느끼는 고통의 기원이 여성이라는 사실과 관련이 있음을 보여주는 주기적인 경고처럼 등장한다.

그러나 주인공은 자신을 억누르는 권력을 향해서 직접 발언하지 못한다. 오직 자신보다 더 약하고 자신에게 의존해야만 살 수 있는, 같은 여성인 후배를 향해서 불편함을 느끼고 불만의 원인을 돌린다. 일부러 불편하라고 화를 내면서 모멸의 감정을 드러낸다. 힘의 관계에서 자신보다 더 약자인 쪽으로 자꾸만 화살이 돌아간다. 아는 듯 모르는 듯 이 시간을 견디던 후배가 집을 나가게 된 결정적 계기는 "너, 생리하니?"라고 말하면서 주인공이 후배가 이불에 묻힌 핏자국을 지적한 일이었다. 후배는 결국 짐을 정리해 떠나고 주인공은 "보통보다 약간 좋은 목욕 용품으로 샤워를 하"면서 자신이 느꼈던 안도감의 실체가 무엇이었는지 뒤늦게 돌아보게 된다. 자신이 겪은 혐오와 비하의 경험을 더 약자인 후배에게 건넸다는 것을 깨닫고 기괴하고 온통 울상인 마음이 된다. 후배가 남긴 인삼껌은 살점처럼 피곤하게 늘어져서 후각세포를 자극하고 주인공의 입에는 침이 고인다. 이것은 그들이 같은 사람이었고, 같은 여성이었고, 이 사회에서 함께 버려진 존재였다는 것을 상징하는 대목이기도 하다.

사회의 많은 서사는 여성의 적은 여성인 것처럼 성별 불평등의 구조를 호도한다. 여성과 여성이 싸우는 것을, 약자가 더 약한 자를 멸시하는 것을 은근히 권하기도 한다. 그것은 좀더 평등한 방향으로 변화를 만들어낼 힘의 방향을 돌리고 그 뜻을 무력하게 한다. 사회적 약자인 여성은 사회적 약자인 남성으로부터 희롱당하고 비하나 폭력을 겪을 때가 많다. 이것은 마지막 남은 약자적 존재를 공격하게 하여 그 남성이 일시적으로나마 자신이 소유한 알량한 성별 권력에 취하게 하는 이 사회의 문법이 낳은 성폭력이다. 이 소설에서 작가는 그러한 약자의 약자 착취에 대해서 문제를 제기한다. 그리고 여성 연대의 필요성과 가능성을 "침이 고인다"라는 동병상련의 버려짐의 경험을 통해서 드러낸다. 비정규직과 언제 비정규직이나 무직이 될지 모르는 두 여성의 차이보다 더 중요한 것은, 권력 앞에서 폭력에 노출되었던 두 사람의 연대라는 것을 말한다.

생각의 타래

1. "피곤하다" "정말 피곤하다"로 시작한 굵은 글자 부분은 "춥다" "우울하다" "좀 잘까?"를 거쳐서 다시 마지막에 "피곤하다"로 되돌아온다. 주인공이 내내 짙은 피로를 호소하는 이유는 무엇일까? 피곤함이라는 짤막한 감정 표현 안에 감추어진, 그를 피곤하게 만드는 것들에 대해서 생각해보자.

2. "너, 와인도 마시니?"라는 말에 감추어져 있는 주인공의 심리는 무엇일까? 와인이나 외국산 치즈를 보고 당황한 이유는 무엇일까? 세상에는 와인을 마셔도 되는 사람과 와인을 마시면 안 되는 사람이 정해져 있는 것일까? 나보다 더 약한 사람을 하찮게 여김으로써 상대적인 우월감을 느꼈던 경험이 있다면 이야기해보자.

3. 이 작품에는 '침'을 비롯해서 분비물이 고이거나 흘러내리거나 분출되는 장면이 자주 등장한다. 그 장면을 통해서 작가가 드러내고자 하는 의미는 무엇이었을까?

4. 주인공이 여성으로서 겪는 고통, 사회적 약자로서 느끼는 고통을 직접적으로 말하지 못할 때 주인공의 신체에서는 월경과 관련된 신호가 나타난다. 생리혈, 생리통, 생리를 앞둔 모호한 신체적 불쾌감 같은 것이 주인공에게 인지된다. 작품 안에서 그러한 장면을 찾아보고 여성으로서 주인공이 모멸감을 느끼는 장면을 찾아 함께 비교해보자.

5. 사내 체육대회는 계급의 격차와 성별 권력 구조를 보여주는 상징적 사건이다. 사내 체육대회 장면 중 어느 부분이 그러한 의미를 담고 있는지 찾아보자.

6. 작품 안에서 '인삼껌'은 두 차례 등장한다. 마지막 장면에서 주인공의 입에 침이 고이게 하는 것도 후배가 남기고 간 인삼껌 반 조각이다. 주인공은 그 인삼껌을 단물이 빠질 때까지 씹는다. 인삼껌이 상징하는 것은 무엇일까?

지은이 약력(가나다순)

김애란

2002년 제1회 대산대학문학상에 「노크하지 않는 집」이 당선되어 작품 활동을 시작했다. 지은 책으로 소설집 『달려라, 아비』 『침이 고인다』 『비행운』 『바깥은 여름』과 장편소설 『두근두근 내 인생』 등이 있다.

박완서

1970년 『여성동아』 장편소설 공모에 『나목裸木』이 당선되어 작품 활동을 시작했다. 지은 책으로 소설집 『부끄러움을 가르칩니다』 『엄마의 말뚝』 『저문 날의 삽화』 『너무도 쓸쓸한 당신』 『친절한 복희씨』 『기나긴 하루』 등과 장편소설 『목마른 계절』 『도시의 흉년』 『휘청거리는 오후』 『그해 겨울은 따뜻했네』 『그대 아직도 꿈꾸고 있는가』 『그 많던 싱아는 누가 다 먹었을까』 『그 산이 정말 거기 있었을까』 『아주 오래된 농담』 『그 남자네 집』 등이 있다. 2011년 1월 22일 향년 81세로 세상을 떠났다.

배수아

1993년 『소설과사상』에 「천구백팔십팔년의 어두운 방」을 발표하며 작품 활동을 시작했다. 지은 책으로 소설집 『푸른 사과가 있는 국도』 『바람인형』 『훌』 『올빼미의 없음』 『뱀과 물』 등과 장편소설 『에세이스트의 책상』 『북쪽 거실』 『알려지지 않은 밤과 하루』 『멀리 있다 우루는 늦을 것이다』 등이 있다.

백신애

1908년 경북 영천에서 태어났다. 1929년 『조선일보』 신춘문예에 필명 박계화朴啓華로 「나의 어머니」가 당선되어 작품 활동을 시작했으며 신춘문예 첫 여성 작가라는 기록을 세웠다. 작품으로 가난한 농민들의 생활상을 그린 「복선이」 「채색교彩色橋」 「악부자顎富者」 「식인食因」 등을 비롯해 식민지 조국을 떠나 방황하는 실향민들을 그린 「꺼래이」, 현모양처의 삶을 살았음에도 미쳐버릴 수밖에 없었던 여인의 심정을 담아낸 「광인수기」 등이 있다. 1939년 6월 23일 췌장암으로 세상을 떠났다.

오정희

1968년 『중앙일보』 신춘문예에 「완구점 여인」이 당선되어 작품 활동을 시작했다. 지은 책으로 소설집 『불의 강』 『유년의 뜰』 『바람의 넋』 『불꽃놀이』 등과 장편소설 『새』 등이 있다.

최윤

1978년 『문학사상』에 평론 「소설의 의미 구조 분석」을 발표하면서 문단에 데뷔했으며, 1988년 『문학과사회』에 단편소설 「저기 소리 없이 한 점 꽃잎이 지고」를 발표하며 작품 활동을 시작했다. 지은 책으로 소설집 『저기 소리 없이 한 점 꽃잎이 지고』 『속삭임, 속삭임』 『열세 가지 이름의 꽃향기』 『첫 만남』 『동행』과 장편소설 『너는 더 이상 너가 아니다』 『겨울, 아틀란티스』 『마네킹』 『오릭맨스티』 등이 있다.

한강

1993년 『문학과사회』에 시 「서울의 겨울」 외 네 편을 발표하고 이듬해 『서울신문』 신춘문예에 단편소설 「붉은 닻」이 당선되어 작품 활동을 시작했다. 지은 책으로 소설집 『여수의 사랑』 『내 여자의 열매』 『노랑무늬영원』과 장편소설 『검은 사슴』 『그대의 차가운 손』 『채식주의자』 『바람이 분다, 가라』 『희랍어 시간』 『소년이 온다』 『흰』 『작별하지 않는다』 등이 있다.

작품 출처

백신애 「적빈」, 『혼명에서』, 문학과지성사, 2019〔『개벽』 1934년 11월〕.

오정희 「유년의 뜰」, 『유년의 뜰』, 문학과지성사, 2017〔1981〕.

박완서 「겨울 나들이」, 『복원되지 못한 것들을 위하여』, 문학과지성사, 2020〔『부끄러움을 가르칩니다』, 일지사, 1976〕.

최 윤 「하나코는 없다」, 『열세 가지 이름의 꽃향기』, 문학과지성사, 1999.

한 강 「내 여자의 열매」, 『내 여자의 열매』, 문학과지성사, 2018〔창비, 2000〕.

배수아 「프린세스 안나」, 『바람 인형』, 문학과지성사, 1996.

김애란 「침이 고인다」, 『침이 고인다』, 문학과지성사, 2007.